ノーラ・ロバーツ/著
香山 栞/訳

カクテルグラスに愛を添えて（下）
Identity

扶桑社ロマンス
1648

カクテルグラスに愛を添えて（下）

登場人物

モーガン・オルブライト――――――バーテンダー

マイルズ・ジェイムソン――――――リゾートホテル取締役

ニーナ・ラモス――――――モーガンのルームメイト

オードリー――――――モーガンの母

オリヴィア――――――モーガンの祖母

マイケル(ミック)・ジェイムソン――――――マイルズの祖父

リディア・ジェイムソン――――――マイルズの祖母

ローリー・ジェイムソン――――――マイルズの父

ドレア・ジェイムソン――――――マイルズの母

ネル・ジェイムソン――――――マイルズの妹。モーガンの上司

リアム・ジェイムソン――――――マイルズの弟

ギャヴィン・ロズウェル――――――連続殺人犯

モリソン――――――FBI特別捜査官

ベック――――――FBI特別捜査官

17

日曜日は休みなので、マイルズは一日何もせずに過ごすつもりでいた。急ぎの仕事や会議の——家族会議さえも——予定はなく、危機が迫っている気配も——大事にしろ小事にしろ——なかった。

当然ながら、いくつか片づけなくてはならない家事があるとはいえ、スケジュールの隙間に押しこむ必要がなければ、楽しんでやることができた。

自分なりに朝寝坊をして九時前にベッドから出ると、犬を外へ出してやった。そして彼には、クローゼットにコーヒーステーションを設置するという先見の明があったので、日曜の朝の一杯目は寝室のテラスで楽しんだ。

ハウルはいつものごとく裏庭の周辺をうろうろし、なんであれ侵入してきそうなものはないかと見回っている。あの犬は何を考えているのかと、たまに不思議に思うことはあるが、たいしたことは考えていないのだろうといつも同じ結論に達した。

マイルズは地下へおり、ホームジムで一時間ほど過ごしてたっぷり汗を流し、爽快な気分を味わった。

それから、ゆっくりとシャワーを浴びた。これぞ日曜日の贅沢だ。洗濯機をまわして犬に餌をやり、スクランブルエッグを作ってベーグルをトーストした。二杯目のコーヒーをいれ、裏庭のパティオに座ってタブレットで新聞を読み、夏の日差しを浴びながら朝食を楽しんだ。

よく晴れていたので、洗濯物は外に干した。

ベッドのシーツを新しいものに替え、バスルームには新しいタオルをかけ、食器を洗い、これで屋内の家事は終了とした。

せっかくいい天気なので、庭の手入れをすることにした。手入れといっても、時間がないときは〈ザ・リゾート〉の整備係がやってくれるから、少し手をかけるだけでいい。

とはいえ、庭の手入れの仕方は心得ている。ビジネスの勉強の一環として、ひと夏、整備係の仕事をしたことがあるからだ。

ハウルは日の当たる芝生に寝そべって、彼を眺めていた。

マイルズは静けさのなかで作業した。静けさは、それが手に入るときは、値千金なのだから。聞こえるのは鳥のさえずりと――それで鳥用の給水器に水を補充することを思いだした――たまに犬があげるもごもごとしゃべるような声、忙しく働くハチの羽音だけだ。

携帯電話は、丸一日休みのときはいつもそうするように、あえて家のなかの充電器に差したままだ。何か緊急事態が起きれば、誰か知らせに来る。その場合は別として、今日は一日、外部から彼に連絡する手段はない。

ものは試しだと、マイルズはテニスボールを出してきてハウルに見せた。それから、放り投げてみた。ハウルは寝そべったまま、いつものごとくボールが飛んで着地するのを眺め、そのあと物言いたげにマイルズへ顔を向けた。

〝なんなの？　自分で取ってきなよ〟

「おまえはそれでも犬か？」

ハウルの面倒くさそうなもごもごという声は、人間が肩をすくめる動作と同じ意味に違いない。

マイルズは自分でボールを拾いに行き、庭の物置へ戻した。

二時には洗濯物が乾き、彼はそれを畳んでしまった。日光に当てた水出し紅茶（サンティー）は冷え、家事はすべて片づいた。やることがなくなり、マイルズは携帯電話をチェックする誘惑に駆られた。けじめなので電話には触れなかったが、誘惑には駆られた。

フロントポーチで本を読むのもいいだろうと彼は考えた。ブーツを履いてハイキングへ出かけてもいい。犬を置いていくのは後ろめたさを感じるので、連れていかなくてはならないが。

　まずハイキングに行って、読書をしよう。この順番がよさそうだ。しかし、これを逆にすれば、帰りに街へ寄って何かテイクアウトし、夕食を作る手間を省くことができる。

　何をするにせよ、外へ出なければならない。完璧な夏の日曜の午後を屋内でだらだらと無駄に過ごすのは、彼からすれば犯罪行為も同然なのだから。

　それに、モーガンにはテレビでスポーツチャンネルを観（み）るのだろうと言われたが、スポーツであれなんであれ、彼はあまりテレビを観ない。

　何気ない会話を思いだしたせいで、午前中は慎重に避けていたのに、つい彼女のことが頭に浮かんだ。

　モーガンのことをあれこれ考える権利は自分にはない、少なくともバーのマネージャーとして以外は。それなのに、彼女には否応（いやおう）なく興味を引かれた。彼女の働きぶりが秀でているのは疑問の余地がない——前回の家族会議でネルが主張したとおり、独創性と計画性を同等に併せ持つ人材を得られたのは幸運だった。

　彼女のことを心配したくはないのに、自分を止められなかった。男性客の腕をつかんだ瞬間、猛烈に怒っていたモーガンが、なすすべもなく動揺した。あのときの姿は彼の目に焼きついている。

マイルズは怒れる彼女に惚れ惚れとし、動揺する彼女に心を痛めた。

モーガンはすべてを失いながらも、やり直すために必死に頑張ったのだ。

彼はそのことも称賛していた。そしてそれ以上に、敬意を抱いた。

モーガンには夢が、目標が、希望があった。マイルズはほとんど読み始めてもいない本を手に取りながら考えた。ロズウェルはどれだけ彼女から奪ったのだろう? モーガンを殺そうとしている者がいて、そいつは彼女にそのことを忘れさせないようにしている。それでも彼女は毎日ベッドから起きあがり、仕事に行って働き、自分の人生を送っている。

自分で築きつつある人生を送っている。

脆弱さとタフさの組みあわせ。マイルズはそれにただただ惹きつけられた。

モーガンの外見に惹かれているわけではないと自分に言い聞かせることもできるが、マイルズは自分に嘘をつくのは嫌いだった。外見も、輝く笑顔も、バーカウンターでの身のこなしも――まるでダンスフロアにいるかのように見える――魅力的だ。それにあの目、きらめくグリーンの瞳はいつもどこかに注意を配っている。

そこまでだ。マイルズは、彼女のことを考えるのはやめるよう自分に言い聞かせた。充電器に差したままの携帯電話同様、彼女も手の届かないところに置いて、読書をしに行こう。

玄関ドアへと足を踏みだしたとき、ハウルが遠吠えした。もちろん外へ出してやってもいい、ドアを開けておけば自由に出入りできるだろう。だが、リードがなければフロントポーチまでしか出られないことはハウルも重々わかっているはずだ。道路から離れているとはいえ、やはり心配なのだ。

「まあ、いいか」マイルズはそう言ってドアを開けた。

するとそこに、モーガンが立っていた。まるでほんの数分彼女のことを考えたせいで、本人を召喚してしまったかのように。

赤いTシャツに、色褪せたデニムシャツ。そして、すらりと伸びた長い脚にマイルズはノックアウトされかけた。両手に何かの容器を持っており、サングラスをかけていても、こちらを見あげる彼女の目に畏敬の念が浮かんでいるのが見て取れた。

「小塔がついているわ」畏敬の念が顔中に広がった。

「家にね」

「小塔がふたつ——」彼女が繰り返し、そのときハウルがポーチへ出てきた。「犬までいるのね！」

ハウルは喉の奥からもぐもぐしゃべるような声を発したあと、全身をよじって甲高い声で立て続けに三度吠えた。

「小塔に、おしゃべりする犬だわ！」

マイルズは自分の隣で犬が体をくねらせるのを感じた。お座りと言おうとしたとき、ハウルが一番目のルールを破った。

ポーチを走り抜けて、モーガンのもとへまっしぐらに飛んでいったのだ。

彼女は驚きもせずただうれしそうに、持っていた容器を小脇にはさんでしゃがみ、犬を迎えた。

ハウルは彼女をべろべろなめて、体をこすりつけ、ごろりと寝転んで腹を撫でてもらい、そのあいだずっと、幸せそうな声をあげていた。

こちらが恥ずかしくなるほどの甘えようで、いつも甘やかしてくれるマイルズの父親に対してもあそこまでしているのは見たことがない。とはいえ、笑い声をあげるモーガンに撫でられ、甘い声でしゃべりかけられ、鼻をすり寄せられては無理もない。

「ああ、いい子ね。本当にいい子！　それに、ハンサムさんね。お名前はなんて言うの？　この子の名前は？」

「ハウルだ。そいつは――」

名前の由来を説明するように、ハウルは遠吠えし、モーガンを笑わせた。

「リードをつけずにポーチから出るのは禁じているんだが」

「でも――ああ、道路があるからね。賢明なルールだわ。おいで、ハウル、あなたを事故に遭わせるわけにいかない。ごめんなさい、わたしのせいね」

　彼女がフラミンゴのような脚を伸ばして立ちあがると、犬はその横で跳ねまわって
――あんなふうに跳ねまわったことなど一度もない――ポーチにあがってきた。
「もうひとつ、ごめんなさい」彼女は続けた。「つい小塔に気を取られてしまったわ。
これをポーチに置いたら携帯電話にメッセージを送ろうと思っていたのに。せっかく
の休日を邪魔するつもりはなかったの」
「何を置いていこうとしていたんだ？」
「クッキーを焼いてきたのよ」モーガンが容器を差しだした。
「きみが……」さっきも危うかったが、これには完全にノックアウトだ。「クッキー
を焼いたのか」
「金曜の夜のお礼に。母のアイデアなのは認めるし、おいしいのは母がすべての工程
を監督してくれたからよ。だけど、感謝の気持ちは本物だわ」
　マイルズは容器を受け取り、蓋を開けてひとつつまんだ。彼女は犬の鼻にキスをし
てハウルをめろめろにしている。
「おいしいよ」ハウルがちらりと見たので、マイルズは首を横に振った。「おまえの
じゃない」
「チョコレートチップクッキーだからだめなのよ」モーガンはハウルの耳をかいた。
「あなたの体にはよくないの。この子は何？」

「犬だ」

「犬種をきいているのよ」

「誰も知らない。シープドッグがビーグル犬を追いかけまわしたらこうなった、という説が最有力だ」

「おもしろいミックスね。お休みのところを邪魔してしまったことを反省する気持ちはあるけど、おかげでハウルに会えたわ。それに……」

彼女の視線が上へとあがる。あのまなざしに〝ノー〟と言うのは、ハウルの目にそうするよりさらに困難なことは早くも察しがついた。

「五分だけいいかしら？」

「それくらいなら」

「できたら……小塔のなかを見せてもらえないかしら？　片方だけ、ちょこっとのぞくだけでいいの」

「それくらいなら」彼は繰り返した。「だが、なんのために？」

「小塔のなかに入ったことがないの。わたし、家を見るのが好きで、あなたの家は見事なヴィクトリア様式でしょう。それも小塔つきだなんて、さらに別格だわ」

「わかった」

「ああ、ありがとう。五分だけって約束するわ、五分で失礼するから。そうしたら、どうぞクッキーを食べて」

マイルズはなかへ入るよう身振りで促した。

「わあ、本当にすてきね。ここは……小塔の一階部分も内壁が湾曲していて、居間にも、読書室にも、茶の間にもなるのね。なんにでも好きなように使える部屋。木工細工だわ！　天井には円形浮き彫り（メダリオン）がある。まあ、この床――これはもとからあるもの？」

「ああ」

玄関ホール横の居間を見る彼女は、マイルズがアラジンの魔法の洞窟を開いてみせたかのようだ。

「見事だわ、本当に。それにこの窓！　ごめんなさい、五分を使いきってしまいそう。わたし、家を見るのが大好きなの。特に古い家が好きで。新築の家は、結局のところ、新しいものでしょう。この家には歴史をひしひしと感じる。だって、あの階段を見てちょうだい！」

モーガンは階段に歩み寄ると、手すりを支える親柱を撫でた。犬が崇拝者のごとく彼女についていく。

「階段をのぼらないと小塔のなかは見られないぞ」

「ええ、もちろんそうするわ。すごく優雅ね、それでいて堅苦しさや窮屈さはない。

人が暮らす住まいって感じがするの」彼女は階段をのぼりながら言い、指で手すりをなぞった。「それはそうよね。あなたの住まいだもの」

「今はね」

彼女のあとから二階へあがりながら、マイルズは思った。手作りクッキーを片手にハウスツアーのたぐいをすることになるとは、まったくおかしな気分だ。

モーガンは彼のホームオフィスに足を踏み入れると、うめき声ともため息ともつかない声をもらし、ベッドでもあんな声をあげるのかと考えそうになるのをマイルズはこらえようとした。

だが、失敗した。

「ああ、これよ！　完璧だわ。まさに完璧。半円を描く壁に、背の高い窓から望む景色――外から燦々（さんさん）と降り注ぐ自然光もすばらしいわ。デスクがドアのほうを向いているのは、こんな景色と向きあって仕事ができる人なんていないからね？　湾曲した壁に湾曲した棚、それから暖炉、炉棚の彫刻、金属細工。本当にすてき。その一方で、美しいアンティークのデスクの上には最新のコンピューターがあって、椅子はチョコレートブラウンの革張りね。一日の仕事を終わらせながらも家の歴史を尊重できる、最高の部屋だわ」

モーガンは親しみをこめて彼の二の腕にパンチした。「すばらしいわ。本当に最高の部屋ね」

それからかがみこみ、彼女に骨抜きにされているハウルをまた撫でてやって、灰色の毛をふわふわと宙に舞わせる。「パパのお仕事中、あなたは椅子の上で丸まって寝ているの？」

「椅子の上では寝させないし、ぼくは断じてパパではない。ハウルは犬だ。ぼくは犬じゃない」

「まあ」だが、彼女は微笑んだ。「ありがとう。わたしのわがままを聞いてくれて。すごく楽しかったわ」

「ほかは見なくていいのか？」

「見たいに決まっているでしょう。あなたのホームオフィス以上に完璧な部屋は考えられないけど、ぜひ見たいわ」

モーガンは彼に続いてホームオフィスを出た。

「大きな家ね」

「広々としているのが好きなんだ」

「わたしもよ。メリーランドの家はすごく小さかったけれど、壁を取り払って部屋を広くするつもりだったの。そのあとも大計画があったわ。自分のバーを開いてそこが大成功したあと、二階建てに増築しようと考えていた。上が寝室で、一階はホームオフィス。それで……」

言葉が尻すぼみになり、彼女は小塔の最上フロアへ足を踏み入れた。

「ここも完璧ね。まるで隠れ家みたい。あのソファの上で脚を伸ばしたり、冬は暖炉のそばに座ってウイスキーを傾け、物思いにじっくりとふけったり。窓辺に立つだけでもいい……すべてが見渡せる窓の前に」

もう一度ため息をつき、彼女の横にべったりと張りついている犬を撫でてやる。

「これで、やるべきことのリストから〝尖塔(せんとう)のなかに入る〟を外せるわ」

「リストがあるのか?」

「わたしはリストにしたがって生きているの。リストとスプレッドシートにね。尖塔がリストに入っていることに、この家を見るまで気づいてもいなかったけど。リスト入りしたその日に完了するなんて、クッキーひと箱で上出来だわ」

モーガンは陽光が流れこむ窓に背を向けた。

なぜかはわからないが、マイルズにはここが彼女の居場所のように見えた。

「さてと、約束したとおり、これで失礼するわね。わたしの新しい親友とお別れするのはつらいけど」

「この犬がほしいのか?」

「そんな言い方はハウルに失礼よ」モーガンはすれ違いざまに彼の腕を指でとんと叩(たた)

いた。「きっとこの家には、梁(はり)がむきだしでお宝がいっぱい眠る大きな屋根裏もあるんでしょうね」

「屋根裏も見たいのか?」

「約束は約束だから。だけど、またクッキーを焼いて持ってくるかも――あなたが考えているより、クッキーを焼くのは難しいのよ。祖母の家にも屋根裏部屋があるわ。わたし、休みの日はたまにそこを掘り返すの」

「なんのために?」

「宝探しよ。厳しい家計で生活していると、とてもクリエイティブになれるものだわ。二週間前にはいい感じの古いランプを発見したの。ランプシェードを新しくして配線をやり直したら、すてきなランプのできあがり」

マイルズは彼女の長くて細い指を思った。「きみがランプの配線をやり直したのか」

「やり方はグーグルに全部載っているし、わたしにとってはクッキー作りより簡単だった。そのうえ、休みの日の夕食作りが免除されて――ちなみに、わたしが作る料理には当たり外れがあるの――屋根裏で見つけたほかのランプの配線と古いテーブルの塗り替えのほうを頑張るよう言われたわ」

「古いランプならうちの屋根裏にもありそうだ」

「屋根裏にはつきものだものね。案内してくれて本当にありがとう、マイルズ」

一階へ戻ると、彼女は振り向いてマイルズにまた微笑みかけた。

「こっちはクッキーをもらったよ」

「それは金曜の夜のお礼よ。あなたはわたしに必要だったものに気づいて、たとえわたしが渋っても、わたしがそれを受け取るまで見届けてくれた。だから……」ドアのほうを向こうとするが、ふたたび彼に向き直る。「あなたにひとつききたいことがあるの。答えはどちらでもいっさい気にしないわ」

「地下を見たいのか？」

モーガンは笑い声をあげた。「いいえ——ええ、見たいことは見たいけど、今ききたいのはそれじゃない。仕事とはまったく関係なく、わたし個人として、あなた個人にききたいだけ、きいて問題がないのなら」

「何をきかれるかもわからないのに、問題があるかどうかどうやって判断すればいいんだ？」

「それはそうね。ちょっとききにくいことなの。ええと、わたし、人の気持ちを読み取るのが得意なの。まあ、大きな例外はひとつあったけれど、かなり自信がある。転校と引っ越しばかりで、学校でも近所でも公園でもいつも新入りだったから、子どものころに自然と身についたのね。それで、わたしがききたいことっていうのは、これがわたしの完全な思い違いなのか、それともわたしの勘が当たっていて、ここにはなんらかの可能性があるのかということなの」

　モーガンは彼を示し、続いて自分を示した。

「仕事とは関係なく」彼女は急いで繰り返した。「上司がその手のプレッシャーをかけてくるときは、わたしにはそれとわかるわ。そういうたぐいの言動はね。学生時代には、それで仕事をひとつ辞めているし。今話しているのは、まったくそういう理由からではないわ。それに、わたしのほうからプレッシャーをかけるつもりも、誘いをかけるつもりもない。ただ、わたしの勘が当たっているのかどうか教えてほしいの。あなたが仕事とは関係なく、わたしに関心を持っているのかどうか」

「ぼくたちは〈ザ・リゾート〉で働く仲間同士だ、モーガン」

「ええ。そうね。わかったわ。それじゃ、小塔を見せてくれてありがとう。ハウルと遊べて楽しかった。クッキーを食べてね」

　マイルズは、彼女がドアを開けるのを待った。彼女が出ていくまで待つよう自分に言い聞かせた。しかし、そうはしなかった。

「きみの思い違いじゃない」

　モーガンはドアに背を向けて寄りかかった。「ああ、よかった。オーケー、それじゃ次の質問ね。もしわたしたちの可能性が発展しても、わたしの仕事はそれとはなんら関係ないと同意してもらえるかしら？　わたしはこの仕事を愛しているの、マイルズ、そして——これもわたしの勘だけど——あなたも自分の仕事を愛しているのは明らかだわ。あなたの立場を考えると、わたしよりあなたのほうが慎重にならなければいけないのはわかっている」

「ぼくがきみに飽きてクビにするかもしれない」

「第一に、わたしの直属の上司はネルよ。第二に、何よりあなたはそういう人ではない。わたしのほうこそ、あなたに腹を立ててセクシャルハラスメントで訴えるかもしれないわ」

「第一に、ぼくには凄腕(すごうで)の弁護士が——父が——ついているし、どのみち誰もきみの言うことを信じないだろう。第二に、何よりきみはそういう人ではない。ぼくにだって人の気持ちを読み取ることはできる」

「ええ、わたしはそんなことはしない。すべて明文化すればいいわね。ふたりがこのような関係を持つにいたったのは、お互いに惹かれあい、関心を持ったためであり、どちらの側からも圧力や強制はなかったって。あなたのお父さまに宣誓書の作成を依頼しましょう。証人はハウルよ」

「ハウルをつけ足してくれたおかげで、冗談だとわかったよ。それから、きみの言っている〝関係〟とはセックスだ、モーガン。これから関係を持とうというなら、それくらい言えないと」

「セックスがうまくいかなかった場合でも、わたしは仕事を辞めないし、あなたを悪く思うこともないと約束するわ」

「ぼくはきみをクビにしないし、きみのことを悪く思わないと約束しよう。もしセックスがうまくいかなかった場合は、きみの落ち度だが。ぼくは上手だからね」

「今度はあなたが冗談を言っているみたいね。でも残念ながら、わたしはすっかりご無沙汰なの――こんなみっともない会話になったのも大半はそのせいよ。だから、当面はその点を考慮に入れて採点してちょうだい」

マイルズは彼女のことを、この会話を、どう考えればいいのかわからなかった。だが、今が大事な局面であることはわかった。

「きみはベッドで男に採点させていたのか?」

「よく覚えていないわ。数年ぶりだもの」

「〝数年ぶり〟と言ったのか?」

彼女の肩がさがり、両手がショートパンツのポケットに滑りこむ。「いちいち繰り返さないで」

マイルズは人差し指を立てると、テーブルに近づき、クッキーの容器をおろした。「このばかばかしい会話を引きのばして理由を尋ねさせてもらうぞ、なんだか妙に刺激的だからな。この一年なら理解できる、だがきみは〝数年〟と言った」

「忙しかったし、ほかのことに集中していたの」

「ぼくだって忙しいし、何かに集中することはある。それでも、何年もご無沙汰なんてことにはならない」

「仕事をふたつ掛け持ちしていたのよ」彼が無言でいると、モーガンはため息をついて肩をすくめた。「わかったわ。それとは別に——こんなことを言えばあなたをうぬぼれさせるのはわかっているけど——わたしのスイッチを入れて、一緒にいたいと思わせてくれる相手が誰もいなかったからよ。これまではね。一度きりの関係でもわたしはかまわないし、期間限定でも、あるいは——」

「もうその口を閉じてくれないか」

「喜んで閉じるわ。それで帰る」モーガンはドアを開けたが、すぐにまた閉じた。そしてまっすぐ彼のもとへ進み、胸に飛びこんで唇を重ねた。

ご無沙汰というわりに、巧みなキスだった。

モーガンの腕が彼の体に巻きついてくる。犬のしっぽがぱたんぱたんと床を叩く音が、マイルズの耳にぼんやりと届いた。簡単ではなかったが、彼はモーガンにリードさせた。今回はそれでいい。

モーガンはマイルズを引き寄せ、彼の血潮に火をつけ、それから体を引き離した。

「話がまだあるの」

「きみはいつもこんなにおしゃべりなのか?」マイルズは面食らって言った。「だとしたら、もっと前に気づいたはずだが」

「今回は、デートの前置きはすべて抜きにしていいと思うの。お酒を飲むとか、ディナーとか、映画とか、コンサートとか、サルサダンスとか。なんであれ、あなたのいつものデートコースは」

「ぼくにデートコースはない」

「あったとしたら、抜きにして。わたしも抜きにするわ。いつもだったら〝ゆっくり関係を築きましょう〟とか、〝何週間か様子を見て〟と言うところだけど、今回はすべてなしでひとっ飛びにセックスよ」

日曜の休日は、マイルズの最高なもののランキングのトップへ躍りでた。

「先にディナーをごちそうしてくれないのか?」

「それはまた今度」モーガンはそう言って、ふたたび唇を重ねた。

マイルズは抱きあったままぐるりと向きを変え、彼女を玄関ホールからリビングルームへと連れていった。なぜなら、モーガンに火をつけられた彼には、寝室は遠すぎるからだ。

マイルズは向きを変えながら、彼女のシャツを脱がせ、脇へ放った。

「下着には目をつぶってね」モーガンは息を切らして、彼のシャツを引っ張った。

「今朝身につけたときは、セックスは予定に入っていなかったから」

「だったら、さっさと脱いで目に入らないようにすればいい」マイルズは片手でブラジャーのホックをすばやく外し、モーガンを震えさせた。

「慣れているのね」

「黙って」彼はモーガンとともにソファへ倒れこんだ。「ぼくは静かなほうが好きだ」

静かにしているのは難しかった。手で、口で、体を愛撫されていては。数年ぶりに触れられていては。のしかかる男性の重みを感じていては。マイルズの口にただ奪われていては。それらの行為が与える快感の衝撃を全身の細胞で感じた。

それに、手のひらに伝わる彼の感触に、熱い肌やかたい筋肉に、すでに打ち震えている全身をさらに揺さぶられた。彼の口は自分でそれを許したときにした想像そのままだった。熱くて、キスを知りつくしている。さまよい、奪うその口の下で、モーガンの心臓は重い鼓動を刻んだ。

指でかすめられただけで、絶頂まで突きあげられた。

その衝撃は彼女を貫いて、呼吸を引き裂き、思考を粉々にして、体をしびれさせた。マイルズはモーガンに立ち直る間を与えず、ふたたび駆りたてて、彼女の叫び声を口でふさぎ、そり返るその体を抱きしめた。

マイルズがなかへ、奥深くへと入ってきてモーガンを抱きすくめ、彼女の腰が激しく動きだすまで、世界が狂乱の渦に堕ちていくまで抱いた。

あの目で、トラを思わせるあの目で見つめられながら、モーガンは彼の体に脚を巻きつけて、もっと速く、もっと深くと彼に求めた。

彼女を見つめていたマイルズは、その顔に快感の色が広がり、はっと目が見開かれるのを見た。彼女により大きな悦びを与えるには、奪う以上に与えるには、自分が犠牲になる必要がある。それでもマイルズは与え、与え続け、彼女の体がマイルズとともにそりあがり、やがて沈むまで与えた。彼女がふたたび叫ぶまで、その手がソファの肘置きをつかみ、浮きあがるのを恐れるかのように握りしめるまで与え続けた。

モーガンの全身からぐったりと力が抜け、彼の下で液体同然になるまで与えた。それから、自分も高みへと駆けあがった。

モーガンは快感の余韻に何時間でも浸っていられそうだった。たぶん、何日でも。何週間だって不可能ではなさそうだ。彼女は浮遊感と快感に身をまかせ、マイルズの鼓動が自分の胸を叩くのを感じていた。達成感に浸ってもいいだろう。彼の体も、今や彼女の体と同じくらいぐったりと力が抜けているのだから。

ご無沙汰だったけれど、どうやらきちんとやれたようだ。

手のすぐ下にあったマイルズの背中の筋肉に手を滑らせた。

「意外と筋肉質なのね。透明のスーツの下に隠れていてわからなかった」

彼はぴくりとも動かない。「透明のスーツ？」

「あなたがいつも着ているでしょう。今は着ていないけど、いつもは着ているわ」

「どんなスーツだ？」

「色はチャコールグレーでシングルブレスト、生地は上質のイタリアン・ウール。糊のきいたコットンシャツに、スチールブルーのシルクネクタイをウィンザー・ノットにしているの。靴はオックスフォード・シューズで、もちろんイタリア製」

「いやに具体的だな」

「わたしが百万ドル持っていたら、あなたのクローゼットにほぼ同じものがあることに全額賭けるわね。あなたによく似合うもの」

「なぜ透明なんだ？」

「スーツが見えなくてもあなたが責任者であることは誰の目にも明らかだからよ。見ればわかるわ。でも今は、わたしたちはふたりとも裸で、あなたは裸もよく似合う」

マイルズは体を起こし、彼女を眺めた。「セックスのせいできみの目がかすんでいるだけで、ぼくは今もそのスーツを着ているかもしれないぞ」

モーガンは無言でにこりとした。「いいえ。あなたは裸よ。わたしが脱がせたもの。脱がせたのはわたしのアイデアだから、すべてわたしの功績よ」

「アイデアというよりコンセプトだな、それにぼくのほうが先にきみを裸にした。もっとも、きみがはいていたのは小さなショートパンツだったから、脱がせるのは簡単だった」

「クッキーを持っていったあと、ミニベンチに紙やすりをかけてペンキを塗るつもりだったから……いけない！　レディたちに連絡しなきゃ。すぐに戻ると言ってあったのに」

「レディたち？」

「母と祖母よ。携帯電話は車のなかだわ。本当にクッキーをポーチに置いていくだけのつもりだったの。そうしたら、尖塔にハウルにセックスでしょう。携帯電話を取りに行かないと」

「きみは裸だぞ」マイルズは指摘した。「たしかにここは静かな場所だが、車まで裸で行くのは勧めない」

「先に服を着るわよ」

「そうか」マイルズは頭をさげ、彼女の喉に唇を押し当てた。「できるものなら着ればいい」

「できるわよ」モーガンは目を閉じ、ふたたび快感の余韻に浸った。「もう少ししたらね」

「そうか」彼はふたたび言って、彼女の顎へと移った。

「いいえ。待って。だめよ。ふたりが心配するわ」

マイルズが体をずらすと、モーガンは身をよじって彼の下から逃れ、服を拾い始めた。「嘘をつくより、話を作ったほうがいいかしら――嘘はいけないもの。家のなかを案内してもらったとだけ言うわ、あなたがそのほうがいいなら」

「なんのために？」

「わたしの母と祖母に――みんなに――このソファでセックスしたことを、あなたは知られたくないんじゃないかと思って。あなたが秘密にしたいなら、わたしはかまわないわ」

「きみはあれこれ考えすぎだ」

「そうね」モーガンは彼の見ている前で服を着ていった。「頭が回転するのを止められないの。ふたりと一緒にヨガへ行ったときは、瞑想（めいそう）していたふりをしなくちゃならなかったわ。だけど絶対に、ほかのみんなも瞑想しているふりをしていたはずよ」

「考えすぎだ。携帯電話を取ってきて、もう少しかかると連絡しろ」

「もう少し？」

「ディナーをごちそうしてくれるんだろう。そのショートパンツをもう一度脱がせたあとで、どうするか考えよう。ほかのことに関してだが、ぼくたちがつきあっていることを人に知られたとして、気にする理由がどこにある？　だいたいそれ以前に、きみの顔にはセックスしてきましたと書いてあるようなものだから、帰宅したとたん、きみのレディたちはぴんと来るだろう」

モーガンは、彼が〝つきあっている〟と言ったことに気がついた。ソファでのセックスでも、セックスだけでもなく。

「考えるのをやめろ」マイルズはそう言って、ボクサーパンツを拾いあげた。「携帯電話を取ってきてくれ。それから〝寝室に場所を移して続きをする〟に一票だ」

「あなたの寝室も見たいわ」

「よし。決まりだ」

「携帯電話を取ってくる。ほら、やっぱりボクサーパンツじゃない」

「ハウルは狸(たぬき)寝入りね」玄関へと急ぎながらつけ加える。彼女は言った。

マイルズは犬をじろりと見た。暖炉の前に丸まって、片目を開けている。

「両目をつぶってろ」

18

マイルズの寝室は、この家のほかの場所同様すばらしい。少なくとも、実際にじっくり眺める機会を持ったあとで、モーガンはそう判断した。

堂々たる四柱式のベッドの中央からじっくり眺めると、いっそうその美しさがわかった。大理石の優美な暖炉、テラスへ続くフレンチドア、居心地のよさそうなシッティング・エリア、鮮やかな深いブルーの壁に飾られた地元のアート作品が、贅沢さとくつろいだ雰囲気を作っている。

それに彼の下に横たわっていると、贅沢さとくつろぎの両方を味わえた。

ベッドの足元にあるヒマラヤスギの収納箱には、おそらく毛布や上掛けがしまわれていて、両開きになっているマホガニーの六枚のパネルドアを開けた先はクローゼットに違いない。

そこにモーガンが想像したとおりのスーツがあることに、百万ドルを――あくまで架空の百万ドルを賭けてもいい。

さっき、開いたドアから続きのバスルームと脚つきの大きなバスタブがちらりと見えた。あくまでちらりと見えただけだ。服を脱がされながら、彼に寝室へと引っ張っていかれたときに。

「また考えているな」

「考えているというより、称賛しているの。美しい部屋だわ。小塔の三階が隠れ家なら、ここは聖域ね。この部屋で仕事はしないんでしょう」

「できるかぎり、しない」

「あなたはたくさんのことをしているものね」モーガンは彼の髪をぼんやりとまさぐった。「おかげでわたしの仕事は楽になるわ」

「どうして?」

「ゲストの多くは上機嫌で〈アプレ〉にやってくる。その前にスパでサービスを受けたり、ハイキングへ行ったり、冒険したり、おいしい食事をとったりしているわ。彼らはお酒を飲みながらその幸福感を嚙みしめに来るの。最高のサービスを提供できるのは、上の人たちがそう心がけているからでしょう。細部にまで目が行き届いているのも、同じ理由。ゲストが街へ出かけてお店をのぞくことで、その空気が地域にまで広がっている。〈クラフティ・アーツ〉で手伝いをするたび、必ず〈ザ・リゾート〉のゲストが来るの。そして彼らが手ぶらで出ていくことはまずないわ。だから、あなたのしていることはたくさんあるのよ」すっかりくつろいでいて、目をつぶったらすとんと眠りに落ちてしまいそうだと気づき、モーガンは彼の背中を最後にもう一度撫でた。「ずいぶん長居をしてしまったわ。もう行かなきゃ」

「ディナーをごちそうしてくれる約束だろう。きみが電話をかけているあいだに、冷凍庫からステーキ肉を二枚出しておいた。ぼくが焼く。ほかはきみにまかせるから、それで貸し借りなしとしよう」

「〝ほかは〟？　ほかって何？」

「グリルステーキだぞ、モーガン。つけあわせはジャガイモと決まっている」

マイルズがモーガンを夕食まで引き留めたがっているのはうれしかった。だけど。

「袋入りの冷凍じゃないジャガイモだと、わたしが知っている調理法はふたつだけだし、二度以上作ったことがあるのはそのうちひとつだけよ。それに、いつも監督つきなの」

「とにかくやってみろ」

「とにかくやってみる」

そのあと、モーガンはバスルームを近くで見ることができた。テレビのリフォーム番組を別としたら、これまでに見たなかで一番大きなシャワーで、湯気に包まれてセクシーなひとときを楽しんだ。

リップスティック一本持ってこなかったのは悔やまれたが、どのみちマイルズには一糸まとわぬ姿を見られている。

次に目にしたのはキッチンだった。

「わあ、考えたわね。現代風に壁をなくしながらも、もとのデザインが尊重されている。わたしの祖母と母の家はチューダー様式だけど、そこもこんなふうに改築してあるの。あなたはよく料理をするの？　すごく恐ろしげなコンロだけど」

「それほどはしない。飢えない程度にするだけだ」

「わたしの〝飢えない程度〟は、サラダとテイクアウト、もしくはデリバリーよ」

「冷凍ポテトを添えて、だろう」

「わたしが揚げるフライドポテトは絶品なんだから。それに、ポークチョップなら作れるわ。これには自信があるの。あとメキシカン・ポテトも――スパイスがきいていておいしいわよ」

「スパイシーな料理は好きだ」

モーガンはガラス張りのドアに歩み寄った。「すてきな裏庭だわ。それにハーブを育てているのね、おかげで摘みたてを使えるわ。これはニーナのお母さんのレシピなんだけど、問題は彼女が――わが家も全員そうだけど――正確な計量器具の使用方法を理解していない、もしくは信じていないことよ」

「きみもバーでは計量しないだろう」マイルズが指摘する。「ジャガイモはどこにあるの？」

「ジャガイモのことで頭がいっぱいのときに理屈で攻撃しないで。ジャガイモはどこにあるの？」

彼が指差したキャビネットの下段へ目をやると、ワイヤーバスケットに皮の赤いジャガイモが入っていた。

「たわしはある？」

「シンクの下だ。時間はどれくらいかかる？」

「約一時間。あたためたオーブンに――いけない、オーブンを予熱しなきゃ。ほらね？　だから監督役が必要なの。いやだ、このオーブン、スイッチだらけじゃない」

おもしろかったので、マイルズはあえて彼女が自力で操作の仕方を理解するにまかせ、そのあいだにワインを選んだ。「白でいいかな」

「ええ、カベルネの白なんて最高よ。よし、できた！　できたと思う。わたし、早くも冷や汗をかいているわ」

モーガンがジャガイモをたわしでこすり始めると、ハウルがその横に座って彼女の脚に頭を押しつけた。マイルズはドアを開けて、声をあげた。「出ろ（アウト）」

「別に邪魔ではないわよ」

「ハウルは見回りをしに行ったんだ」

「見回りをさせているの？」

「させているわけじゃなくて、自らやっている」犬が出ていったあとドアを閉め、彼女に向き直る。「きみの次の台詞は〝食事にはサラダか緑黄色野菜が必須よ〟か？」

「そんな台詞、わたしの頭にはないわ」

「きみはほぼ完璧な女性かもしれないな」

マイルズはキッチンカウンターに立つ彼女の横にワイングラスを置いた。

「サラダも緑黄色野菜も嫌いじゃないけど、今はジャガイモのことで頭がいっぱい。ほかのことを考える余裕はないわ。まな板を使わせて。それから、レストランの厨房みたいにマグネットバーに張りついてる包丁も」

「好きに使ってくれ」

「あとはハーブとスパイスとオリーヴオイル、それにクッキングシートよ。外のハーブを取ってくるから、キッチンばさみか植木ばさみを貸して。ハウルは本当に見回りをしているみたいに見えるのね」

「本当にそうしているからさ」マイルズはクッキングシート、キッチンばさみを出すと、オリーヴオイルの入ったディスペンサーを指差し、次にキャビネットを示した。

「スパイスはそこだ」

そして、モーガンがジャガイモをくし切りにするのを眺めた。彼女の真剣な集中ぶりがまたしても見ていておもしろく、マイルズはカウンターに寄りかかってワインを口へ運んだ。

ひとりで過ごす日曜日が好きで、いつも心から楽しんでいた。だが、こうしてキッチンに彼女がいることが、驚くほど楽しいと気づいた。

彼女がニンニクがどうこうとつぶやいているので、マイルズはふたたび指差した。ハーブを取りに彼女が外へ出ると、ハウルは見回りを中断して駆け寄ってきて、またしてもお互いにひとしきり愛情を表現した。

モーガンは屋内へ戻り、ハーブを刻んだ。そしてキャビネットからさらにスパイスを取りだす。それらをジャガイモに振りかけると、木製のスプーンで混ぜて表面をコーティングするように和(あ)えた。ペッパーミルをつかんでコショウを加え――忘れていたらしい――もう一度全体を和え直す。

「オーケー、これでいいと思うわ。というか、これでいいことにしましょう」

クッキングシートに並べてオーブンに入れ、タイマーをセットした。

「一時間と言っていたが、それじゃ三十分だぞ」

「三十分後に上下をひっくり返すからよ。どうしてそうするのかは知らないし、興味もないわ。とにかくそうするんですって」

グラスを取り、声をあげる。「ふうっ！」それからワインを飲んだ。

「研修では厨房にも入ったの？」

「もちろん」

「だからこんなに整理整頓されているのね。わたしは料理の練習はスキップしちゃったから。料理は母がしてくれたの。父が派遣されているあいだは、半分くらいデリバリーを取るか、外食をしていたわ。それ以外は七時きっかりから、緑黄色野菜つきの夕食よ」

「厳格だな」

「本当に、そうね。今思うと、夕食どきの母はいつもぴりぴりしていたわ。テーブルの準備はわたしの役目だったのに、あとから母のチェックが入るの。ナイフもフォークも、すべて正確に並んでいなければならなかった。軍隊のような正確さでね。離婚後もしばらくはその習慣を引きずっていたけれど、そのうちありあわせで料理を作ったり、デリバリーを頼んだりするようになったわ」

片方の肩をあげ、ワインをすする。「とにかく、わたしの料理恐怖症はそこから来ているのかもしれないわね。今じゃ母は、祖母と一緒におしゃべりをして笑いながらキッチンに立っているわ。パンだって焼くのよ」

「小麦粉から？」

「そう、びっくりでしょう？」モーガンは笑い声をあげ、髪を後ろに払った。「生地をこねているとリラックスできるんですって。見たところ、それは本当みたい。わたしにもパン作りを教えようとしてくるけど、なんとか逃げきっているわ。ところで、ハウルは何を見ているの？」

「未知のものだ。見回りの目を盗んでリスが侵入してくることはたまにあるが、まだクマや鹿が入ってきたことはない。外に座ろう」

マイルズはワインのボトルを持ちあげた。

ハウルは務めを投げだしてパティオへ飛んでくると、モーガンの膝に頭をのせた。

「ここはとても静かだわ」彼女はささやいた。「あなたはここを愛しているんでしょうね」

「ああ。たまには父親と会うのか？」

「えっ？　いいえ、まったく会わないわ。わたしにはY染色体が欠けているから。今は、欠けていてよかったと思っているの」彼女はつけ加えた。「男に生まれていたら、今ごろは敬礼するかされるかの、どちらかの立場だったかもしれないもの」

「軍隊に入る女性も大勢いる」

モーガンは天井を仰いでふたたび笑い声をあげた。「女の居場所は決まっているというのが大佐のかたい信念よ。そしてそれは、事務か看護を別にしたら軍隊のなかにはないの」

「厳格だな」マイルズは繰り返した。

「厳格なんてものじゃないわ、父は骨の髄まで女性差別主義者（ミソジニスト）よ。子どものころはそんな言葉があるのは知らなかったけど、それがどういうことかは知っていた。いずれにせよ父は離婚してすぐに再婚したから、別れたがった理由がそれだというのはみえみえよね。誰のためにも、あれでよかったんだと思う」

　モーガンから見るとそうなのだろうとマイルズは思った。だが、子どもをそんな形で自分の人生から切り捨てるなんて、彼には理解しがたかった。

「あなたが仕事に行っているあいだも、ハウルは見回りをするの？」

「ぼくがいないときにハウルが何をするかは、ハウルの勝手だ」

「でも、雨が降ったら？　それに冬のあいだは？」

「ここにいると決めたのはハウルだ」マイルズは肩をすくめた。「家の横手に犬小屋だってあるし」

　自分のことを話しているのがわかったのか、ハウルはもごもごと話すような声をあげた。

「そうなの？　ご主人の帰りが遅い夜は犬小屋でぶるぶる震えているのね」

「犬小屋にはヒーターがついている」認めるのはいやだったが、犬の目と女性の目がそろってこちらに向けられていた。「それに、マッドルームには犬用のドアがついている」

「それなら大丈夫ね。安心したわ」モーガンはハウルに向かって言った。「あなたはペットを大事にしているのね」

「ペットじゃない。ハウルは下宿犬だ」

「下宿犬ね」ワイングラスの縁の上で彼女の瞳が笑う。照りつけるようなグリーンの瞳だ。「下宿代はどうしているの?」

「ハウルは鳥用の給水器にクマが近づいたり、鹿が庭に入ったりしないようにしている」

「それはフェアね。もしも犬を飼うことがあったら、今のを忘れないようにしておくわ。一軒家を買ったときに、犬を飼いたかったんだけど、かわいそうな気がしたの。わたしは仕事をふたつ掛け持ちしていて、家にはほとんどいなかったから。今は、祖母の心の準備ができていないわ。夫と愛犬を立て続けに失ったんだもの、当然よね」

「ぼくの父もそうだ。自分ではまだ犬を飼う気になれないから、機会を見つけてはハウルを甘やかしている」

「甘やかさずにいられる人がいる? だって、この顔よ」モーガンはふさふさした犬の顔を両手ではさんで、優しくささやいた。

「タイマーが鳴っているわ！」

そう言って、彼女はキッチンへと走っていった。

「ぼくもやるか」マイルズはハウルに言い、それから立ちあがってグリルのスイッチを入れた。

モーガンはステーキはミディアムレアが好きだと宣言したことで、またもや完璧な女性に近づいた。

そして彼女の頭を占領していたジャガイモは、つけあわせにぴったりだった。食事中、餌をもらったハウルは、ルールを心得ているので、少し離れたところでおとなしくしていた。

「これで貸し借りなしだな」太陽が西に沈みだしたころ、マイルズは言った。

「ディナーの半分を作るだけでよかったなら、それでいいわよ。またあなたをうぬぼれさせることをひとつ言うわね」

「どうぞ」

「すごくリラックスできたわ。こんなにリラックスしたのは――初めてかもしれない。ありがとう」

「どういたしましてと言っておくが、ぼくもかなり楽しんだよ」

「わたしはクッキーを焼いただけよ。帰る前にお皿を洗うわ。皿洗いの腕は確かなの」

一緒にキッチンを片づけ終えると、マイルズはモーガンのヒップに手をまわし、彼女を抱えあげた。

「ふりだしに戻って終わりにしよう」そう言って、彼女をソファへ運ぶ。

ふりだしのソファでもう一度楽しんだあと、モーガンはふたたび服を身につけた。

「わたし、午後から夜までセックスをしましたって顔になっている?」

「ああ。ぼくが自分の務めをきっちり果たしたからな」

モーガンは手で髪をとかしつけた。「じゃあ、帰宅して母と祖母にどんな顔をされるかはあなたの責任よ。いい子にしてね」ハウルに言って撫でさすり、またもめろめろにする。

「明日、きみは休みだろう」

「丸一日ね」

「ぼくは仕事だ、だが七時には帰宅する。また来てくれないか」

犬から顔をあげたモーガンは、魅力的な瞳と視線を合わせた。「街に寄ってピザを買ってくるわ」

「いいね。大きいサイズにしてくれ。トッピングはペパロニと、あとはマッシュルーム以外ならなんでもいい」

「わかった」

マイルズはボクサーパンツをはき、玄関までモーガンを見送った。「じゃあ、また明日」そして彼女をドアに押しつけ、骨がとろけ落ちるまでキスを浴びせた。

「おやすみなさい。おやすみ、ハウル」

マイルズは彼女が車に乗りこむまで玄関先で待ち、車が走り去るのを見届けてからドアを閉めた。

ドアがばたんと閉まったとき、ハウルはもの悲しげな声をあげた。

「あなたは大人の女性よ」車をおりて玄関に向かって歩きながら、モーガンは自分に言い聞かせた。「大人の独身女性なんだから、セックスをしても咎められるいわれはないわ」

それに、もう大人なのだから外出禁止の罰をくらうことだってない。

家のなかに入り、警報装置をセットし直した。そして、臆病者コースを進んで自分の部屋へ直行することを真剣に考えた。部屋まで行ってドアを閉めれば、やったわと小躍りできる。

なぜなら、ただセックスをしただけではないのだから。すばらしいセックスを何度もして、これから三日間眠り続けていられそうなくらい疲れている一方、山の頂上までだってのぼれそうな気分なのだ。

キッチンからふたりの声がした。挨拶をしないで部屋へ行くのは臆病者のすることだし、失礼だとモーガンは自分に言い聞かせた。何気ない表情、と自分では思っている顔でキッチンに入ると、ふたりは紅茶とケーキを前にカウンターに座っていた。

オードリーは娘に気づいて微笑み、目をしばたたかせ、それから笑みを広げた。

「ちょうどこれからおばあちゃん自慢のパウンドケーキを食べるところよ。夕食はすませてきたの？」

「ええ。遅くなってごめんなさい」

「お休みなんだもの、楽しまなきゃ。さあ、座って。紅茶をどうぞ。カフェのメニューにパウンドケーキを追加しようかと考えているところなの。ひと切れ食べて、感想を聞かせて。ラズベリーと生クリームを添えて出すのはどうかしら」

紅茶はすでにポットに入っていたので、モーガンは一杯もらった。

「それで、マイルズと食事に出かけたの？」

オリヴィアにきかれて、モーガンは背中がむずむずした。

「いいえ、彼がステーキを焼いてくれたわ。わたしはつけあわせに、自分が作れる唯一とも言えるジャガイモ料理を作ったの」

「あら、いいじゃない」

モーガンはデザートの皿を取った。背中のむずむずがひりひりに変わる。

「それに、ええ、セックスをしたわ。何度もセックスした。明日も行ってセックスをするつもりよ」

一秒、二秒と静寂が続くなか、モーガンはケーキスタンドからガラスドームを持ちあげた。

「あらまあ」オリヴィアが紅茶を口へ運ぶ。「マイルズはよっぽどクッキーが気に入ったのね」

オードリーが噴きだしても、モーガンはじろりとにらむことしかできなかった。

「もう、ほら座って」オードリーはスツールをぽんぽんと叩いた。「おばあちゃんもわたしも、親の前でそういう話をする気まずさは覚えているから、詮索はしないわ。本当は根掘り葉掘りききたいけれど」

「ええ、とってもね」オリヴィアは認めた。

「だけど、詮索はしない。あなたの初体験のときはそばにいなかったから、詮索しようにもできなかったわね。そばにいないときだったんでしょう?」

「ええ」モーガンはフォークを取って腰をおろした。「大学のときよ。がっかりな体験だった」

「わたしも、あなたの初体験のときはそばにいなかったわね」オリヴィアがオードリーに向かって言った。「でも、春休みに帰省したときにぴんと来たわ」

「だって、あの軍服よ。わたしに勝ち目はなかったわ」

「それってお父さんのこと？　お父さんが初めての相手だったの？」

「最初で最後の相手よ」

「最後ってところはあなたの責任ね。あのソムリエなら、モーガンの瞳と同じ輝きをあなたの目に与えてくれると思うけれど」

「もう、お母さんったら。お母さんはお父さんが初めての相手じゃなかったの？」

「やめてちょうだい」オリヴィアはくすくす笑い、フォークいっぱいのケーキを頬張った。「あの時代を思いだして。自由恋愛（フリーラブ）よ、ベイビー」ピースサインをしてみせる。

「あなたのお父さんは初体験の相手じゃなかった。だけど、最高の相手だった」モーガンへ目を転じる。「マイルズはいい人よ。仕事中毒（ワーカホリック）気味ではあるけれど、あなたにはお似合いね。似た者同士だから。彼ならセックスを強要することはないだろうし、あなたはセックスを強要された女性の顔じゃない。大事なのはそこよ」

「むしろ、わたしから誘ったようなものだから。彼の家には小塔があるの」

「それって性的な意味合い？　ネットのスラング辞書で調べれば出てくるかしら？」

「いやだ、おばあちゃん」今度はモーガンが噴きだした。「文字どおりの小塔よ。小塔つきの家だったの。小塔に見とれているところをマイルズに見つかってしまって。

それに、彼はとても人なつっこい犬を飼っているのよ。小塔のなかを見せてほしいとお願いしたら快く入れてくれて、本当にすばらしいものを見られたわ。そのあとはなんだかんだいろいろあって、そういうことになったの」

「マイルズを愛しているの？　これも詮索になるのかしら？」オードリーは自分で言ってから考えこんだ。

「わたしの娘はなんて古風に育ったのかしら。どうしてこうなったのか、さっぱりわからないわ。オードリー、ふたりは若くて健康な、独身の成人男女なのよ」

「マイルズのことは好きよ」モーガンは自分の気持ちをはっきりさせた。「言うまでもなく、彼に惹かれている。マイルズは多くの面を持ち、とても興味深い男性だわ。それに、ええ、仕事に対する彼の姿勢とファミリービジネスへの献身ぶりを尊敬している。この関係がどこへ向かうのかはまだわからないけど、今の関係に何ひとつ問題はないわ。

このケーキ、最高よ。これならラズベリーと生クリームが合いそう。見た目が華やかになるし、おいしさもぐんとアップすると思うわ」

「明日、マイルズのところへ少し持っていったら？」オードリーが提案した。

「それは大丈夫よ――彼にはクッキーがあるもの。それに途中でピザを買っていくつもりなの」

「すてきね」オリヴィアは椅子の背にもたれかかってため息をついた。「ピザにセックス——わたしにもそんなころがあったわ。若さを妬まないでいるのは難しいものね。さて、年寄りはベッドに入って本を読みながら寝ることにしましょう」

「おばあちゃんは年寄りじゃないわよ」モーガンはスツールから立ちあがって祖母を抱きしめた。「おばあちゃんはいつまでも若いわ。後片づけはわたしにまかせて」

「いつまでも若い、ね」オリヴィアは孫娘をぎゅっと抱きしめた。「ほかに孫がいたとしても、そう言ってくれるあなたは最愛の孫になっていたでしょうね。おやすみなさい」

「たしかに、お母さんはいつまでも若いわ」オードリーは同意した。「二十年後、わたしもあれくらい元気でいられるよう祈るばかりよ」

その場の雰囲気か、その瞬間に後押しされ、モーガンは母親に向き直った。

「お母さんのことを詮索させて」

「詮索するほどのことがあるとは思えないけど」

「離婚したあと、どうして誰ともつきあわなかったの?」

「本当に、どうしてかしらね、モーガン」オードリーは小さなため息をつき、うっすらと赤面した。「その、誰かとつきあおうにも、最初にどうすればいいのかも、どこへ行けばいいのかもわからなかったの。あなたはまだ子どもで、わたしがそばにいる必要があったけど、わたしは仕事もしなくてはいけなかった。でも、わたしにはなんの取り柄もなかった」

「どうしてそんなことを言うの？ そんなわけがないでしょう。お母さんは、異動命令が出ればあっという間に荷物をまとめ、引っ越し先ではすぐに荷ほどきをして片づけた。家を切り回し、お父さんがいないときはなんでもやっていたわ。わたしが手伝うことなんてほとんどなかったくらいよ」

「あなたには友だちを作ってほしかったの、わたしみたいに幸せで気楽な子ども時代を送ってほしかった。ばかよね、あなたの置かれた環境はまったく違うものだったのに」

「今はわたしの話ではないわ。わたしはお母さんに尋ねているの。そして、もっと早く尋ねておくべきだったと気づいたところよ。お母さんは幸せじゃなかった。幸せなふりをしていたけど、そうじゃなかった。なぜ自分から別れなかったの？」

「彼を愛していたから。そうよ、ひと目見た瞬間から本当に愛していた。だから立ち直るのに長い時間がかかったわ」

受け皿の上で所在なげにティーカップをくるくるまわす。

「それが問題だったのかもしれないわね。一瞬で真っ逆さまに恋に落ちたのが。よき妻、よき母になりたかっただけなのに、わたしはそのどちらにも失敗した」

「そんなことを口にしないで。本気で言っているのよ」

「あなたは何もほしがらなかった——ひとところに腰を落ち着けて、仲のいい友だちとずっと一緒にいること以外は。あなたにとって、とても大事なことだったのよね。あなたは引っ越しをあんなに嫌っていたのに、わたしは離婚するとすぐにそれを繰り返した。失敗するのが、失敗したことを認めるのが怖くて、それから目をそらしていた結果、失敗をし続けたの。だけどあなたは自分の居場所を作り、自分の人生を築いた。だから——」

「今はわたしの話ではないの」モーガンは繰り返した。「今は違うわ」

「そうね」オードリーは長い息をひとつ吐き、うなずいた。「別れなかったのは彼を愛していたからよ、それにあなたから父親を奪いたくなかった。わたしは——理解するには長い時間がかかったけれど——自分の両親がうらやましかったの。両親みたいになりたくて、あなたにとって、彼らみたいな親になりたかった」

「おじいちゃんとおばあちゃんは愛しあっていた。お母さんを愛してくれた」

「いつでもね。それなのに、わたしはふたりみたいにはなれなかった。あなたに、ふたりのような家庭を作ってあげられなかった。だから失敗したように感じていたの」

「失敗したのはお父さんのほうよ」モーガンは言った。「お父さんは夫として、父親として失敗した」

「ええ。そのとおりね。彼の話をするときはずっと神経を使っていたわ。彼があなたへの態度を変えてくれるんじゃないかと、ひとりきりの子どもに連絡をよこしてくれるんじゃないかと期待を持ち続けていたから。でも、そんなことは起きなかった。これからも起きることはないのよね」

「お父さんがわたしを愛したことは一度もないわ」

オードリーの目に涙が盛りあがったが、母は首を振り、さらに紅茶を飲んだ。

「そうね。本当にごめんなさい。あの人はわたしたちのどちらも愛したことはない。あるいは、愛するのをやめてしまったのか、どちらかはわからずじまいね。わたしたちは彼の望むものではなかったのか、彼が自分にふさわしいと思うものではなかったんでしょうね。彼の帰宅時間が近づくと、すごく緊張したものよ」

「気づいていたわ」

「親は子どもに見抜かれていることに気づかないものね。わたしは彼が怖かった——暴力が怖かったわけではないのよ」オードリーは急いで言った。「彼は一度も手をあげたことはない。だけど、彼を失望させるのが怖かったの。そしてわたしは彼を失望させてばかりいた。彼は子どもを持つことに乗り気ではなかったけれど、もし持つなら息子がほしいと言っていた。ところがわたしが産んだのは娘で、彼をがっかりさせた。あなたを産んだあと、避妊手術をするよう彼に求められたわ。わたしは二十四になるかならないかで、もっと子どもがほしかった。彼に逆らったのはたぶんあのときだけね。それで彼がパイプカットして、わたしたち夫婦に子どもができることはもうなくなった」

「お父さんのやり方は残酷ね」

「いいえ、違うの、残酷とは違うのよ、モーガン。彼の頭のなかでは常に自分が正しくて、それは動かしようがないの。わたしは子どもがほしくて、子どもをもうけた。あなたが清潔で、きちんと食事を与えられ、きちんとしつけられ、きちんと教育されているかぎり、彼は自身の務めと見なすことを果たした。彼はわたしが家の外で働くのをよしとしなかったから、わたしは働きに出なかった。家とあなたの面倒を見るのは、どこに住んでいようとわたしの務めだった。わたしの成績は、彼の尺度では、平均点を超えることはなかったの。要するに、わたしたちはお互いに合っていなかったのね」オードリーは結論づけた。「わたしはさっさと結婚に見切りをつけて、あなたを連れて実家へ戻るべきだった。だけどそれは失敗を意味していたから、わたしはそうしなかった。すると、彼のほうから見切りをつけられたわ。彼は自分の求める相手と、自分に合った相手とめぐりあった。だから、わたしに離婚を突きつけて条件を提示した。ショックを受けるようなことじゃなかったのに、ショックだったわ。傷つくことでもないのに、わたしは深く傷ついた」

「お父さんが出ていったあと何週間も、お母さんは毎晩泣いていたでしょう」

「子どもに見抜かれていることに気づかないものね」オードリーはつぶやいた。「それでも、わたしは実家へ戻らなかった。母と父は最初から彼のことが嫌いだったの。わたしの夫として、あなたの父親として、敬意は払っていたけど、どちらも心からの愛情を抱くことはなかったわ。だから実家へ戻らなかったの、戻ればわたしの失敗を意味するから」

母の気持ちが手に取るようにわかることにモーガンは気がついた。ロズウェルの事件後、自分もまったく同じことをしていたからだ。

「実家へ戻らずにあなたをあちこち連れ回し、いい場所が見つかったらそこに腰を落ち着けるわと自分に言い聞かせた。だけど、本当は失敗から逃げていたのよ」

「お母さんは失敗なんかしていないわ」

「人生に失敗したように感じていたの。彼は離婚が成立した翌日に再婚したのよ」

「知らなかった。そんなにすぐだったなんて」

「翌日よ。ああ、顔を平手で叩かれた気分だった。彼の望むものになろうと何年も努力を重ねてきたのに、ああもあっさり新しい妻に取って代わられるなんて。だからわたしは逃げ続けた。やがてあなたが大学に進学して家を出ていくと、わたしは途方に暮れたわ」

「お母さん」

「あなたに必要とされている以上に、自分があなたを必要としていたことを痛感させられた。あなたはおばあちゃんによく似ているわ、モーガン。強くて、がむしゃらで、自立していて、そのうえ本当に賢い。それで気づいたの、自分の子育ては少しも間違っていなかった、わたしはひとりであなたを立派に育てあげたじゃないかって。そのあとしばらくして実家へ戻ったけど、自分の失敗を認めたようには感じなかった。故郷へ戻ってきただけのことだったわ。そのうち、いつの間にかあの人を愛するのをやめていて、彼との関係が、彼自身がもっとはっきり見えるようになった。彼は失敗したのよ、あなたが言ったとおり。夫として失敗し、それに父親としては間違いなく失敗した。それでも、わたしたちはこうしてなんとかやっている」

「最高にうまくやっているわ。お母さんはなんでもひとりでやってきたのに、わたしはちゃんと感謝したことがなかった。だから今、感謝させて」

「あなたに認めてもらえるのが何よりうれしいわ」オードリーは娘の手をぎゅっと握った。「あなたはわたしの誇りよ。もっと早くあなたを連れてここに戻ってきて、腰を落ち着けられる場所をあなたに与え、祖父母と暮らせるようにしなかったことを悔やむ気持ちもあるけれど、そうしていたら、あなたは今こういう形でここにはいなかったかもしれない」

「引っ越しを繰り返すのは大嫌いだった」

「ああ、ベイビー、それはわかっていたわ」

「だけど、その経験が今のわたしを作りあげている。だから、悔やむ必要はないわ。お母さんは弱い人だと思っていた。でも、今も昔もお母さんは並外れて強い人だわ。お母さんはまさにナッシュ家の女性(ナッシュ・ウーマン)よ」

オードリーは身を乗りだし、娘を強く抱きしめた。「わたしの自分勝手な理由だけど、あなたがマイルズとセックスしてくれて本当によかった」

モーガンは笑い声を響かせて体を引いた。「どうして？」

「どんな理由であれ、わたしが閉ざしっ放しにして、もう一度開ける方法がわからなくなっていたこの扉を開けてくれたからよ。今、わたしたちはその扉を一緒にくぐった。もう心配ないわ」

「心配なんてもとからなかったわ。わたし、ここへ戻ってきてよかった。戻ってくることになった理由はつらいものだけど、それでもこの街に戻ってよかった。お父さんの名字のままにしたのは、わたしのため？」

「それは……親子で名字が違うのはいやだったの」

「その名前も捨てるべきよ。そうよ、わたしもそうするわ」これまで思いつかなかったのが不思議に思えるほど、正しいアイデアだと感じた。

「ねえ、お母さん、わたしたちはふたりとも同じミドルネームを持っているでしょう――おばあちゃんの名字を」

「おじいちゃんは、おばあちゃんが名字を変えないのを気にしたことはなかったわ。〝リヴィ・ナッシュ、ほら、これをご覧〟ってよく言っていたものよ」

「わたしも覚えてる。わたしたちもナッシュを名乗れば、三人とも同じ名前になるわ。ナッシュ・ウーマンよ、お母さん。それほど複雑な手続きじゃないはずだわ」

「それはあなたが望んでいること？」

「お母さんに同じ質問を返すわ」

「ナッシュ・ウーマン。ええ、気に入ったわ。すごくいい」

「じゃあ、やりましょう」

「あなたが本当にそれでいいなら、明日ローリー・ジェイムソンに電話をして、どうすればいいかきいてみるわ」

「ええ。本当の自分になるのよ、お母さん。オードリーとモーガン・ナッシュに」

そのあと、自分の部屋でモーガンは鏡に映した自分の顔をしげしげと眺めた。すばらしいセックスを何度も楽しんできた顔に見えるとは言えなかったものの、思いがけない幸せを見いだした顔に見えるし、そう感じた。

そのきっかけとなった出来事には戦慄するし、ギャヴィン・ロズウェルに感謝するつもりはなかった。それを言えば、大佐に感謝する気もない。

とはいえ、自分にはひとつ屋根の下に暮らす強い女性たちがいて、愛する仕事があり、そして——少なくとも今は——本当に好きだと思えて、その気持ちにこたえてくれる男性がいる。

「モーガン・ナッシュ」そうつぶやいて、自分に微笑みかけた。「それがわたしよ。この名前は誰にも奪えない」

19

ピザの前にセックスが始まっても、モーガンにとっては少しも意外ではなかった。

ようやくピザとワインの食事を始めると、ハウルにはピザを買いに行く前に用意しておいた、ビュイック・サイズの犬用ガム（ローハイドボーン）を与え、祖母たちと話したことをマイルズに伝えた。

「あなたに言われたとおり、ひと目でばれたわ。そのうえ、祖母が結婚前にはフリーラブを謳（うた）うちょっとしたヒッピーだったことも判明したの」

「それは知っていた」

「どうして？」

マイルズはグラスをかかげた。「ぼくにも祖母がいるからだ。うちの祖母はフリーラブを謳うヒッピーではなかったらしいが、きみのおばあさんの若々しいライフスタイルに対していくらか称賛を示したことがあり、多少の羨望もあるようだ」

「そうなの？　時間と機会があったら、その若々しいライフスタイルについて祖母からもっと話を聞きださないと。母とも、遅ればせながら大佐のことについてじっくり話しあったわ。わたしは子どもだったから、自分のことしか見えていなくて、大佐のせいで母がどんなにつらい思いをしていたのか、本当の意味では理解していなかった。離婚がどれほどこたえたかも。離婚後、母は引っ越しを繰り返し、わたしはそれがいやだった。わたしは根っこ（ルーツ）がほしかったの」

マイルズの庭を見まわしてから、室内へ目を戻す。「あなたがここに根をおろしたように。母は気まぐれでも、弱くもなかったことをわたしは理解していなかった。母は立ち向かっていたのよ。母は父を愛していた。その理由はわたしには理解しがたいけれど、母は父を愛していたの」

「愛は奇妙で説明のつかないものだ」

「そのようね」モーガンはピザをもうひと切れかじった。「そんなふうに人を愛したことがある?」

「ないな」

「わたしも。惹きつけられたり、心から好きになったりすることはあっても、最後のひと押しに届かないの。父もわたしたちに愛情を抱いていなかった。母とそれを確認してすっきりしたわ。今日、母はあなたのお父さまと話をしてきたのよ」

「そうなのか」

「オルブライトの名前を捨てて――正式に――ナッシュ・ウーマンになるための法的手続きに関してね。ナッシュは祖母の名字で、母とわたしのミドルネームなの。母はわたしのためにオルブライトの名前を残し、わたしはただ単にずっとその名前だったから変えなかった。でも、そのままでなくていいのよ。手続きはそれほど複雑ではないけど、いくつもの手順を踏まなくてはいけなくて、まずは郡への申し立てから始まるの。それはあなたのお父さまがやってくれることになっているわ。改名にともなって、変更する書類が大量にあるのよ」

「運転免許証、社会保障カード、パスポート」

「そう、その手のものよ。身分証明書を新たに発行してもらうことになるわ。何も、新しい自分になるわけじゃなく、本当の自分にふさわしい名前になるだけ。三人一緒の名前にね」

「お母さんの旧姓はケネディだろう?」

「ええ、だけどナッシュの名前はあらゆる意味でしっくりくるわ。その名前にも、改名する意味にも満足できる。これも、わたしたちがセックスをたっぷり楽しんだ副産物よ」

「まだまだ楽しむ予定だから、ほかに何が出てくるかは乞うご期待だな」

モーガンはワイングラス越しにマイルズに微笑みかけた。「今日の仕事はどうだったか、尋ねてもかまわない？　それとも仕事のことは職場に置いてくる主義？」

「仕事が職場だけにとどまることはない。それがファミリービジネスだ」

「よくわかるわ。母と祖母も新しい商品や新しいアイデアのことをいつも話しているから。ゆうべも、わたしが帰宅したらパウンドケーキを試食しているところだったの。カフェのメニューに加えるんですって。それで、仕事はどうだった？」

「今日はまず、各部門の責任者と月曜の朝の定例ミーティングをし、ヘッドバトラーから厨房とストレージ・エリアの改修のリクエストを受けた。それから会計報告を聞いた。途中でジェイクが訪ねてきてくれたおかげで、ごく短いあいだだがひと息つくことができた」

「ジェイク？」

「ジェイク・ドゥーリーだ」

「ドゥーリー署長？」モーガンは喉がふさがりそうになった。「また何か――」

「違うよ。ジェイクはぼくの友人であり、親友なんだ。中学と高校が一緒だった。彼は……彼はいわばファミリーだ」

「カフェのオープニングのときに会ったわ。あなたの友人だとは思わなかった」

「おむつをしていたころからというわけじゃない。ニキビ面だったころからと言うほうが正しいだろう。署のチーム育成の一環でロープコースを使いたいそうだ。日程と内容をリアムと決めている」

単なる日常的なことだと、モーガンは気がついた。日常的なことを話せるのは、なんて恵まれているのだろう。

「あなたはもう試したの？」

「それがジェイムソン流だ。ゲストに提供するサービスは、まず自分たちで試す。祖父母は免除しているけれどね」

「どうだった？」

「まずまずだよ。リアムはスパイダーマンばりの動きだったが、ぼくはまずまずだ。きみもやってみるといい」

「ええ、そうするわ――来世でね。でも、たぶんわたしもできるわよ。筋肉がどんどんついているもの」

「どうかな」

「本当よ！　前よりはついたわ」

「ぼくと腕相撲をするか？」

「やめておく。だけど、ピザのあとでプロレスならいいわよ」

マイルズはピザをもうひと切れ取った。「完璧な女性にさらに近づいたな」

帰宅して自分のベッドへ体を滑りこませたとき、モーガンはほとんど完璧な気分だった。

週のなかばの夕方、マイルズは弟と妹とともにバーへやってきた。今夜も第三世代のミーティングのようだ。彼らが店の奥のテーブルについたとき、モーガンはそのことを見て取った。

給仕係が注文を取ってきてバーカウンターに伝え、モーガンはそれに応じた。アプレ・バーガーを三つ、チーズフライをふたつ、これは三人でシェアするのだろう。リアムはいつものドラフトビール、ネルには白ワイン、マイルズにはカベルネ。そして、炭酸の入っていない水のボトルをテーブルに一本。

モーガンは手を動かしながら観察した。

三人は話をしていた。笑ったり、かぶりを振ったり、ぐるりと目玉をまわしたりしている。軽い言い争い――いいえ、議論と言ったほうがいい――もあった。給仕係に話しかけるときだけ、言葉を切る。

三人は九十分近く滞在し、帰りがけにバーカウンターへ立ち寄った。

「週のなかばにしては、いい客の入りね」ネルが観察して言った。

「夕立がなければ、外のテラスにはもっと人がいたでしょうけど」

「外といえば、連絡事項よ。詳しくは明日話すけど、テラス席に急な予約が入ったの。

サプライズのバースデー・パーティーで、人数は二十六人。テラスを貸し切ることに急に決まったそうよ。来週木曜日、七時から十一時まで」

「承知しました」

「細かなことは、また明日ね」

「ここでお待ちしています」

「新設のロープコースでまだ見かけていないね」リアムが言った。

「そのうち行くわ、そうね、十五年か、二十年以内には」

「ぜひ挑戦してほしいな。ぼくが――コツ（ショー・ザ・ロープ）を教えるよ。それじゃあ、また」

「ええ」

マイルズは何も言わずにふたりとともに出ていき、モーガンは両眉をあげただけで仕事を続けた。

二分後、彼が戻ってきた。

「もう一杯？」

「いいや。日曜は今月の家族会議がある」

「そう」

「だから、金曜の夜にぼくと一緒にうちへ来て泊まらないか？」

モーガンはバーカウンターをふいた。「予定は空いているわ」

「決まりだな。今日は用があるから行くが、金曜日に」

「ええ、よい夜を」プロらしく、感じのいい声で言った。

そして心のなかでにんまりしつつ、次の注文に応じた。


土曜日、モーガンは庭の手入れを手伝い、ガーデニングにも明るいことを証明した。マイルズは自分で予期していた以上に彼女と過ごすことを楽しんだ。

彼が仕事関連の電話とメールに対応しているあいだ、モーガンは犬と一緒に外へ出ていた。

マイルズが庭へ戻ると、テーブルの上には庭用の古いバケツに花が活けてあり、モーガンは庭でテニスボールを放り投げているところだった。

驚いたことに、ハウルは大喜びでボールを追いかけただけでなく、大喜びでボールを口にくわえて戻ってきた。

「どういうことだ！」

ボールを受け取ったモーガンが、はっと振り返った。「ごめんなさい。バケツと一緒にボールを見つけたから、てっきりハウルの遊び用だと思ったんだけど」

「あいつはボールを見つけたから、ボールを追いかけていたぞ」

「それはそうでしょう。だって、犬だもの」

「ハウルは絶対に追いかけないんだ。貸してくれ」

モーガンは、よだれでべとべとのボールを彼の手のひらに落とした。マイルズはそれを投げた。ハウルはお座りをして彼を見あげている。

「まあ」モーガンは咳払(せきばら)いをしたが、笑い声はごまかせなかった。「なるほどね、わかったわ」

「わかった？　本当にわかったのか？」マイルズはそう言い捨てて庭を突っ切り、自分でボールを拾った。黒の小さなショートパンツと細いストラップの白のタンクトップ姿でたたずみ、ハウルの耳のあいだをかいてやっているモーガンのもとへ引き返す。彼はモーガンへボールを渡した。「もう一度投げてみてくれ」

彼女が投げると、ハウルはしっぽを振り、目を輝かせてボールを追った。跳ねるようにして戻り、彼女が伸ばした手にボールを落とす。

「いい子ね！」

「くそっ。侮辱も同然だ。おまえは誰から餌をもらっているんだ？」

ハウルはモーガンの脚にべったりと寄りかかった。マイルズを笑っているように見えるのは妄想ではないだろう。

「本気じゃないと思われているのかもしれないわよ。もう一度投げてみたら？」

「もういい」

モーガンは自分でボールを投げた。「明日は家族会議でしょう、花を飾るといいかと思って。仕事の服に着替える前に、花瓶に活けましょうか？」

「ああ、まかせる」

ハウルを褒めたあと——ハウルのやつ、すっかり舞いあがっているじゃないか——彼女は物置にボールを戻した。家のなかへ戻るとき、マイルズは犬を締めだそうとしたが、ハウルがあまりに、言ってみれば、モーガンに首ったけで、そうするのはかわいそうに思えた。

「花瓶はある？」彼女が手を洗いながら問いかけた。

「ダイニングルームのサイドボードの下だ。好きなのを選んでくれ。ビールを飲むかい？」

「わたしはいいわ。いまだにおいしさがわからないの」

「じゃあ、コーラ？」

「ええ、お願い」モーガンはしゃがみこみ、サイドボードの下の扉をひとつ開けた。

「わお。ちょっとしたコレクションね」

「祖母が引っ越しのときに自分のほしいものだけ持っていったんだ。ほとんどは祖母のコレクションだ」

「これ、きれいだわ」彼女はなめらかな木肌の花瓶を持ちあげた。「〈クラフティ・アーツ〉で買ったものかしら？」

「ああ。ぼくの知りあいの作家が作ったものだ。去年の秋にあそこで個展があった」

「これならちょうどよさそう」花瓶を取りだし、花を活ける。「あなたは知りあいが多いんでしょうね。ひとつところに住んで、同じ学校へ行き続けるメリットだわ」

「みんなが故郷に残るわけではない」

「そうね、もちろん違う。だけど残る人が多いんじゃない？〈アプレ〉のスタッフは地元出身者か、ここでの暮らしが長い人がほとんどだわ。ウェストリッジとは限らないけど、この地域の人たちよ」

「働き口が多く」マイルズは彼女にグラスを渡した。「いい学校もある。犯罪発生率は低く、工芸家のコミュニティが確立されている。景観に恵まれ、アウトドアスポットや観光名所に事欠かず、国有林に近い」

「商工会議所も冬の長さはどうにもできないでしょうけど」

「冬の長さを楽しむ方法を学べばいい」彼女を眺めていたくて、マイルズはビールを片手にカウンターに寄りかかった。「スキー、雪中ハイキング（スノーシューイング）、湖で滑るアイススケート、ピックアップホッケー、氷上釣り」

「氷に穴を開けてテントにまで入って、釣りをしたがる人の気持ちがわからないわ」

「万人向けではないな」

モーガンがちらりと見た。「あなたはどうなの？」

「一生やる気はない。ばかみたいに寒いからな」彼女が笑うと、マイルズは肩をすくめた。「だが、楽しんでいる人は大勢いる。単に魚を釣るだけじゃなく、ビールを飲んだり、仲間同士で過ごしたりするのを楽しんでいる。リアムは氷上釣りが好きだが、いつも祖父と連れ立って出かけ、たいていはのんびり座っている。たまにほかのテントをまわってはしばらく雑談し、戻ってきて聞いてきたことを祖父に話すんだ」

「リアムはクルーズ・ディレクター（クルーズ船内でイベントなどを取り仕切る責任者）の社交術を身につけているのね。もっとも、彼はもともとそういう人だけど」

モーガンは後ろへさがり、活けた花のできばえを確かめ、ところどころ整えた。

「それはきみも同じだろう」

「わたし？　同じとは言えないわ。彼のは生まれ持った才能よ。わたしのは努力して身につけたもの。内気な性格では給仕係やバーテンダーは務まらない——少なくとも、チップを弾んでもらいたいならね。わたしはそれが励みになって殻を破れたわ」

「ぼくなら、きみの性格を言い表すのに内気という言葉は使わない」

「今はそうでしょうね」彼女はアイランドカウンターの中央に花瓶を置いた。「でも、あなたは当時のわたしを知らないわ。大学に入るまで、まともなデートひとつしたことがなかったのよ」

「当時まわりにいた男たちには、目も耳もついていなかったのか？」

モーガンは微笑んだだけでなく、彼のところへ来てキスまでしてくれた。「わたしは無口でガリガリの転校生だったの。授業の予習は完璧だけど――そういう決まりだったから――教室では〝先生に当てられませんように〟ってお祈りしていたものよ。それが大学へ進むと、四年間は間違いなくそこにいるわけだから、自分をちょっぴり改造する時間ができた。それで特訓したの」

「特訓？」

「ええ。今日は三人に話しかけて、相手の言葉にしっかり耳を傾けること。今日はあのコーヒーショップへ入り、ひとりでテーブルに向かって背中を丸めて座るようなことはしないこと、だって雇ってもらうんだから。しばらくすると毎回課題を考えたり、自分に言い聞かせたりしなくてもよくなったわ」

モーガンはマイルズの胸板をぽんと叩いた。「あなたは生まれながらの自信家でしょう。わたしみたいに、習い性になるまで自信家のふりを続ける人もいるのよ」

「うまくいったようだな」

「ええ」彼女は引き返し、花瓶の花をもうひとつ整えた。「想像するに、リアムは昔から友人に、あるいは彼の友人になりたがる人たちに囲まれていたんでしょうね。ネルは人気者だけど、いじわるなグループのメンバーではなかった。彼女はルックスもスタイルも抜群で頭がよく、フェアな性格だもの。そしてあなたは、ひとりで行動することが多く、本物の友人が数人いるだけ。警察署長みたいな友人がね。きょうだいの誰ひとりとして内気さと戦う必要がなかったのは、自分が何者かを常に、最初から知っていたからよ。わたしは自分が何者になりたいのか、そして、そうね、自分が何者なのか、その答えを解き明かさなければならなかった」

「それで、解き明かしたのか？」

「ええ」モーガンは活けた花を背にして、くつろいだしぐさで彼に寄りかかった。「ロズウェルはわたしからそれを奪い取った気でいた。アイデンティティを奪って消し去る、それが彼の狙いよ。しばらくのあいだは、わたしは彼が成功したと思っていた。だけど、そうじゃなかった。彼に何を奪われたとしても、今も変わらずわたしはわたしよ」

マイルズは彼女の背中を片手で撫でおろした。「ぼくには、本当のきみは解き明かす必要などなく、ただ掘りだしてやればいい相手だったように見える。本当のきみは、最初からそこにいたんだ」

「すてきな考え方ね。それにこれも」顔をあげ、もう一度彼にキスをする。「とってもすてきだった。さてと、わたしは階上に行って仕事の支度をしてくるわ。遅刻したくないの。ボスにクビにされちゃうかもしれないから」

ハウルはモーガンのあとを追って階段をのぼっていった。マイルズも思わずそうしかけたが、ばかなまねはやめろと自分をたしなめた。三十分後、セットした髪に非の打ち所のないメイク、ぱりっとアイロンのきいた制服姿で彼女が戻ってきたとき、マイルズはカウンターに座って仕事をしていた。

「もう行くわ。明日の家族会議を楽しんで。ハウルも」モーガンはしゃがみこみ、犬に話しかけた。「いい子にして、マイルズともボール遊びをしてあげるのよ」

「マイルズはもうボール遊びはしないそうだ」

「意固地ね」そう言いながら、もう一度彼にキスをする。

マイルズは玄関までモーガンを見送りながら、戻ってきてくれないかと、店を閉めたら来てほしいと、彼女に声をかけそうになるのをこらえた。そこまで求めるべきではないし、早すぎる。

隣で悲しげな声をあげるハウルとともに、マイルズは車へと歩み去る彼女を眺めた。声をかけなかったことを後悔する気持ちはあったものの、お互いに自分のスペースと時間が必要だ。

玄関ドアを閉めると静寂が気になり、それを気にする自分に嫌気が差した。

静けさは好きだったはずだろう。

カウンターへ引き返し、ビールの残りとノートパソコンをつかんで、両方を持って外へ出た。そして仕事に戻った。

今日の家族会議のために、グリルで焼いた骨つき肉に祖父特製のソース、祖母のポテトサラダ、野菜のグリル焼き、母のストロベリー・ショートケーキが用意された。だが、食事の前にビジネスだ。一同はサンティーやレモネードのグラスを手に、ダイニングルームのテーブルを囲んだ。

夏のウエディングや婚約披露パーティー、家族親睦会などのイベントに加え、新たに展開するいくつかの秋のパッケージプランが議題にあがった。

ネルはニックの昇格、メニューの変更点、そして〝湖畔のピクニック〟の成功――および問題点――を取りあげた。

「ゲストからのフィードバックはおおむね好意的だったわ」ネルは続けた。「だから秋まで継続したいの、気候の許すかぎり。ヴァーモントの紅葉は昔から観光の目玉よ。そこにキャンプファイヤーをプラスして、ゲストにスモア（キャンプファイヤーで焼いたマシュマロにチョコレートを添え、クラッカーなどではさんだもの）作りを体験してもらうの。会計報告を見れば、ピクニックの予約でレストランとルームサービスの売上げ減を補ってあまりあるのがわかるわ」

「テラス席を利用するゲストに提供しているような膝掛けを用意してはどうかな」ミックが提案した。「夏の終わりや秋の始めは冷えこむこともある。老体には特にこたえるよ」

「それなら追加で注文する必要があるわね。やってみる価値はあると思う」

ミックは妻を見て、それからマイルズへ目をやった。「マイルズ？」

「フィードバックは好意的で、売上げも伸びている。ぼくもいいと思う」

「じゃあ、次の人どうぞ」ネルがリアムに言った。

リアムは報告書の記載事項を順に説明した。「それから木曜は、ウェストリッジ警察署のチーム育成イベントを開催する。これはぼくが担当し、ウェブサイト用に写真を何枚か撮影させてもらう。ボランティアの消防団にも同じプランを売りこんでみようかと思っているんだ。同じ割引価格で」

「いいわね」彼の母親はサンティーをすすった。「マーケティングに力を入れれば、ほかの警察署や消防団も呼びこめるかもしれない。だけど写真撮影はカメラマンを雇いましょう、リアム。あなたはグループの相手で手いっぱいになるわ」

「ウェブサイトは更新する必要がある。ぼくがやっているところだが」マイルズは声をあげた。「よし、それを記事にして掲載しよう。ぼくからトリーに連絡する」マイルズはメモを取った。「木曜に写真撮影を頼めるか確認しよう」

「助かるよ。どのみち次は兄さんの番だ」リアムは兄に言った。

マイルズは時間をかけて、今月の事業の総括と、スタッフの変更、現行と今後のアップデート事項、ウェブサイトの更新状況を報告したあと、新しいパンフレットを見せた。

「加えて、ひとつ案がある。多かれ少なかれ、チーム育成イベントとさっきのマーケティングに関連する。氷上釣りだ」

「もう冬のことを考えなきゃいけないの？」ネルは嘆息した。「サンダルに戻るのだってまだ慣れていないのに」

「考えようと考えまいと冬は来る。氷上釣り大会を開くんだ。期間は三日間で、賞金つき。参加者の多くは地元の人たちになるだろうが」マイルズは続けた。「もちろん、誰でも――ゲストも――参加できるようにしたい。だから参加料は手頃な金額に抑える。こちらで魚にタグをつけて、そうだな、数は一ダースにしよう。父さん、法律にかかわる部分はお願いするが、参加者は全員、漁獲許可証が必要になるだろう。たとえば、タグつきのうち六匹は、それをつかまえたら賞金百ドル。五匹は千ドル。そして一匹はグランプリで一万ドルだ」

「そいつはいいな」ミックが両手をこすりあわせる。「一匹残らず釣ってやろう」

「ぼくたちが参加できないのはわかっているよね。参加料を取っても、赤字になる可能性はあるが、地域とのつながりを深めることができて、いい宣伝になる。成功したら、毎年恒例の行事にしてもいいだろう」

「すばらしいアイデアだと思うわ」リディアはマイルズのほうへ頭を傾けた。「あなたは氷上釣りはしないでしょう。したこともない。それなのにどうしてこんなことを思いついたの?」

マイルズは肩をすくめた。「冬は毎年来るし、ここの冬は長い。それを活用すれば宣伝費をかけずにいくらでも〈ザ・リゾート〉を売りこめる。地元のテレビ、インターネット、口コミ。ウェブサイトやソーシャルメディアでも大々的に宣伝しよう」

「タグをつける魚は二ダースにしてもいいかもな。詳しいことはまかせるぞ、ローリー」ミックは息子に言った。「大会の運営方法や賞金について調べてくれ」

「まかせてくれ」

「百ドルの魚、五百ドルの魚、千ドル、そして大当たりが一匹だ」

「テントのデコレーション・コンテストもできるわね。壮観な景色じゃない?」ドレアが思案した。「何も賞金でなくていいわ。一泊宿泊券とか週末の無料券、スパやショップ、レストラン、バーの割引券。ホットチョコレートやコーヒー、焼き菓子の屋台を出しましょう。それはネルとわたしで考えるわ。一月の氷の彫刻イベントで出すような感じのものよ、ネル」

「じゃあ、開催決定だな」リアムはメモを取りながらうなずいた。「どうしてぼくが思いつかなかったかな」

「ロープコースはあなたのアイデアの勝利でしょう」母親が言った。

「ああ、それはそうだね。ほかに何かある？　おなかがぺこぺこだ」

「もうひとつ。〈ザ・リゾート〉の事業と個人的なこと、両方に関係する」

「ファミリービジネスですもの」ドレアは両手をあげた。「多くのことがそうよ」

「そうだね」マイルズは同意した。「そういうわけで、みんなには伝えておきたいと思って。ぼくはモーガン・オルブライトとつきあっている」

沈黙、それに一瞬の困惑は予期していた。そしてどちらも予期したとおりだった。

「ええと、モーガンとつきあっているって」ドレアがゆっくりと言った。「デートをしているってこと？」

ネルはマイルズに鋭い視線を投げかけた。「彼女と寝ているってことよ、お母さん。マイルズ、恥を知りなさい」

「悪かったな。おまえが彼女と寝たかったのか？」

「ほんと、すてきな兄よね？　ヴァーモント州在住の女性ではベッドのお相手が足りなくて、うちの従業員に、しかもわたしの部門の従業員に手を出したってわけ？」

「それも謝るよ。ほかは全員手をつけてしまって残っているのは彼女だけだったんだ。彼女に飽きたら、次はニューハンプシャー州あたりをあさるさ」

「ふたりとも、いいかげんにしなさい」ローリーが手のひらを外側に向けて両手をあげた。「もうよさないか。まず、これはマイルズの私生活の問題で、ここにいるほかの全員と同様、マイルズには私生活を送る権利がある。次に、ここにいる全員、それにマイルズのことを知っている者なら誰も、マイルズがいかなる形でも女性や従業員に性的関係を強要、もしくは無理強いすると考えるはずがない」

「モーガンは違うかもしれないわ」

リアムがいらだたしげに息を吐いて姉に向き直った。「そんなわけないだろう、ネル。モーガンがここで働きだしてしばらく経つけど、意志の強い女性という印象だ。マイルズがそんなことをするなんてぼくは思ってないけど、もしも彼女がプレッシャーを感じたとしたら、姉さんかおばあちゃんか母さんに相談するはずだ。いや、おそらく自分でマイルズにやめるようぴしゃりと言っただろう。しつこいゲストを彼女があしらうところを見たことがある。姉さんだって見ているだろう」

「彼女がトラウマを克服している最中なのもわたしは知っているわ。大きなトラウマで、しかも事件はまだ解決していない」

「それはぼくも認識している」マイルズは冷ややかに言った――明確な警告の印だ。

「ぼくがそのことを利用していると考えるなら、おまえは間違っている」

「そうは考えていないわ。モーガンはどう思っているのかしらと言っているの。彼女と話す必要があるわ。わたしが話す」マイルズが発言する前にたたみかける。「わたしは彼女の直属の上司よ。これはわたしの責任だわ」

「わたしからもいいかしら」リディア・ジェイムソンが口を開くとき、それを邪魔する者はいなかった。「これはマイルズの私生活の問題だというローリーの意見は正しいし、家族はそれを尊重しなくてはならないわ。それに家族だからこそマイルズを信頼すべきよ、マイルズは信頼を損なうような理由をわたしたちに与えたことはこれまで一度もないのだから。でも、ネルの意見も正しいわ」リディアは続けた。「マイルズはこの関係がお互いに公平な立場にもとづいていると確信しているのでしょうけど、ネルは、モーガンの上司として彼女の率直な意見を聞く必要がある。彼女はオリヴィア・ナッシュの孫娘だから、リアムの意見もきっと正しいわ。マイルズとこういう関係になることを求めていなかったら、彼女ははっきりそう言ったはずよ。でも」短い間のあと、さらに続けた。「彼女が乗り越えてきたこと、今も向きあっていることを、忘れることはできない。ネル、明日あなたがモーガンとふたりで話をする時間を作ってくれたら、わたしたちも助かるわ。わたしたち全員が納得できる答えと反応をもらってきて、大人の独身男女にそれぞれの私生活を送らせることができるものと期待しています」

「明日、時間を作るわ」

「では、それでいいな」ミックが拳でテーブルを軽く叩いた。「この件についてモーガンの意見がどうであれ、マイルズは必ず、それを尊重するだろう」

「もちろんだ」

「彼女はさまざまな観点において、とても魅力的な若い女性だ」ミックはそう言いながら微笑みを浮かべた。「そして、〈ザ・リゾート〉にとっては大切な人材だ。身内の人間の面倒を見るのはわれわれの役目だ。マイルズがわれわれの知っているマイルズでなければ、家族会議でこの件を持ちだすことはなかったことをつけ加えておこう。さあ、それではグリルに火をつけろ」

外へ出ると、ネルはマイルズの視線をとらえ、家族の輪から離れたところへ連れていった。それを眺めていたドレアが表情を曇らせた。

「ふたりで話をさせよう」ローリーは妻の肩をぎゅっと握った。「わたしたちは言いたいことを言えないような子どもには育てていない」

「それが心配なの。けんかになったらいやだわ」

「きょうだいげんかは初めてじゃないだろう」

「それはそうだけど。でも、あなたの言うとおりね。気がすむまで嚙みつきあいをさせましょう。それで流血したときは、わたしたちが手当てをしてあげればいいんだから」

ネルは家の横側へマイルズを連れていった。「言っておくけど、わたしにはこうする義務があるの」

「その話は聞いたし、全員がそれで納得した」

「兄さんのことを理解していないとか、信用していないとかではないわ」

「そうなのか？」

「違うわよ、それは重々わかっているでしょう。上からものを言うのはやめてちょうだい」

「上からものを言っているのはそっちだろう」

ネルは歩いて少し離れ、引き返してきた。「わたしを怒らせようとしても無駄よ」

「賭けるか？」

「マイルズ！」ネルは両手を投げだしたあと、拳でこめかみを叩いた。「権力を持つ男性が――それとなくであれ、あからさまにであれ――女性にセックスを強要するという問題を、兄さんは親身になって考えることができるし、激しい怒りを覚えることができる。だけど、その立場に立った女性の気持ちは理解できないでしょう」

「おまえはできるのか？」

「ええ、できるわ。当然自分に関心を持ち、当然感謝し、したがうと思いこんでいる男性に、逃げ道を奪われた女性がどんな気持ちか、わたしは知っている。それに――」

「ちょっと待て」マイルズは妹の両腕をつかんで彼女を見おろした。「誰だ？　誰にそんなことをされた？」

ネルが彼に向けたまなざしには、愛情と軽蔑の両方がこもっていた。

「高校時代までさかのぼって名前を挙げる？　お断りよ。わたしはうまくあしらってきたし、今もうまくあしらっている。だけど、それがどんなものか、わたしにはわかる。そしてそれは、兄さんには単純に理解できないの。それに、ええ、リアムの言ったとおり、モーガンがうまくあしらうところはわたしも見たことがあるわ。でも兄さんはゲストでも、ほかのスタッフのひとりでもない。兄さんは彼女の上司だわ。だからわたしはモーガンと話をして、彼女が兄さんと性的な関係を持つことにいかなる迷いもためらいもないことをはっきりさせてくる。これはただの性的な関係なの？」

「それはどの立場で質問しているんだ？　ホスピタリティ部門の責任者か？　ぼくの妹か？」

「そうね、この場合は妹かしら」

「だったら、答えはまだわからない」

ネルはうなずいた。「正直な答えね。わたしも答えがわかったためしはないわ」

「ぼくの妹は性的な関係とは無縁だからな。彼女は清らかで穢(けが)れ知らずだ」

「そのとおり」ネルは兄の頬をそっと叩いた。「三人の子どもを処女懐胎した、わたしたちの母親のようにね」

「その説は支持しよう」

「愛しているわ、マイルズ。そしてわたしは怒らなかった。賭けはそっちの負けよ」

「まだ今日という日は終わっていない」


ネルはどこでモーガンと会うのが一番いいか、あれこれ考えた末、月曜十時にナッシュ家へ寄りたいとテキストメッセージを送った。

モーガンが安心できる場所がいいとネルは考えた。それに家族が仕事へ行ったあとなら、ふたりきりになれる。

到着すると、すぐにモーガンが玄関に出てきた。

「ハイ、時間を取ってくれてありがとう。こんなにすてきなおうちだったことを忘れていたわ。このあたりにはあまり来ないから」

「なかへどうぞ。突然うちへ来たいなんて言うから、最初は驚いたけど、考えてみたら驚くことじゃないわね」

「マイルズから聞いたの？」

「いいえ、彼からは何も。でも、昨日家族会議があったんでしょう。そこで、マイルズとわたしがつきあっているという話が出たんだろうと察したんです」

「マイルズが使った言葉と同じね。興味深くない？」

「座りましょう。居間でいいかしら？　コーヒーをいれます」

「うれしいわ。ここは女性三人が暮らしている家だと見ただけでわかるわね——これは最高の褒め言葉のつもりよ。目に入るものすべてが女性的。香りも女性的。それに、まあ、おたくのお庭！　なんて愛らしいの。あの鳥用の給水器、すてきだわ」

「わたしもお気に入りなんです。コーヒー、ラテ、カプチーノ——好きなのを選んでください」

「ラテをお願いするわ」

「じゃあラテをふたつで。どうぞ掛けてください」

「ここのお庭はどこか芸術的で心を落ち着かせるところがあるわね。わたしはアパートメント暮らしをやめて、小さな家を買ったの。小さな家ならひとりで維持できるし、小さな庭つきなら、これもひとりで維持できるからと自分を説得して。でも、わたしには無理だった」

「信じがたいわ」

「常に何かがほったらかしになるか、先延ばしになっちゃうの。明日やろう、来週やろうと思うんだけど、そうすると山積みになっていくのは自分でもわかっているのに。それで、人を雇うほうがずっと効率的だと自分を納得させたの」

「そうすることで仕事と給与が創出されます」モーガンは指摘した。

「そう、それもあるわね。だけど、ここのお庭はうちよりずっと魅力的で独創的だわ。あのウィンドチャイムは〈クラフティ・アーツ〉の商品？」

「ええ」

「仕事に行く途中で寄って、わたしもひとつ買うわ。腰かけるならパティオに出てもいいかしら？」

「わたしもお気に入りの場所です」

20

パティオのテーブルに腰をおろすと、ネルはもう一度庭を眺めまわした。

「ここで暮らしたいわ。毎朝ここでコーヒーを飲むの？」

「たいていは」

「マイルズもこんなふうに禅をイメージさせる庭を作っていて、よほど疲れていないかぎりは毎週時間を作って自分で手入れをしているのよ。あなたはもう知っていると思うけど」

「ええ、きれいなお庭だわ」

「オーケー、それじゃあ」ネルは、おろしている髪を耳にかけた。「気まずい話になるのは避けたいのよ」

「それはもう手遅れね」

ネルは小さく同意の声をたてた。「気まずくなるのは避けられないわね。あなたができるだけ安心できるよう、わたしのオフィスではなくここで、あなたの場所で、あなたの家で、話をしたかったの」

「感謝します。心から。わたしのほうから単刀直入に質問してもいいでしょうか。わたしは解雇されるんですか？」

「えっ？　まさか、違うわよ！　それはあり得ないわ。その心配は今すぐ捨ててちょうだい」ネルはしゃべりながら、何かを放り投げるしぐさをした。

「それなら」モーガンはほっとして続けた。「クビになる心配は捨てて、気まずい部分だけに集中できます」

「これが気まずい話なのが残念よ、だってあなたの安心のためなんだから、モーガン。わたしはマイルズのことはよく知っている、言うまでもなくね。マイルズを愛してはいるけど、わたしはあなたの直属の上司であなたのサポート役としてここにいる。現在、あなたとマイルズが個人的な関係にあるのは理解しているわ。心配することは何もないから、安心して話してほしいの。もしいかなる形であれ関係を持つよう無理強いされたとあなたが感じるなら、わたしに話して。たとえマイルズから直接――」

「そこまでで大丈夫です、答えは〝ノー〟ですから。彼に無理強いはされていないし、無理強いされたと感じてもいません。彼は何もしていません。むしろ行動に出たのはわたしのほうで、だから解雇されるかもしれないと考えたんです」

「そうなの。ちょっと待って」ネルはラテを持ちあげ、飲んだ。「そこまでは聞いていなかったわ。まあ、当然ながら兄が言うわけないわね。なにせマイルズだもの。言ってくれていたらよかったのに。それでもこうしてあなたに確認することにはなったでしょうけど、話は違っていたわ」

「わたしが話します。金曜の夜の——先週の金曜の夜の一件後、マイルズは本当に親身になってくれました。あの件についてはご存じですね」

「ええ、大変だったわね」

「はい。そのときに、それまでにも何度か感じましたが、彼はわたしに関心があるのかもしれないと思いました。言葉や態度には示さなくても——ああ、もう、ネル、わかりますよね？　男性に関心を持たれているときの感じは。勘違いかもしれないけど、ぴんと来るものがある」

「ええ、あるわね」

「わたしも彼に興味はあったけれど、行動に移すつもりはありませんでした。今の仕事が大切だし、必要だから。でも、彼にクッキーを焼きました」

「本当に？」

「母の発案ですけど」

「ああ、なるほどね」ネルはようやく笑ってかぶりを振り、またラテを飲んだ。「で、あなたはマイルズにクッキーを焼いた」

「ええ、たくさん手伝ってもらいながら。それを彼の家の前に置いてくるだけのつもりだったのに、あの小塔を見てしまって」

「立派な家よね」

「本当に。そのうえハウルが飛びだしてきて、それがすごくかわいくて、マイルズはすっかり面食らっていました。小塔のなかを見せてもらえないかとわたしから頼みました。このときも彼に対して行動に出るつもりはなかったんです、ただ本当に見たかっただけで。そのあと帰ろうとしたときに……」

「ねえ、そこで話をやめるのはなしよ」

「そのときに、お互いに同じ気持ちだと感じるものがあって、わたしに関心があるのかと彼に尋ねました。マイルズはとても慎重で、わたしは自分の勘違いだったんだと思いました。けれど、そうではないと彼が言ってくれて、現状についてふたりで話しあったというか、仕事からはいっさい切り離すことにしたんです――お互いに。あとはわたしが行動に移して、いつの間にかそういうことになっていました」

モーガンは肩をすくめた。「これでいいでしょうか?」

「マイルズなら絶対にここまで話さなかったわね。あなたが話してくれてよかった」

「これが何か問題になることがあったら……どうすればいいのか、わたしにはわかりません。仕事に、母と祖母とのここでの暮らしに、今はマイルズも。それらすべてがあるから、今の自分がわたしらしいと感じられるんです、長いあいだ感じたことがなかったほどに。そのどれもあきらめたくありません」

「どうしてあきらめるの？　あなたは優秀なマネージャーで、ここは住んでいる人を幸せにしてくれるすてきな住まいだわ。それにマイルズは、兄としては本当にむかつくけれど興味深い男性で、強い道徳観念を持っている。わたしはあなたの立場と気持ち、そして理由を確認する必要があった。それを確認した今は、これはあなた個人のことだと言えるわ」

「よかった。ありがとうございます。安心しました。たぶんわたしは彼のいつものタイプではないのでしょうね、それはわかっています」

「マイルズにタイプなんてないでしょう」

「その、少し前に彼がつきあっていた女性のことです」

「カーリー・ワインマンのこと？　いやだ、勘弁して」ネルはぐるりと目玉をまわした。「男を踏み台にする女性はひと目でわかるわ。まあ、実際にはしばらくはわからなかったけれど。それにこんな話をするべきじゃないわよね。ああ、だけどもうどうにでもなれだわ。これはホスピタリティ部門の責任者としてではなく、マイルズの妹として話すのよ。カーリーはゴージャスで、自分の見せ方を心得ていた。アート通でワイン通、スキーの腕はプロ顔負け、母国語のようにフランス語を話したわ」

「どれを取っても、わたしの自信の足しにはなりませんね」

「まだ終わりじゃないの。しばらくして――その気になればとても愛想がいいからすぐにはわからなかった――カーリーが兄を踏み台にしていると気づいたわ。社会的、経済的な踏み台にね。それに、彼女はカップルとしての見栄えが気に入っているだけだった。彼女は何もかも水溜まり程度の深さしかなかったの、例外は虚栄心だけ」

「なるほど。少しだけ自信が戻ってきました」

「わたしはあなたが好きよ。マイルズがあなたとつきあうことになってよかったとも思っているわ。これがセックスだけの関係かは知らないけど――」

「わたしにもわかりません」

「それは理解できるわ。カーリーの本性がわかって、わたしは彼女を嫌うようになった。マイルズが彼女とつきあっているのもいやで、別れたときは〝やった〟と思ったものよ。わたしは本当に兄を愛しているの、どんなにむかつくときでもね。しょっちゅうむかついているけど。それに、わたしも同じくらい兄をむかつかせているわ」

「似た者同士だものね」

カップの縁越しに、ネルは冷ややかな視線を据えた。「今のはむかついたわよ」

「自分でもわかっているんでしょう。あなたは自分をよく理解しているわ。ここへ来たのは、わたしを安心させ、主導権がわたしにもあることを伝えたかったから。人を思いやり、敬うからこそそうしたんだわ。マイルズもそういうところは同じです、彼のやり方はそっけないだけ。リアムはことさら自由奔放だけど、あなたたちきょうだいはみんなやるべきことをやっていて、しかもうまくやり遂げる。仕事に対する姿勢がそうさせている面もあるけれど、家族に、そして家族で築きあげたビジネスに対する深い愛情がそうさせているんだわ」

「あなたは心理学を専攻すべきだったかもしれないわね」

「いいバーテンダーは、ドリンクをブレンドする心理学者なんです。バーテンダーもやったことがあるんでしょう？　どうでしたか？　全員、研修として〈ザ・リゾート〉のすべての部署で働いたことがあるとリアムから聞きました」

「リアムから？　たしかに、弟の言うとおりよ。好きだったとは言えないけど、貴重な研修だった。おかげで、バーテンダーの仕事はいろんなドリンクを混ぜるだけじゃないってわかったわ。

さて、あと一時間くらいここに座っていたいけど——のんびりするってこういうことね——わたしは休みじゃないから。ウィンドチャイムを買いに行って、仕事をし、あなたに休日を返してあげなきゃね」

「来てくれてありがとう」

「わたしもここに来てよかったわ」ネルは立ちあがった。「本物の友人は簡単には作らないんだけど、友人になった人とは長くつきあうの。いやだ、それってマイルズと同じね。とにかく、いつかふたりでランチに行きましょう」

「ランチに？」

「飲みに行くのでもいいわよ。なんだかあなたを誘っているみたい。ある意味そうなのかもしれないわ。友人同士の関係に発展するか、試してみたいの」

「わたしも簡単には友人を作らないんですけど、ランチでもお酒でもつきあいます」

「よかった。スケジュールが空きそうなときをメールで知らせるわ。スケジュールに縛られているから簡単に友人が作れないのよね」

「わたしも深刻なスケジュール依存症だわ」

「友情の可能性を試す幕開けとしては上々ね」

なごやかな雰囲気で別れたあと、モーガンは椅子に座り、安堵感に浸った。解雇を言い渡される心配も、男性と仕事、どちらも手放したくないふたつのうちからひとつを選ぶ必要もなくなった。

そして何よりも、マイルズが彼女のことを家族に話してくれた。

「好転している」モーガンはそっと言った。「人生が好転している手応えがあるわ」

ギャヴィン・ロズウェルは、サウスカロライナのビーチの穏やかなそよ風と黄金色の砂浜を楽しんだ。地元の海鮮料理は彼の口に合った。デッキテラスからは海と浜辺、そして日の出を望むことができたものの、ホテルのテラスが懐かしいことは認めざるを得なかった。

とはいえ、男ひとりでホテルに二カ月も滞在すれば目を引くし、人の口にものぼる。しかしビーチハウスなら、男ひとりで借りてもなんら問題はない。我慢させられるだけの価値がある報酬を必ず得てやろう。

ここでは、彼はトレヴァー・ケインという目下執筆中の売れっ子ゴーストライターで、長らく手をつけていなかった自身の小説を——できれば——書きあげるための時間を捻出しているところだ。

ビーチという舞台と現在の人物像を反映させてカジュアルな服装を選び、少しだらしなさを添えた。栗色に染めた髪には日焼けのようなハイライトを加え、顎ひげを伸ばした。服はショートパンツ、Tシャツ、ダメージジーンズで、ビーチルックの仕上げに日焼けスプレーで肌を染めた。

最後は使い古したように見せるために、わざと潰したメッツの野球帽と、レイバンのサングラス。

役になりきって見えるだけでなく、男としてもすこぶる魅力的に見えるとロズウェルは判断した。

たまにビーチをぶらぶらしたものの、ほとんどの時間はノートパソコンに向かって過ごした。執筆のためではなく、リサーチし、計画を練るために。

新たなターゲットのクィン・ローパーは、自身のビーチハウスを所有し――それ自体が高い価値を持っている――ハウスクリーニング会社のオーナーで、予約代理店と提携して賃貸ハウス向けの清掃業務を行っていた。

今ではもう本人は現場に出ていないが、拭き掃除に、壁や天井まできれいにするディープクリーニング、窓の掃除などを、間取りに応じた料金で地域の人々に提供している。

クィンは経営学修士（MBA）を取得し、優良なビジネスを運営していた。そのうえ裕福な祖父母を持ち、彼らは引退後、快適な気候とゴルフを目当てにニューヨークからマートルビーチへ移った。

母親はクィンが六つのときに事故で亡くなり――なんと悲しいことか！　ええん、ええん！――残された父親はクィンと八歳になる姉を連れて、祖父母のいるサウスカロライナへ引っ越してきたのだ。

父親は七年後に再婚し、現在はアトランタに在住。姉は、近ごろ同性のパートナーと結婚して――彼には意味不明だ――自分の人生を送っている。彼女たちはチャールストンで大農園風（プランテーション・スタイル）の古い屋敷を購入して手を入れ、朝食つき宿泊施設（B&B）を開いていた。

商魂たくましい一族じゃないか！

ロズウェルはクィンを一番の選択肢と見なしていた。彼女はこの二年ほど彼のリストにあがっており、ニューオーリンズででかいケツ（ファット・アス）の女を殺したあと――あれは大いなる失望だった！――さらに詳しいリサーチを開始した。

独身の――そして姉のような同性愛者ではない――二十八歳、ほぼ毎朝ビーチを走るほどの運動好き。地元のジムの会員でもある。オフィスの費用を節約するために自宅を仕事の拠点とし、スタッフはフルタイムとパートタイム合わせて十六人。〈ビーチー・クリーン〉という会社名で清掃業務を提供している。

きらきらした名前は彼の好みではないものの、会社は成功をおさめていた。彼女が建てた寝室が四部屋、バスルームがふたつにトイレがひとつ、正面と裏手にデッキテラスがある、小型露天風呂（ホットタブ）つきの二階建てのビーチハウスの純資産価値は、七万五千ドルを超えている。車はメルセデス・コンバーチブルに乗り、さらにダッジのピックアップトラックを所有している。

会社の業績は堅調だし、クィン個人の懐はＭＢＡの箔（はく）と裕福な祖父母の惜しみない援助のおかげでかなり潤っていた。

計算したところ、二十万から二十五万ドルは手に入るはずだ。そのあと、彼女を殺してメルセデスで走り去ろう。

ピックアップトラックもフル装備の新車だが、コンバーチブルのほうが華麗だ。

リサーチは終了し、偽装も準備万端整った。あとはすてきな出会いを演出するだけだった。

ロズウェルは日がのぼるとすぐにビーチへ向かった。クィンが走っているときが狙い目だ。その日と翌日、三キロほど走ったものの、彼女は姿を見せなかった。気長にやれと、彼は自分に言い聞かせた。これで早起きをしてビーチを歩き、海に面したデッキテラスでコーヒーを飲む、誰もがやりそうな日課を確立できたじゃないか。

彼は、メッツの野球帽をかぶって毎朝走っているただの男だ。

三日目はクィンのほうが先に走っており、ロズウェルは後ろからついていった。

長い脚、引きしまった体——彼好みの体格だ。長いポニーテールを野球帽の後ろ側の穴から垂らしている。髪の長さを別としたら、モーガンによく似ていた。

クィンのほうがややふっくらしているが、それはそれで彼の母親を思いださせるからいい。

一級のターゲットだ。

一キロ以上走ったところで彼女がくるりと引き返してきた。彼は向かいあわせに走る時間ができるよう、ペースを調節した。そしてにっこりと笑いかけ、自分の帽子を叩いてから、彼女がかぶっているおそろいの野球帽を指差して叩くしぐさをした。

「それ行け、メッツ！」

「今年は調子がいいわね」クィンが返した。息はわずかにあがっているだけで、足は止めない。

「打線が好調だ」彼も走り続け、それからUターンした。およそ二メートルの間隔を保って彼女のあとを走る。

クィンが足をゆるめて歩きだすと、彼は小さく手を振って追い抜いた。彼女はここからさらに五百メートルほど歩くはずだ。彼女の日課は双眼鏡で観察済みだ。ウォーキングでクールダウンし、少しストレッチをしたあと自宅まで海沿いの小道を歩く。

ロズウェルは少し行ったところで立ち止まり、背中を曲げて膝に両手をついた。彼女が近づいてくるまで少しばかり息を切らしてみせる。

そして小さく微笑んで背中を起こした。「景色はいいが、濡れた砂の上を走るのにはまだ慣れないな」

「さまになっていたわよ」

「きみにはかなわない。ニューヨークから？」

「生まれはね」彼女は慎重に距離を取り、片脚で立って太腿の筋肉を軽く伸ばした。

「でも、ほとんどずっとここで暮らしているわ」

それは南部の沿岸地方独特の訛(なま)りからも明らかだった。

「メッツ好きは祖父の遺伝よ。ニューヨークから？」彼女が問い返す。

「大学を出たあとブルックリンへ移ってね。自分の居場所と好きな野球チームを見つけたってわけだ。サウスカロライナでメッツファン仲間と会えてうれしいよ。今夜は対マリナーズ戦だろう。バシット対カスティーヨの投手戦だ」

「わたしも楽しみにしているわ。ここにはご家族と休暇で来たの？」

「家族はいない、ぼくひとりだ。仕事もしつつの休暇だな。この景色には抗(あらが)えない」海を身振りで示す。「海に面したそこのでかいビーチハウスの二軒先に滞在している。〈波乗り(ライディング・ザ・ウェーヴ)〉って名前だ」

この情報から彼女はこちらを調べるだろう。ロズウェルの狙いどおりに。

「自己紹介がまだだったね、トレヴァー・ケインだ」彼は片手を差しだした。

「クィン・ローパーよ。どうぞ滞在を楽しんで」

「ああ、満喫中だよ。また明日ランニングで会うかもしれないな」

クィンは歩み去りながら顔をめぐらせて微笑んだ。「もしかしたらね」

翌日はちょうどタイミングが合い、彼のすぐ後ろを彼女が走ってきた。ロズウェルは少しだけ足をゆるめた。「昨日ははらはらさせられたな」声を張りあげる。

試合は観ていないが、試合内容とハイライトはすべてチェック済みだ。「九回裏でダブルプレー？　シビれたね！」

しばらく並んで走りながら、試合の感想を語りあった。クィンが歩き始めると、今日は彼もそうした。

「きみをお手本にするよ」ロズウェルは言った。「ウォーキングでクールダウン。ぼくは座り仕事でね、ジムで体を動かす時間が足りていないらしい」

「わたしも日課をさぼるとすぐにそうよ。どんなお仕事なの？」

彼女はこちらが作りあげたアイデンティティの基本情報をすでに調査済みだという感触があった。

「ライターだよ、現在は自作の小説を執筆中。って三年前から言い続けているんだ」決まり悪そうに微笑む。「そのあいだはゴーストライター業で食べている」

「ゴーストライター？　それって、あなたの書いた本がほかの人の名前で出版されるってこと？」

「そう単純な話じゃない。書いたものはあるけど手を加える必要があるとか、アイデアはあるけどそれを文章化する必要があるとか、そういう感じだね」

「わたしの趣味は読書と野球なの」

それは知っている。だからこその野球帽とこの偽装だ。

「どんな人のゴーストライターをやったの?」

ロズウェルは微笑んで肩をすくめた。「ゴーストは見えちゃいけない。だから言えないんだ。契約で決まっていてね。ここへ来ることにしたのは、依頼人から預かっている本を仕上げて、自分の作品に真剣に取りかかる時間を作るためなんだ」

彼は海へ顔を向けて遠くを眺めた。「だから執筆に励んでいる。週末には依頼されている本が仕上がるだろう。そのあとは、もう言い訳はしない。ぼくの物語に取り組む時間だ」

クィンへ顔を戻した。気楽にさりげなく、それでいて好奇心を顔に表してみせる。

「きみはどんな本を読むんだい?」

「ストーリーがおもしろい本ね。スリラー、ミステリー、ロマンス、ホラー、ファンタジー。少しのあいだ没入できれば、それでいいの」

「それこそ物書きの目指すところだよ。読書や野球観戦以外の時間は何を?」

「〈ビーチー・クリーン〉というクリーニング会社をやっているわ。あなたのコテージの清掃もうちでしているのよ」

「本当に?」彼は野球帽のつばをあげた。「ぼくが借りている場所もきみが?」

「わたし自身が掃除するわけじゃないわ。わたしは清掃業務の運営者」

〝所有者〟とは言わなかったことに彼は気がついた。慎重になっているな。

「ずぼらなやつだときみに報告されないよう、これからは週に一度の清掃の前にもっとちゃんと片づけるとしよう」

クィンは輝く笑みを広げた。

「スタッフはゴーストライターと同じで、口がかたいの。さて、そろそろ仕事だわ。執筆がはかどるといいわね」

「ありがとう」

四日目には一緒に走る計画だったが、彼女は現れなかった。五日目になってようやく一緒に走ることができたが、それでいい。七日目には彼女のほうから飲みに行かないかと誘ってきて、ロズウェルの予定を二日間前倒しにした。

そのあとは彼のほうからディナー——あくまで友人同士の気さくなディナー——へ誘い、さりげないおやすみのキスのあとは、わざと一日あいだを空けた。

「ひと晩徹夜でね」興奮に顔を輝かせてみせる。「書き始めたら筆が乗って、途中でやめることができなかったんだ」

「あなたの本ね、そうなんでしょう?」

「ああ、すべてぼくの言葉だ」

「どんな内容なの?」

「それは言えない——ゲン担ぎだよ。しゃべったら、筆が止まりそうで」翼を広げて鳴き交わすカモメを見あげる。「ぼくの本が求めていたのは、今このとき、今この場所だったんだな。いつか脱稿して――必ず書きあげてみせる――世に出されたら――必ず世に出すさ――きみに一冊送るよ。きみとの朝のランニングがぼくの原動力になった、心からそう思うよ」

「役に立てたのならうれしいわ、トレヴァー」

「お祝いに、明日の夜にでもぼくがきみをディナーに連れていくのはどうかな？」

クィンは微笑んだ。「ぜひ連れていって」

三週間近くかかった求愛ダンスがついに終わり、彼女の自宅へ夕食に招かれた。ロズウェルは屋内の間取りを調べ、ホームオフィスのデスクトップコンピューターを二、三分いじるチャンスを得た。

彼女はセックスを求め、それは別に問題でも、予想外でもなかった。抱くことはできるし、殺害するところを想像すれば興奮した。

加えて、彼女は寝室にノートパソコンを置いていた。これでアクセス・ポイントが二箇所に増えた。

クィンの祖父母に紹介され、彼らのデッキテラスでリブ肉のバーベキューを食べた。そして、どうぞとばかりにチャンスを差しだされたのでありがたく受け取り、祖父のオフィスコンピューターにお手製のプログラムをアップロードしておいた。

今回の稼ぎに、老夫婦の投資口座に入っている資産をプラスしない理由はない。

予定を二日延ばせばいいだけだ。

二カ月と考えていたが、一カ月しかかからなかった。クィン・ローパー名義で借り入れをしたあとは、手に入れた金を預金し、彼女の口座を空にし、クィンの祖父からは十万ドルをちょうだいした。

祖父母の殺害も考えたが、そこにはスリルを見いだせなかった。とはいえ、愛する孫娘を殺されたあとの祖父母のショックや涙を想像することにはスリルを覚えた。

ロズウェルは老夫婦の就寝中にひそかに家へ侵入した――波の音が聞こえるからと、ふたりは窓を開けたままにしていた。

ばかどもめ。

彼はプログラムを削除すると、ふたたびひそかに家をあとにした。

クィンは窓を開けっ放しにはしていなかったが、玄関の鍵は飾りも同然だった。

真っ暗な家のなかを進み、彼女が眠っている寝室へ入った。わが身に起きていることを理解し、感じ、恐怖する時間があるよう、先に彼女を起こしたいという誘惑に駆られた。

だが、クィンは体を鍛えていて、反撃してくるのはわかっていた。

だからそっとベッドにあがり、彼女の両腕を膝で押さえつけた。喉を両手で絞めると、彼女の目がぱっと開いた。

　クィンは声が出せず、かすかな音をもらすだけだが、全身をそらして、体を転がそうとした。

「おまえはただの売女のひとりだよ」さらにきつく、きつく、首を絞め、呼吸を遮断し、彼女が白目を剝くのを眺めた。「自分は特別だと考えてるんだろうが、そうじゃない。おまえを無にしてやる」

　空気を求めてクィンの口が大きく開かれ、押さえつけられた腕の先で、指がシーツを引っかいた。彼女の踵がばたばたと蹴る。

「おれのほしいものはすべて奪ってやったよ、わかるか？　おまえの家に、おまえの会社。今じゃすべておれのものだ。おまえがこれまでやってきたことは、すべて無意味だったんだよ。おまえは今や無だからな」

　クィンは抗うのをやめて痙攣した。薄明かりのなかでも、その目から生命力が消えるのが見えた。

　今や彼女は無であり、彼は神だった。

　そうだ、このスリルだ。燦々と輝く熱いものが、怒濤のごとく体を駆けめぐるこのスリル。

　しかし、完璧ではないことにロズウェルは気がついた。

この女は一級品だった。ニューオーリンズのケツのでかい女よりははるかにましだったが、完璧ではない。

何者も完璧の域に達することはないだろう、モーガンを始末するまでは。

モーガンの引き出しで見つけたブレスレットをポケットから取りだし、クィンの手首に滑らせた。

「これはおまえにやるよ。おれがいずれ現れることを彼女が忘れないように」

キーを取ってメルセデスに乗りこむと、自分のビーチハウスまで走らせて、まとめておいた荷物を乗せた。顎ひげはすでに剃ってあり、髪も黒く染め、新たなアイデンティティは確立済みだ。

死体が発見されるころには、彼はノースカロライナのなじみの故買屋に車を売り払い、新たな車で西へ向かっているだろう。

夜へと車を走らせながら、ロズウェルはひとりほくそ笑んだ。

「これぞおれのやり方だ」

モーガンは夏を終わらせたくなかった。雨天であれ晴天であれ、一日、また一日と新たな人生を築きつつある。彼女が見いだし、心底愛している人生を。

モーガンがこの新たな道を歩むきっかけとなった悲劇はどうあがいても変えること

はできなかったが、彼女はその道を歩むだけでなく、道すがらの景色を楽しめるし、楽しむつもりだった。

感謝できるし、感謝するつもりだ。

晴れ渡った日曜日、モーガンは感謝の気持ちを示すためにサプライズを考えた。

「手伝ってくれて本当に助かるわ」

マイルズの無骨なSUVのなかで、モーガンは助手席の背もたれにぴったり体を寄せてくるハウルのほうへ手を伸ばして撫でてやった。

「週末には週末の日課があるでしょうに」

「ただの日課であって、石板に刻まれた戒律ではない」

「どちらにしても、あのコンクリートはどうしてもひとりでは動かせなくて。だから、祖父の工房に十年以上放置されていたわけなんだけど。でも、わたしたち三人なら動かせるわ」

「ああ、犬の手があれば百人力だ」

「この子は応援担当で来ているのよ、そうよね、ハウル？　それにハウルのお出かけにもなるわ。ちょっとしたバケーションよ」

「犬は毎日がバケーションだ」マイルズはチューダー様式の家へと続く私道に車を乗り入れた。

「母と祖母は三時過ぎまで戻らないわ。もっと遅くなるかも。きっとうまくいく」

「その言葉を口にするたびに、どんどん自信を失っているように聞こえるぞ」

「取りかかる前だからよ。どきどきはしているけど、いったん取りかかってしまえば落ち着くわ」

モーガンは先に立って家の裏手へまわった。ハウルはきょろきょろしてあちこちにおいをかぎ、犬版のバケーションを楽しんでいる。

「揚水機用のソーラーパネルは充電のために外へ出してあるけど、ほかはすべて工房のなかよ。台車はあっても、ひとりで動かすのは怖くて」

彼女はマイルズに向かってにっこりとした。「あなたは筋肉担当」

「ここはいい眺めだ」マイルズはあたりを見まわして言った。

「このプロジェクトが完成したら、さらにいい眺めになるわよ。裏庭に唯一欠けているものだもの。というか、わたしが次を考えつくまではね」

家の裏手にたたずむ祖父の工房は、色褪せたヒマラヤスギで建てられた四角い建物で、鮮やかなブルーのドアがついていた。木立にはさまれ、背後には細い小川が流れている。

「ぼくの記憶そのままだ。子どものころ、きみのおじいさんが飼っていた犬はあの小川に浸かって寝そべるのが好きだった。祖父たちはよく古い折りたたみ椅子に座ってビールを飲みながら、談笑していたよ。ぼくがついてきたときは、いつも冷えたコーラを出してくれた」

「祖父は子ども好きだったもの」モーガンはドアを開けた。「大家族をほしがっていたみたいだけど、祖母は母を産んだあとは産めなくなってしまって」

「それは残念だったな。驚いた、なかも覚えているとおりだ。〝すべてのものにはそれがあるべき場所がある〟とよく言われたものだ。〝だからすべてのものはもとの場所へ戻しなさい。道具を使いたいときに、それを探して時間を無駄にするのはいやだろう〟って」

モーガンは作業台に手を滑らせ、電動工具、手工具がさがっているボード、大きな赤い工具箱、ビスに釘(くぎ)、ワッシャーを入れたラベルつきのメイソンジャーを見まわした。

「なんだかまだ祖父のにおいが残っている気がする。祖母が工具を人にあげたり、売ったりしないのはそのせいでしょうね。おかげでランプの修理とかに役立っているわ」

マイルズはコンクリート製の台座へ歩み寄った。高さが一メートル近くあり、上部が広がっている。

「これか？」

「それよ。なぜ祖父がこれを手に入れたのかはわからないし、祖母も知らなかったわ。わたしの考えた使い道に祖父が賛成してくれるといいけれど。カエルにはすでにドリルで穴を開けちゃったから」

マイルズは、今度は別の作業台の上にあるコンクリート製のカエルに近寄った。銅製の鉢のなかにあぐらをかいて座り、膝に置かれた両手は上を向いている。顔には満ち足りた笑みを浮かべていた。

ヒントは手のひらの穴だった。

「カエルの手から水を出すのか？」

「このカエルを見た瞬間、どうすればいいかひらめいたわ。水中ポンプを鉢の下に入れ、ソーラーパネルの配線は台座を通すの――ほら、わたしの開けた穴がここにあるでしょう？　動力は太陽光よ」

「ドリルを使った穴の開け方はおじいさんから教わったのか？」

「いいえ。教わる時間があるほどここに滞在したことがないから――それが今では悔やまれるわ。だけど、いくつか基本的なことは教えてもらったわね――ハンマーの使い方、釘打ち、〝切る前に必ず二度測る〟とか。それにユーチューブには解説動画がたくさんあがっているでしょう。きっとうまくいく」

ハウルには工房を探索させておき、マイルズは台車を取りに行った。「どこに置くか、決めてあるのか？」

「ぴったりの場所があるわ」

「女性はみんなそう言う」

「極めて性差別的な発言ね。当たってはいそうだけど、極めて性差別的よ」

マイルズは台車に乗せるためにコンクリートを傾けようとし、動きを止め、彼女へ視線を投げつけた。「嘘だろう、モーガン」

「わかっている。とんでもなく重いの。いまだにここにあるのはそれが理由よ。でもふたりでやればできるわ」

ふたりで力を合わせて、コンクリートをなんとか台車に乗せた。マイルズが台車を押し、モーガンはコンクリートが倒れないよう支えた。

「もし倒れそうになったときは」彼が警告する。「受け止めようとするな。そのまま倒すんだ」

「倒させないわ」

かなりの労力と筋力と汗を要したものの、彼女はたしかにぴったりの場所を見つけていたのがわかった。木陰を作るしだれ桃の先、そしてこんもりと茂る青いアジサイの前に、燦々と陽光が降り注いでいる。

「オーケー、そのままそこにいて！」モーガンは、穴が開けてある一枚のスレート板と、ポンプとケーブルを持って駆け戻ってきた。

ポンプを設置したあと、ふたりでコンクリートを動かし、スレート板の上に少しずつのせる。

マイルズはコンクリートを押してみた。「これだったら竜巻でも来ないかぎり倒れないな」

「そうでしょう」

モーガンがカエルと鉢を取りにふたたび工房へと走ると、ハウルも一緒になって走った。

「ほらね、ポンプがちょうどおさまるでしょう。銅製の鉢――これはわたしが買ってきた、地元の職人の作品なんだけど――この上にカエルを座らせ、管を通してお尻に差しこむの。ホースをこっちへ引っ張ってくれる?」彼女は身振りで示した。「ここまで届くから、それはチェック済みよ」

「きみならそうだろうな」

モーガンはどんな小さなことも見落とさない。マイルズはそう思いながら蛇口をひねりに行き、ホースを引っ張ってきた。

「きっとうまくいく」モーガンがつぶやいた。

「水を出すか?」

「お願い。銅に陽光が反射してきれいね。小鳥の水浴び用の水盤にしようかとも考えたけど、ボウルが目に飛びこんできたの。カエルもかわいいでしょう。いかにも禅という感じで——だからこのカエルの名前はゼンよ。ふたりもきっと気に入るわ。さあ、審判の時ね」

モーガンはポンプのスイッチを入れた。そして待った。さらに待った。

カエルの手のひらから水が噴きだし、きらきらと光る水を銅製の鉢が受け止める。

「やったわ!」モーガンはくるりとターンしてマイルズをつかみ、彼にキスをしてもう一度ターンした。「ああ、すてき、そう思うでしょう? すてきで、へんてこで、ユニークだわ」

「きみは器用だな。噴水を自作するとは」

「自分で学んで器用になったのよ。それに、ほとんどパーツを組み立てただけだわ。すごくすてき。母と祖母は気に入らなくても、気に入ったと言うわ、わたしにはわかるの。さあ、パティオに座りましょう、そこからの眺めを確かめたいわ。飲み物を持ってくるわね」

第三部　ルーツ

美しさ、強さ、若さは花であり、いつかは枯れる。
義理、信念、愛は根であり、伸び続ける。

——ジョージ・ピール

愛は死のごとく強く、
嫉妬は墓のごとく残酷。

——ソロモンの雅歌

21

背の高いふたつのグラスを氷で満たし、モーガンは小さく飛び跳ねた。キッチンの窓から、パティオの向こうでカエルのゼンが宙に水を撒いているのが見えた。今なら想像できる、朝のコーヒーや夕方のワインを楽しみながら母と祖母が微笑むさまを。その光景は夏の終わりまで、そして秋に入って冷たい風が吹き始めるまで見られるだろう。

そのさまをありありと目に浮かべつつ、レモネードのピッチャーを出そうと冷蔵庫を開けたところでドアベルが鳴り、モーガンは手を止めた。配達業者かと思いながら玄関へ向かった。それでも命を守るためのルールは習慣になっている。

家の正面側の窓から、先に玄関先を確かめた。

とたんに、今日という日のささやかな喜びは跡形もなく消えた。

モーガンは玄関ドアを開け、ＦＢＩの特別捜査官たちと向きあった。

「逮捕したなら電話でいち早く知らせてくれるはずだから、そうではないのよね」

「ええ、モーガン、残念ながら違います。逮捕の知らせではありません。お邪魔してもいいかしら？」ベックが問いかけた。

「ええ、もちろん」ふたりが入ったあとで、モーガンはドアを閉めた。「それで、誰が殺されたの？」

「まずは座りましょう」

「ごめんなさい、そうね。わたし……」モーガンはキッチンを振り返った。「今、ひとりじゃないんです。わたしの……」

なんだろう？〝ボーイフレンド〟とは言えない――彼は少年ではないのだから。パートナー？　これも違う。彼女は自分たちをパートナーとは考えていなかった。そういう間柄ではない。恋人ではあるけれど、それだけではない。

「外の庭に。マイルズ――マイルズ・ジェイムソンが。わたしたち、つきあっているんです」これなら差し障りがないし、事実だ。「外で作業を手伝ってもらっていて。彼は事件についてすべて知っています」

「ああ、われわれも彼と話しました」モリソンはモーガンとともに外へ目をやった。

「外に行って、これからお話しすることを彼にも聞いてもらいますか？」

いいえ。わたしが望むのは、レモネードを片手にマイルズとともに日差しのなかに座って、カエルの噴水を眺めることだ。

でも。

「どのみち彼には報告しないといけないわ。わたしは〈ザ・リゾート〉で働いていて、彼の家族がそこの経営者だから。それに、さっきも言ったように、わたしたちはつきあっているんです。わたしはちょうど……レモネードを取りに来たところで」モーガンは笑い、髪を払った。「そう言うと、なんの変哲もない夏の日曜の午後みたい。グラスをもうふたつ用意しますね」

モーガンはふたりを引き連れてキッチンへ引き返した。マイルズはすでにホースをリールに巻き戻し終わったようだ。今は両手をポケットに入れ、カエルの噴水を眺めている。

「運びましょうか?」

「けっこうよ」モーガンはモリソンに言った。「トレイを出すから。先に行っていてください。時間をください。少しだけでいいので」

トレイを取りだしながら、気持ちを落ち着かせようとした。マイルズが振り返るのが見えた。くつろいだ顔に当惑の色がよぎり、表情がこわばる。

モーガンは追加のグラスに氷を入れ、トレイにのせて外へ運んだ。

三人は立ったままでいた。銅製の鉢に太陽の光が反射し、カエルは静かに微笑んでいる。

マイルズが近づいてきてトレイを取ってくれたことが、なぜかはわからないけれど胸に深く響いた。彼が言った。「座れ」

命令するような言葉だったが、それでまたもう少し気持ちが落ち着いた。

モーガンが腰かけると、マイルズはグラスにレモネードを注ぎ、氷が音をたてた。それは彼女の耳には機関銃の連射音のように響いた。

ハウルが彼女の膝に頭をのせる。

「誰が殺されたの？」モーガンはもう一度きいた。

ベックが報告を始めた。

「名前はクィン・ローパー、二十八歳、独身。サウスカロライナのマートルビーチで会社を経営。ロズウェルが狙う女性の特徴に何から何まで合致しています。ただし、ほかの犠牲者の多くと比べて、経済的には格段に裕福だった。また今回の事件では、ロズウェルは被害者の祖父母の口座にもアクセスしていました。身体的な被害は加えられなかったけれど、十万ドルを奪われました。ロズウェルはもっと大きな被害を出すことも可能だったはずです」

「孫娘を奪っているだろう」マイルズが反論した。

ベックは彼に向かってうなずいた。「ええ、今回はそれで充分だったのかもしれません」

「ロズウェルはビーチハウスに滞在していた。トレヴァー・ケインの名前で二カ月借りていたんです」モリソンが続けた。「同じ名前を使用することはもうないでしょうが、頭には入れておいてください。彼はライターと称していたそうです」

捜査官たちはそれまで集めた事実と証拠を並べていった。そしてふたたびベックが説明する。

「ホテルに滞在するのではなく家を借りたのは、ビーチハウスのレンタルが一般的な地域で、より目立ちにくかったからだというのがわれわれの結論です」

ベックは身を乗りだし、モーガンの手に自分の手を重ねた。「モーガン、FBIの捜査にはなんの進展もなく、彼を発見することも事件を食い止めることもできなかったように見えるでしょうけど、われわれはニューオーリンズから足取りを追い、彼がサウスカロライナまで行くのに車を借りた店を突き止めていたんです。ロズウェルは外見を変えていたけれど、そこの店員ふたりが彼だと断定してくれました。だから彼が使用した名前も、外見の特徴も判明済みだった。それらの情報から、マートルビーチまで彼を追跡し、二日間滞在していたホテルも発見しました」

モーガンは何も言わず、ただうなずいた。

「地元の警察に警戒態勢を取るよう連絡し、賃貸住宅の斡旋会社に当たろうとしたところで、クィン・ローパー殺害の一報が入った。数時間の差で彼に逃げられたんです」

「だけど、また女性が殺されたことに変わりはないわ。ごめんなさい、ＦＢＩがどれほどの時間と労力をこの事件に注いでいるかはわかっているんです。でも彼女が殺されたことに変わりはない」

「ええ、そのとおりです」

悔恨の念がにじむ声を聞き、モーガンは残酷な事実を口にしたことを悔やんだ。

「われわれは間に合わなかった。とはいえ、ロズウェルはミスを犯した。被害者の車を盗んだんです、高性能のメルセデス・コンバーチブルを。そして追跡システムを無効化しなかった」

「どういうこと？　わたしはそんな高性能車に乗ったことがないんです」

「車両に組みこまれたシステムだ。それで彼を——車両を追跡できる」マイルズはすっと目を細めた。「だが、ＦＢＩはまだ彼を捕まえてはいない」

「ええ。でもその車を買い取った人物は見つけました。その男はこれまでもロズウェル相手に車の売買や交換をしていた。われわれはその男を拘留しています」

「その男がロズウェルの居場所を知っているんですか？」

そこから先はモリソンが引き取った。「本人は知らないと言っているし、われわれも彼の言葉を信じます。その男は、ロズウェルは車の窃盗専門だと思っていて、殺人事件のことは何も知らないと主張している。おそらく事実でしょう、なにせ従犯者として複数の殺人の罪に問われる可能性があるとわかったとたん、協力的になったので」

「ロズウェルがメルセデスと交換して手に入れた車はわかっている」ベックが言った。「登録時に使用した名前も。その時点での彼の容貌、向かった方向、出発した時間は判明している。どれも大きなミスです、モーガン、彼のやり方に生じたほころび。新たな車両と彼が使用した名前を広域指名手配しました」

「ロズウェルはここへ向かっているんですか？」

「情報によると、新しい車両の準備中、彼は自分のノートパソコンに地図を表示していたそうです。西へのルートを、おそらくカンザスまでのルートを調べていたようだから、ここへは向かっていないでしょうね。あなたのもとへ来る準備はまだできていないというのがわれわれの結論です」

ベックはブリーフケースを開けて証拠袋を取りだした。「それから、ロズウェルは被害者にこれをつけていました」

「わたしのブレスレット」夏の日差しの下でモーガンの肌は冷たくなった。「ニーナが殺されたときに盗られたものだわ」

「ロズウェルはあなたに知らせたいんでしょうね、自分はあなたのことを考えていると。あなたの神経をすり減らすために。だけどモーガン、実際に神経がすり減っているのはロズウェルのほうです。そうでなければ、こんなにたくさんのミスは犯さない。彼は車にもテクノロジーにも精通している、それなのにメルセデスの追跡システムのことは失念した」

「隠れ家(セーフハウス)を用意できます」モリソンが言った。

「母と祖母はここに住んでいるのよ。ロズウェルがわたし目当てでやってきて、代わりにふたりを襲うことにしたら？」

その考えに、その危険に、モーガンのみぞおちにできたかたい塊は氷と化した。

「それに、いつまで隠れていればいいの？　一週間、一カ月、一年？　わたしはそんなふうには暮らせない。誰だって無理だわ。マイルズ――」

「そうだ」彼が言った。「きみはそんなふうには暮らせない。指示されたことはすべてやっています。ほかにもあるなら言ってください、それも実行します。彼女は自分のものを、自分自身を、その男に何度奪われなくてはならないんですか？　何度一からやり直さなくてはならないんです？」

モーガンは何も言わずにマイルズを見つめた。彼の声はどこまでも落ち着き払っていたが、同時に、空気を凍りつかせるほど冷ややかになっていた。

透明のスーツだと彼女は思った。彼は透明のスーツを着たのだ。わたしのために。

今、マイルズが言ったこと、言い方、意味、そのすべてがそれを示していた。

「モーガンはロズウェルの自信を揺るがせた、そういうことですよね？」マイルズは詰問した。「FBIには犯罪心理分析官（プロファイラー）がいる――ロズウェルのしくじりは彼女が原因なんでしょう？　彼女はロズウェルの心の防壁にダメージを与えた、だからその報いを受けなくてはならない。だが、ロズウェルは彼女の心の防壁にもダメージを与えなくては気がすまない。彼女の自信を揺るがさなくては。でなければ即座に彼女を狙ったはずだ。ロズウェルはむしゃくしゃしながらも、一年以上待ち続けている。なぜなら、彼女を恐れているから。恐れて当然だ」

「反論はしません」ベックが言った。「だけどとにかくロズウェルを止めなくては、いずれ必ずここへ来るでしょう。なぜなら、ええ、彼はむしゃくしゃしているから。モーガンが生き延びたあと彼に殺された三人の女性たちは、あくまで代用品だった。そして、代用品では本物と同じ満足感は決して得られない」

「だったら早く彼を見つけてください」

ベックは椅子の背に寄りかかり、グラスを持ちあげ、ふたたびおろした。「ロズウェルがサウスカロライナにもう一日でもとどまっていたら。われわれがあと数時間早く、彼がビーチハウスを借りた斡旋会社に足を踏み入れていたら。でも現実はそうはならず、彼はすでに消えていた」

「わたしにとっては厳しい現実ね」モーガンはハウルの頭を撫でた。「あなたがたふたりにとっても」

「これがわれわれの仕事です」ベックが言ったとき、彼女とモリソンの携帯電話が両方鳴りだした。「失礼」ベックは立ちあがり、離れたところへ移動した。

「あなたの犬ですか?」モリソンがモーガンに尋ねた。

「いいえ。マイルズの犬です」

「一応は」マイルズがぼそりとつぶやく。

「犬を飼うのも悪くないですよ。犬は立派な抑止力になる。できれば――」

「足取りをつかめたわよ」ベックが割って入った。「ミズーリ州カンザスシティのホテルにチェックインしたわ。現在、地元警察が対応している。われわれはこれで失礼します。また連絡します」

モーガンは見送ろうとして立ちあがったが、ふたりはすでに駆けだしていた。「幸運を」彼らの背中に声をかける。「今度こそ、もしかするかもしれないわね」マイルズに向かって言った。

「ああ。きみは大丈夫そうだな」

「そう思う?」

「パニックの発作を起こさなかった」

「そうね。あなたに伝えておきたいことがあるの、あなたの言ってくれたことはとても大きな意味があった」

「ぼくはいろいろしゃべったぞ」

「二度とわたしの人生を彼に奪わせないと、彼はわたしを恐れて当然だと言ってくれたでしょう。あなたはわたしのために立ちあがってくれた。あなたが、わたしは自分のために立ちあがることができるし、必ずそうすると信じてくれていて、さらにわたしのために立ちあがってくれる。それがわかっているのは、わたしにとって大きな意味があるの」

マイルズはつかの間何も言わず、腰をおろすモーガンをただ見つめていた。犬は彼女の椅子の下で体を伸ばした。

「モリソンの言ったことには一理ある。家に犬を置くべきだ。ハウルが番犬としてどれだけ役に立つかはわからないが、こいつは遠吠えする」

「ヒーターつきの犬小屋をハウルがあきらめるかしら?」

「きみが頭を撫でてやれば、こいつは雨が降っていようが外で眠るだろう」

モーガンは微笑み、足でハウルを撫でてやった。「ハウルのわが家、ルーツはあなたよ。わたしは根っこから引き抜かれてよそへやられる気持ちがわかるの。だから〝ノー〟よ。でも、ありがとう。さっきの捜査官たちにとって、これはただの仕事ではないわ。彼らはあの男を食い止めることを求めている。そしてそれは、政府から支給される給与のためじゃない」

言葉を切り、レモネードを少し飲む。「わたしはたしかにロズウェルの心の防壁にダメージを与えたんだと思うわ。わたしの身に起きたこと、そして起きなかったことが彼を動揺させ、それが逮捕につながるなら、彼を食い止められるなら……それでいい。それで充分よ。何もかも奪われたけど、わたしはここで満ち足りた暮らしを送り、自分が求めていた以上のものに囲まれている。そのことをあの男が知っているよう願うわ。それであの男が動揺していればなおいいわ」

「これは今、言っておく」

マイルズが手を伸ばして彼女の手を取り、モーガンを驚かせた。彼が愛情や親密さをそれとなく示すことはめったにないのだ。

「それはわたしが気に入りそうなこと？」

「きみが気に入るかは関係ない。ぼくはきみに惹かれている。それは自明だし、そうでなければぼくたちはここにいない。きみといるのが好きだ、単にセックスのためだけじゃない。どういうわけだか、カエルの噴水を作りだすきみのやり方が好きだ」

「あなたも手伝ったでしょう」

「ぼくはただの筋肉だ、それに口をはさまないでくれ。もし働いているのがうちじゃなかったとしても、バーテンダーの仕事をするきみを眺めているのが好きだっただろう。まるでバレエを観ているようだ。きみの体が好きで、そしてその体に優れた知性が備わっているのをうれしく思う。だが、それらは単にきみの魅力の異なる側面にすぎないから、今のはすべて抜きにして、ぼくは心からきみを敬愛している」

さっきの驚きがいっぺんにショックへと変わった。「えっと、その、わお」

「口をはさむなと言っただろう」マイルズがもう一度注意した。「きみが対処しなければならなかった事態に自分ならどう対処したか、ぼくにはわからない。もしきみが失ったものを、きみが失ったような形で自分が失っていたら。親しい人を、家族を、あんな形で失うことに向きあわなければならなかったら。きみにとってニーナはそういう存在だったんだろう。彼女はきみの家族だった。自分にそんな勇気があるか見いだす必要が決してないよう心の底から願っている。よし、もうしゃべっていいぞ」

「言葉がないわ」

「初めてだな」

ハウルがもぞもぞ動いて、何かもごもご言い、そのあと椅子の下から出てきた。

「きみのレディたちが帰ってきたみたいだな」

マイルズが手を離す前に、モーガンは彼の手を握りしめ、もう一方の手も取った。

「また悪いほうへ逆戻りしそうだったのを、あなたの言葉が好転させてくれた。言いたいことはあとでもっと考えるけど、今は、あなたのおかげでまたいいほうへ転がりだしたことを伝えさせて」

「マイルズ、来ていたのね！」オードリーがパティオに出てきた。ピンクが本当によく似合う。「立たなくていいのよ。座っていて。まあ、あなたがモーガンが話していた人なつっこいワンちゃんね。あらあら、ハンサムさんじゃない？」オードリーは喉を鳴らすように言ってしゃがみこみ、しっぽを振るハウルを撫でた。「この子、おしゃべりできるのね。ええ、ええ、わたしも同感よ」もごもごとしゃべる犬に笑い声をあげる。「いいお天気よね。それに忙しい一日で」オードリーは立ちあがった。「危うく……ねえ、ちょっとモーガン！　あれはどこから来たの？　すてきだわ。小鳥の水浴び場に噴水に、ヨガ中のカエル！　なんてかわいいの。お母さん！　こっちへ来て見てちょうだい！」

彼女たちを見ているのがおもしろくて、マイルズはただ座って見守った。

ピンクのサンドレスを着たモーガンの母親はカップケーキのように愛らしく、顎の下で両手を組み、爪先でぴょんぴょん跳ねている。

モーガンも同じ顎だと彼は気がついた。長くて幅の狭い手も、細長い指も同じだ。そこへオリヴィア・ナッシュが出てきた。リネンのパンツに、ノースリーブの真っ赤なシャツ、ティーンエイジャー並みにすらりとしている。オリヴィアの顎や頬骨にもモーガンを見ることができる。

「いったい何がどうしたの、オードリー。いらっしゃい、マイルズ、いらっしゃい、ハウル。かわいい顔をしているわね」

「それはどうも」マイルズは言い、オリヴィアを笑わせた。

「ええ、あなたたちふたりともかわいい顔よ」

「お母さん、これを見てちょうだい」オードリーは母親に見せようと、片方の腕を取り、空いている手で指差した。

「何を……あらまあ」

「モーガンがヨガをするカエルの噴水を買ってきたのよ」

「あれは彼女が作ったんです」マイルズは訂正した。

「作ってはいないわ。パーツを探して組み立てただけ」

「モーガン、それが〝作る〟の定義よ」

「あれはあなたのお父さんが自分でもどうしたいのかわからずじまいになったコンクリートの古い台座じゃないの、オードリー。その上はダグ・ガンドの銅製の鉢だわ。売れたのは知っていたけど、あなたが買ったとは誰も言わなかったわよ、モーガン」

「わたしが口止めしたの。あそこに置いてもよかった？　気に入ってくれた？」

オリヴィアは噴水をしげしげと観察してから、モーガンの肩をぽんと叩いた。「きっとあなたのおじいさんも大喜びしているわ」腰をかがめてモーガンの頭のてっぺんにキスをする。「あなたが作ったと鼻高々だったはずよ。わたしも大いに気に入ったし、うれしいわ。彼の器用さがいくらかでもあなたに受け継がれたことも、同じくらいうれしい」

モーガンの肩に手を置き、反対の手はオードリーの肩をつかんで、オリヴィアはマイルズへ顔を向けた。「あなたはあの重たいコンクリートをあそこまで運ぶために狩り出されたのね」

彼は黙って力こぶを作ってみせた。

「ハウルと一緒に夕食を食べていってちょうだい。帰る途中で立派なイズミダイを買ってきたから、焼こうと思っているの。スパイシーなのは好き、マイルズ？」

「嫌いな男がいますか？」

「では、決まりね。ところで、先にお客さんがいたみたいね」

モーガンは立ちあがり、捜査官たちのグラスを片づけた。「座って。新しいグラスを取ってきて、その話をするわ」

オードリーは娘の腕にそっと触れて制止した。「あの男の話ね。ギャヴィン・ロズウェルの」

「ええ、でも悪い話ばかりじゃないの。先にグラスを持ってくるわ」

オードリーは立ち去る娘を眺めた。「あなたがここにいてくれてよかったわ、マイルズ。あの子がひとりじゃなくてよかった」

「ぼくもそう思います。それに彼女の言うとおり、悪い話ばかりではありません」

オリヴィアは椅子に腰をおろした。「どんな話であれ、みんなで向きあいましょう」

夏の陽光が照りつけ、かすかなそよ風が吹くなか、ふたりは話に耳を傾けた。オードリーが娘の手を取り、オリヴィアが孫娘の顔から決して目を離さずに話を聞く様子を、マイルズは見守った。

「ロズウェルは被害者が自分に好意を抱くよう仕向けたのね」オードリーはささやいた。「時間をかけて相手の信頼を得たのち、さらに自分に好意を抱かせた」

「なぜなら、そのほうがより残酷だから。ロズウェルがその女性の祖父母を殺さなかったのは」オリヴィアが先を続けた。「それは彼にとって意味のないことだから。でも、それだけじゃないわね？　彼らが苦しむとわかっていたからよ。残酷さにこそ意義がある。どれほど病的でゆがんだ人生を歩んできたのかしら」

「そんな男の人生は鉄格子のなかで終わるべきよ。一刻も早く叩きこんでやりたい」

モーガンは母親の手を握りしめた。「たぶんもうすぐよ、お母さん。ロズウェルはミスを犯し、追跡システムの無効化を忘れた。そしてＦＢＩは彼の――なんて呼ぶのかは知らないけど――車の取引相手から情報を引きだせるだけ引きだした」

「車なんていつでも乗り換えられるでしょう」オリヴィアが指摘した。
「そうね。でも、ロズウェルの居場所が判明したみたいなの。捜査官のふたりと話している途中で緊急連絡が入って。ロズウェルがカンザスシティのホテルにチェックインして、地元の警察が出動したところだった。今ごろロズウェルは逮捕されているかもしれないわ。これで決着がつくかもしれない」

ロズウェルはショッピングのついでに散歩をして、ホテルの周辺エリアの様子を見ておこうと考えた。道路の状況と、地元で人気の店は常に確認するようにしている。それに、ビーチ向きのスタイルには飽き飽きしていた。目下の身分にはより芸術家風の服が必要だ。

イタリア製のサンダルに、アニマル柄のヴァンズのスニーカー、黒のジーンズ、新しいシャツを数枚と、麦わらのカンカン帽を買った。

上機嫌でビストロに入ると、屋外のテーブルにつき、マルベックのグラスワインと、パンにローストビーフをはさんだフレンチディップを注文した。ショッピングバッグをテーブルの下に置き、ノートパソコンを開けてマートルビーチの最新ニュースをチェックする。

いたぞ、クィンだ！　写真写りがずいぶんいいな。ビーチによく合うブロンドに、満面の笑み。トレヴァー・ケイン――容疑者――の似顔絵は悪くない出来だと彼は認めた。もっとも、トレヴァー・ケインという男はクィン・ローパー同様、死んだも同然なのだが。

ロズウェルは食べながらニュースに目を通し、警察がまだ彼を、本物の彼を、ケインとも殺人事件とも結びつけていないことに軽い失望を覚えた。

いずれは結びつけるだろう。きっと、そのうちに。結局のところ、人はおのれが達成したことをまわりに承認してもらいたいものなのだ。

無能な捜査官どもは、ベックとモリソンはすでにこの事件にたどり着いただろうか。そう願う。連中の鼻を何度も何度も明かしてやるのは、実に爽快だ。

モーガンに連絡は行ったのか？　ああ、これは心からそうであってほしいと願っている。ドアに鍵をかけ、薄暗い部屋で恐怖にがたがたと震える彼女を想像し、ロズウェルは心のなかで祝杯をあげた。母親と祖母は気を揉んで涙に暮れていることだろう。

彼の母親は目のまわりの青あざと肋骨のひびが治るまで、薄暗い部屋にこもって多くの時間を過ごしたものだ。

モーガンの部屋から盗んだ安物のアクセサリーを処分しなかったのは、われながら先見の明があった。殺した女たちにそれらを身につけさせたのも、自画自賛にはなるが、見事なアイデアだ。

死体が自分の安物のブレスレットをつけていたと知ったとき、モーガンはどう反応するだろう？　体を丸め、ヒステリックに泣き叫び、誰か守ってと懇願する彼女をロズウェルは思い浮かべた。

そのざまを、実際にこの目で見てやろう。それがこれまでのお返しだ。そのあとで始末してやる。

彼はワインを飲み終えると、勘定を払い、夢想に機嫌をよくしてチップを惜しみなく添えた。

カーター・ジョン・ウィンスロー三世は、莫大な信託基金のおかげで気前のよさを発揮するゆとりがある。だから自身の芸術を、金銭面の心配なしに追求しているというわけだ。

もっとも、今はそんな設定はいらないが。カンザスシティに二日以上滞在するつもりはなかった。さらに南下して国境を越え、太平洋沿岸のリゾート地でスイートルームに滞在するのが彼の計画だ。いい休暇になるだろう。

自分はそれだけの働きをした。

彼が散歩に行き、ショッピングをし、軽食をとってワインを飲まなければ、宿泊しているホテルの前に警察車両と黒のＳＵＶが停まるところを目にすることはなかっただろう。

車両からあふれだした警官たちがホテルのロビーへ駆けこんだとき、半ブロック離れた場所にいることはなかっただろう。

歩き続けることは、ただ歩き続けることはできなかっただろう。心臓はどくどくと脈打ち、ショックのあまり耳の奥ではがんがん鳴っている。

どうやってここを見つけた？　どうやって？　あの女を殺す前にケインの身分証明書は捨てた。痕跡は残していない。

ロズウェルは歩き続けた。

きっとなんらかの痕跡を残してきたのだ、そしてもはやウィンスローの身分証明書は使い物にならない。彼の所持品――現金や、さまざまな名義の偽造ＩＤ、電子機器、衣類――はすでに押収済みだろう。

冷たい汗が肌を流れ落ちるのを感じつつ、彼はドラッグストアに入った。染髪剤と、髪を切るための道具、最低限の日用品が必要だった。

もうメキシコ行きはなしだ。もう国境を越える危険は冒せない。北だ、北へ行こう。モンタナか、ワイオミングでもいい、人より牛の数が多く、誰も余計な干渉をしない場所へ。

車を取りに行くことはできないから、盗むしかない。配線を直結させてエンジンをかけられる、おんぼろの車を。それから髪をどうにかする場所を見つけなくては。安モーテルを探そう。現金はあるし、自分の口座にアクセスする手段もある。安モーテルに行き、外見を変え、車を盗み、カンザスシティを脱出する。

いや、だめだ、車を盗んで脱出するのが先だ。通行止め、大規模捜索。ロズウェルの頭のなかで恐怖と〝もしも〟がめまぐるしく回転した。

何も買わずに店を出て、歩き続けてバス停を見つけた。うつむいて顔を背けたまま、最初に来たバスに乗った。今ではバスにも、ほかのあらゆるものと同じく防犯カメラがついている。

ノートパソコンはあるとロズウェルは自分に言い聞かせた。少なくとも、ノートパソコンはある。

それでも両手は震え、腰には汗だまりができた。

バスからおりてさらに歩き、ようやく〈ウォルマート〉の広大な駐車場で盗めそうな車を見つけた。

鍵さえかかっておらず、スナック菓子と汚れたおむつのにおいがするが、後部座席のチャイルドシートは警察の目を多少なりとも欺くことができそうだ。

配線をいじってエンジンをかけ、車を走らせて州間高速道路二十九号線に乗り、北へ向かう。途中でガソリンを入れなければならなくなり、彼は罵った。だが給油は必須だ。逃げきるまで走り続けなくては。

支払いには、モーガンを忘れずにいるために残しておいたルーク・ハドソン名義のカードを使った。防犯カメラがある店内に入ったり、ウィンスロー名義のカードを使ったりするよりはリスクが少ないと考えてのことだった。

ネブラスカのどこかへ行き、安モーテルを見つけようと彼は思案した。そこで髪をどうにかすればいい。朝になったら、新たな人物を作りだすのに必要なものを買えるだろう。

ロズウェルは車を走らせながら、ハンドルに片手を叩きつけた。所持品が！ 所持品がすべてぱあだ。

運転に集中するため、わざとゆっくりと呼吸をした。もしも警察に車を停められたら……。

停まるわけにはいかない。停まれないのなら、停めさせてはならない。

ネブラスカまで行け。彼は体を前後に揺すって気持ちを静めた。客の顔を確かめたりしない安モーテルを見つけろ。時間を稼ぐため、この盗難車は捨てなければならないだろう――空港か、長期滞在用駐車場に。ど田舎のネブラスカの、ど田舎の空港に。それか廃品置き場だ。どうせその辺のトウモロコシ畑に廃車の山があるだろう。

ナンバープレートをつけ替え、車を捨てる。どこかの田舎者から現金で新しく車を買ってもいい。あるいは借りるか。しばらく待って、新たな身分証明書を手に入れたあと車を借りてもいい。

ロズウェルは決められなかった。考えることができなかった。

まずは、どこか身をひそめる場所を見つける必要があった。身をひそめ、次はどうすればいいのか考える場所を。

なぜなら、ギャヴィン・ロズウェルは人生で初めて逃走しているのだから。

22

しんと静まり返った誰もいない家で、モーガンは座っていた。携帯電話を握ったまま、もしパニックの発作に見舞われたら、それで助けを呼ぶことになるのをなかば覚悟していた。

だが発作は起きなかったので、彼女は立ちあがり、携帯電話をポケットへ戻した。仕事をしよう、と考えた。仕事をすれば気持ちも紛れるだろう。あと少しで夏が終わり、秋になれば新たなスペシャルドリンクの登場だ。

あちこちリサーチし、ハロウィンへ向けて〈アプレ〉のために考えているぼんやりとした計画を具体化しよう。

外のパティオに座って仕事をし、カエルのゼンに心を落ち着かせてもらおう。

ドアベルが鳴ったとき、モーガンは飛びあがり、胸がきゅっと締めつけられるのを感じた。

息を吐きだし、負けてはだめよと自分に言い聞かせ、椅子の背を握って、玄関に出られるようになるまで息を吸っては吐くのを繰り返した。

家の正面の窓からのぞくと、マイルズと見覚えのない男性の姿が見えた。

彼女は玄関ドアを開けた。

「モーガン、彼はクラーク・リーチャー。これから住宅用防犯カメラを設置してもらう」

「えっ？」

「あなたに必要なものはマイルズからうかがっていますので、セールストークは必要ありませんね」クラークは彼女に微笑みかけた。四十がらみで感じのいい、細身ながら筋肉質の男性だ。「うちで扱っている最高クラスのものですよ」

「彼女への説明はぼくがする。工事を始めてくれないか？」

「でも――」

マイルズは問答無用でモーガンの腕を取り、家の奥へ引っ張っていった。「家の正面、裏手、勝手口に防犯カメラを設置する。押し入ろうとするやつがいたら、きみに通知が行く。ドアベル・セット契約だから、ベルが鳴ったときにいちいち窓から確認する必要はもうない。携帯電話でもタブレットでもなんでも、画面をチェックすればいいだけだ。すべてクラークが設定してくれる」

「防犯カメラなんてわたしは注文していないわ。祖母が手配したの？」

「いや、ぼくがやった」

「そんな勝手に──」

「外へ出よう」

「マイルズ、相談もなしに勝手に手配するなんてできないのよ」

「もうしたんだ、だからできる」彼はモーガンを外へ押しだした。「きみのレディたちに異論はないと思うぞ」

「わたしに異論があるわ」モーガンは譲らなかった。「他人の家にホームセキュリティーを勝手に設置することはできない。押しつけがましいにもほどがあるわ」

「押しつけがましくてけっこうだ。ホームセキュリティーは設置する。きみも、きみの祖母も、母親も、それで今より安心できる。ぼくもだ」一拍の間があった。「きみは犬を置くのを拒んだだろう」

「それとこれとは別よ！」

「夜にきみが働いているあいだ、ここにふたりしかいないときはどうする？」

「そんな場合を持ちだすのはフェアじゃないわ」

あの目は、トラを思わせるあの目は、ジャングルのごとく激烈だった。「フェアかどうかは関係ない。そんなもの知ったことか。ぼくは大事な誰かを、大切な誰かを失うことについて考えた。あんな思いをするのは願いさげだ、だから誰かを失うような事態は起こさない。きみは大事な誰かだ」

「そんなの、本当にフェアじゃないわ」彼女は背中を向け、両手で顔をこすった。

「そこは同感だよ。こんな感情に駆られるのはぼくだって不服だが、きみが大事な誰かであることは事実だ。だから勝手に手配した。押しつけがましいし、フェアではない。それでも受け入れろ」

こんなふうに一方的に命令されたことはなかった。大佐はそこまで娘を気にかけてもいなかった。母は巧みな言葉で誘導する人だ。

だからモーガンは、どうすればいいのかを初めて思案した。

「こうしてはどうかと提案することくらいできたでしょう。そうしたら、みんなで検討していたわ」

「検討しているあいだに設置できる。この件についてきみのおばあさんからぼくに話がある場合は、時間を作ろう。だいたい、ホームセキュリティーなんて、ぼくだって好きじゃないんだ」マイルズはつけ加えた。「発想自体が気に入らない。だが今、ここには必要なものだ」

「勝手にやられると頭にくるわよ」

「きみを責めはしないよ、少しもね。不愉快な思いをさせたことは、あのくそ野郎が刑務所へ送られたあとで謝る。これを聞いてきみの気がどれだけ晴れるかわからないが、ここが終わったあと、ぼくの家にもホームセキュリティーを設置してもらう。そんなことはしたくないが、きみがあの家にいる時間も少なくないだろう」

モーガンは彼に向き直ると、椅子にどさりと座った。「こういうことをされると自分が無力に感じるわ」

「それはばかげているし、きみは無力じゃない。きみはロズウェルの心の防壁にダメージを与えた、それを忘れたのか？　きみの心はしっかり守られている。あいつに傷つけられるようなことはない」

マイルズは彼女の向かいに腰かけた。

「ここへ来たことで、この家に住むようになったことで、きみは自分が敗者になったと、弱者になったとまだ心のどこかで感じているんだろう。そんなばかげた話があるか。ここへ来て、自分の身にあんなことが起きたあとで一からやり直したのは、きみの強さの証明だ。きみは充分に強いよ、モーガン。誰かがきみを安心させようとしているなら、黙ってそれを受け入れるのも強さじゃないかな」

「理屈を通すなんて、本当にフェアじゃない」彼女は目元を指で押さえた。「今日はいろいろあったの。それなのにまだ終わりじゃない」両手をテーブルに落とす。「FBIが現在の状況を知らせてきたわ」

「話してくれ」

「歩きたいわ。庭を歩いていい？　ゼンを眺めたい」

「もちろんだ。その前に、少しだけ時間をくれ」

マイルズが携帯電話を取りだすと、モーガンはふたたび指で目を押さえた。「仕事に戻らないといけないんでしょう。話すのは今度でいいわ」

「ばかなことを言うな。ちょっと待っていてくれ」

マイルズは立ちあがり、少し離れた。アシスタントとスケジュールを調整しながら、彼はふと気になった。モーガンのように分別のあるタフな女性が、手助けされることになぜこうも抵抗があるのだろう。

マイルズは彼女のもとへ戻り、片手を差しだした。「歩こう」

「ロズウェルは見つからなかったそうよ。まず、そのことを胸から吐きださせて」

「何があった？」

「警察が踏みこんだとき、彼はホテルの部屋にいなかったの。だけど、服や複数の身分証明書、電子機器といった所持品は、いくつも残っていた。それに最後の被害者の車を売るか交換するかして手に入れた車はホテルの駐車場にあったわ。彼がスイートルームを予約した際に使用した名前も判明している。チェックイン後、彼はショッピングへ行き、ランチをとった。クレジットカードのレシートが残っているの」

モーガンは噴水のそばで足を止め、ふたりはつかの間たたずんだ。噴きあげられた水と陽光が銅の水盤を叩くなか、マイルズは待った。

「レシートに記録された時間から、ロズウェルはランチを終えて――支払いは新しい名義のカードだったわ――ホテルへ帰ってきたところで、警察がホテルに入っていくのを目にしたと考えられている。少しだけタイミングがずれてしまったの」

マイルズは話を整理した。「つまり、ホテルの部屋に残されていたものと車を警察は押収したんだな」

「ええ、それだけじゃないわ。ロズウェルはある程度歩いたあと、バスに乗っている。彼の新たな外見も、ホテルでの目撃証言とロビーの防犯カメラから判明した。彼はバスに乗車した――車内のカメラにしっかり映っているわ。そして、おりたところから少し離れた〈ウォルマート〉の駐車場で車を盗んだと考えられている。メーカーと車種、それに車のナンバーはわかっているわ。それから、わたしと出会ったときに使っていたIDでガソリンを購入。車はネブラスカ州オマハの空港の長期滞在用駐車場で発見された。これが現在の状況よ」

「やつは逃走しているんだな」

「ええ、FBIもそう言っていたわ。オマハのホテル、モーテル、レンタカー会社、車の盗難届をシラミ潰しに当たっているそうよ。彼が空港内へ入っていないのは確かみたい。長期滞在用駐車場で別の車を盗んだのかもしれない。そのあたりはまだわかっていないわ」

モーガンはロズウェルの心の防壁にダメージを与えただけではないと、マイルズは考えた。彼女はそれを粉々にしたのだ。その点が気がかりだった。

「やつは道具を、自分の仕事道具を失った」

「ホテルを出たとき、ノートパソコンは携帯していたそうよ」モーガンはマイルズに言った。「ロズウェルは丸腰じゃないわ。だけど、ガソリンスタンドでルーク・ハドソン名義のカードを使用していることから、足のついていない身分証明書を、現時点では所持していないと考えられている」

「身分証明書を作るのに必要なものと、そのあいだ身を隠す場所がいるな。ロズウェルはオマハかその周辺にいる。そしてきみは、そこにはいない」

「わかっているわ。FBIが地団駄を踏んでいるのもわかっている。それはベック捜査官の声にも表れていたわ、彼女は事務的に話すのが得意なのに。あと一歩のところ、まさにほんの数分の差で取り逃がした悔しさ。そして、そこまで彼に迫っていた興奮が声ににじんでいた。というわけで……これが現在の状況よ」

「ロズウェルはしくじった。そして、本人もそれを自覚しているはずだ」

マイルズも悔しさを感じているのかもしれないが、モーガンが彼の声から聞き取れたのは満足感だけだった。「テクノロジーに精通しているくせに、ロズウェルは追跡システムの無効化を忘れた。足のついた身分証明書を使用したりせず、店内に入って現金払いにするリスクを取るべきだったんだ。そのほうが追跡に時間がかかったはずなのに」

その発想はなかったとモーガンは思った。あわただしい展開ばかりだったのだ。

「そうかもしれない」

「おそらくそうだ。幹線道路から離れた小さなガソリンスタンドで給油。それから長期滞在用駐車場——これは以前も使った手だろう？ ナンバープレートを替えてそのまま盗難車でどこかへ逃げたほうがまだましだった」

「ええ。わたし……そうね」どこまでも冷静に筋道を立てて考えるマイルズの話を聞いていると、モーガンは気持ちが落ち着いた。「利口なやり口じゃないわ。ロズウェルのやり方は利口ではない」

「人口の少ない土地へ行ったのなら、なぜそれを利用しない？ やつはわざわざ人の多い場所へ行っている。あるいは、安い店で車を塗り替えてもっと走行させてから乗り捨ててもよかったんだ。広告をチェックし、オーナーから直接現金で買い取り、それでさらに遠くへ逃げるとかな」

モーガンは眉根を寄せてマイルズに顔を向けた。「もしもわたしが警察に追われる日が来たら、あなたも一緒に連れていくわ。あなたなら次はどうする？」

マイルズは逡巡(しゅんじゅん)することもなく答えた。「行動パターンを変える。誰も見向きもしないような安モーテルに宿泊し、外見を変えるのに必要なものを調達して新たな身分証明書をふたつ作る。あとは、自分の金にアクセスする手段がいるな」

マイルズは声に出して考えながら、彼女の気を紛らわせようと、一緒に庭を歩いた。

「人の多い場所に行くのはこのタイミングだ。少なくともふたつの異なる銀行で口座を開いて、自分の金をそこに送金できるようにする。中古車は捨て、新たな銀行口座を使って新車を購入する。そこからさらに行動パターンを破り、人里離れた景色のいい場所を見つけ、一軒家かキャビンを借りる。そこに腰を落ち着けたのち、自分が犯した数々の失敗を反省する」

マイルズが裏口に目を向けると、クラークが防犯カメラを設置しているところだった。

「ほとぼりが冷めたころ」彼は続けた。「プライベートジェットをチャーターし……カナリア諸島にでも飛んで、しばらくは長い休暇を楽しむ」

「カナリア諸島?」

「たとえばの話だ。ここからうんと離れているだろう。だが、ロズウェルは今言ったようなことはどれひとつしない」

「しないでしょうね。でも、それはなぜだとあなたは考えるの?」

「ロズウェルは自分の間違いを認めることができない、それはあの男の犯罪遍歴から極めて明白だ。サウスカロライナから車を追跡されたことに気づいても、自分の過ちではないと考えただろう。故買屋のせいにでもしたはずだ。ガソリンスタンドで以前名乗っていた名義のカードを使う羽目になったのも、盗んだ車の持ち主がガソリンを満タンにしていなかったせいだと」

「そして何より、わたしが生きているせい」

「そのとおり」マイルズはモーガンの両肩をつかんで後ろを向かせ、設置している防犯カメラが見えるようにした。「あれはそのためだ。さっき言ったことをあの男がどれひとつしないのは、やつにとって行動パターンは自分そのものだからだ。ロズウェルには行動パターンが不可欠なんだ。少しのあいだ変えることはあっても、それは誰かのせいだからにすぎない。必ずもとのパターンに戻る。ロズウェルには自分の根っこを掘り起こし、どこかよそに植え直す根性が、何か別の手段に出る根性がないんだ」

「それゆえに、その性格ゆえに、彼は必ずここへ来る。あなたが言葉にしていないのはそういうことでしょう」

「きみがすでに気づいていることを言葉にする必要はないからな。だが、その前にFBIがロズウェルを見つける確率はぐんとあがっている」

ましょ」

「本当にそう思う？　優しい嘘をつかれるより、厳しい真実を突きつけられるほうが

「本当にそう思っているとも。きみの話をすべて聞いて、そう確信した。あの男は逃走し、気が動転し、ミスを犯している。きみはそのどれとも無縁だ。そして、やつはひとりだ」彼女の両肩に置かれた手が腕を滑りおり、ふたたび肩へとあがる。「きみはひとりじゃない」

「でも、ドアにカメラをつけられた暮らしに慣れなきゃいけないわ」

「何百万もの人々がそうやって暮らしているし、それで安心している」

「夜にわたしがいないとき、防犯カメラがあれば母と祖母の安全を守れる」モーガンは彼を見あげた。「それにしても、押しつけがましかったわ」

「そうだな。だから、どうした？」

モーガンはただ嘆息し、マイルズの肩に頭を傾けた。「あとでふたりに教えられるよう、操作方法を説明してもらわないとね。だけど、あなたにお礼は言わないわよ。少なくとも、今はまだね」

「それはどうでもいい。毎晩、店を閉めて帰宅したらぼくにメッセージを送るようにと言ったらきみは渋るだろうが、それもどうでもいい」

「何もそんなことまで――」

「ひと言でいい――〝家に到着〟でも〝異常なし〟でも〝くそったれ〟でもいい、家に入って鍵をかけたあとメッセージを送ってくれ」

「わたしが何時に帰宅するかは知っているでしょう」

「もちろん承知している」

モーガンはこらえきれずに手を伸ばし、マイルズの頬を撫でた。「あなたを起こしてしまうわよ」

「それはぼくの問題だ。ひと言、ふた言送るよう頼んでいるだけだ。うちの母の奥の手、罪悪感パワーをぼくに使わせるのはやめたほうがいい」

その目に浮かんでいたいらだちが好奇心に変わるのを見て、モーガンが食いついたのがわかった。「それって、どんなパワーなの？」

「きみがきいたんだからな」マイルズは辛抱に辛抱を重ねた声にまぶしい愛情をからめてみせた。「あなたがどうしてこんなふうに心配をかけたがるのか、わたしにはちっとも理解できない。あなたは自分本位に考える人ではないはずでしょう。助けを求めるくらい、ささいなことよ。そうしてくれたら、わたしだってこんな心配から解放されるのに」

「それは……こたえるわね」

「母はめったにこの手は使わない。その必要がないんだ」マイルズはどこか腹立たしげにつけ加えた。「この手は数年にわたって効力があるからな。数十年かもしれない。短いメッセージでいい、モーガン、無事に家のなかへ入ったことを知らせるんだ」

こんなふうに一方的に命令してきた人はこれまでいなかった。そして、こんなふうに彼女のことを心配してくれるのは家族だけ、母と祖母だけだった。

「家のなかへ入るまで、リモートであなたに監視されるわけね。オーケー、いいわ。でも睡眠サイクルを乱されてもわたしのせいにしないでよ」

「では、操作方法を教えてもらいに行こう。クラークはすぐに覚えられると言っていたよ」

「防犯カメラやドアベルのお礼は言わないわ。でも」モーガンは彼の顔を両手ではさんでキスをした。「ロズウェルに関する知らせを受けたすぐあとに、あなたが来てくれてよかった。あなたに話せてよかった。それに、わたしの話を聞くためにあなたがスケジュールを調整してくれてうれしかった。だから、そのことにはお礼を言うわ」

「言っただろう、きみが大事なんだ。ほら、どうやって操作するのか聞きに行くぞ。ぼくの家にも取りつけられるわけだからな」

モーガンはもう一度彼の両手を取った。「そこの部分は気に入ったわ」

「きみを責めることはできないよ」

モーガンの家を出たあと、マイルズはオフィスに連絡を入れ、再度スケジュールを変更した。この埋めあわせに残業しよう。サイコパス野郎と違い、彼は必要となれば行動パターンや習慣を変えられる。

車を走らせて街へ戻り、警察署へ行った。

署長室でかたわらにコーヒーを置き、コンピューター画面をにらみつけているジェイクを見つけられたのは、運がよかったのだろう。

「助かったよ！　これで息抜きができる。書類仕事は諸悪の根源だよ。ドアを閉めてくれ」ジェイクは入り口へ手を払った。「休憩にしよう。昼日中から誰がおまえを檻（おり）の外に出したんだ？」

「ぼくの扉は常に開いている」過熱したタールみたいな味がするとわかっていながら、マイルズはジェイクのコーヒーポットから勝手に注いだ。「今日はＦＢＩから報告があったか？」

ジェイクは、いつもの黒のコンバースのローカットを履いた足をデスクにのせた。

「どうしてそんなことをきく？」

「モーガンから捜査の進捗状況を聞いたところだからだ」

「カンザスシティで取り逃がしたものの、ホテルの部屋で宝の山を発見したとモリソンから報告があって以降、新しい知らせは入っていない。ロズウェルの運もそろそろ尽きるころだが、おまえの顔からするとまだ逮捕にはいたっていないようだな」

「まだだ」

マイルズから現在の状況を聞くあいだ、ジェイクは椅子の背に寄りかかり、コーヒーをすすった。ジェイクをよく知らない者なら、うとうとしているように見えるかもしれない。だがマイルズは彼のことをよく知っていた。

「ロズウェルは逃走しているだけでなく、痕跡を残している。もう限界なんだろうな。あの男は自分の思いどおりにいかないことに慣れていない。そしてモーガンを殺しそこねてからは、さまざまな形で物事が思いどおりにいかなくなった」

単に考えが同じというだけでなく、考え方まで同じだなとマイルズは思った。長いつきあいのメリットだ。

「逃げ続けると思うか?」

「しばらくはな。安心して暮らせる巣穴を見つけ、失ったものを補充する必要があるだろう。やつが自分の仕事と見なしていることを続けるためだけでなく、自信を取り戻すためにもそれらが必要だ。優越感を与えてくれるツールをあれこれ失っておきながら、優越感を味わえるか? ロズウェルは縮みあがっているに違いない、そしてむかついているはずだ」

「だから?」

「狂犬病の犬を怒らせると、こっちの喉笛にくらいつこうとするものだ。だが、この狂犬の頭には人間の脳みそが入っている。モーガンの喉笛を狙う前に、なんであれ自分を守るのに必要なことをするだろう」

ジェイクはさらにコーヒーを飲んだ。「頼まれなくても、彼女の自宅周辺の巡回は継続するし、回数を増やすつもりだ」

「家庭用の防犯システムをクラークに設置させた――携帯電話からチェックできるやつだ。ぼくの家にも設置しているところだ、ときどき彼女が来るからな」

ジェイクは鼻を鳴らした。「マイルズ・ジェイムソンが年代物の屋敷にハイテク防犯システムを導入したのか？　こいつはよほど深刻だな」

「現状に対応しているだけさ。それに、あくまで一時的なものだ」

「モーガンのことか、それともシステムか？」

マイルズは言葉を発しかけ、肩をすくめるだけにした。

「まあ、言わせてもらえば、おまえがあの上流志向のブルネットみたいな相手と落ち着くことはないだろうとは思っていたよ。今のブロンドは、ああ、モーガンならおまえの理想のタイプだ」

「そんなものは特にない」

「いいか、ぼくにもおまえにも理想のタイプはあるさ。モーガンは美人だ、それは間違いないが、容姿はおまえの最優先事項ではない。彼女は決してへこたれない、それはまさにおまえの理想だ、聡明さや責任感の強さもな。根っこのあるところもそうだろう」

長いつきあいにはデメリットもあることにマイルズは気がついた。

「彼女は根っこをおろすチャンスがまだない」

「だけどおろしたいとは思っている、そうじゃないのか？　それくらい見ていればわかる。ぼくはモーガンのことが好きだ。だが、たとえそうじゃなくても、必ず最善を尽くして彼女の安全を守るさ」

「わかっているよ」そして、それを頼りにしている。「ぼくはそろそろ仕事に行く」

「ぼくも戻るよ。だがその前に、話しておかないといけないことがある。ぼくはおまえが理想とする友人だからな」

「そうなのか？」

「そうさ。だから話しておく、おまえの妹を口説いてディナーに誘った」

立ちあがりかけていたマイルズはふたたび腰をおろした。「なんだって？」

「ひと筋縄ではいかなかったが、ゆうべディナーに漕ぎ着けた。壁になんとか穴が開いたから、次の日曜はカヤック遊びに行こうと説き伏せた。どれもおまえにとっては、たいして驚くことでもないだろう。おまえの妹と結婚すると――いくつだ、十歳か、十一歳のときか？――宣言していたんだからな」

「エベレストにのぼって、レッドソックスのピッチャーになるとも宣言していただろう」

「いつしか色褪せる夢もあれば、そうじゃない夢もある。この場合は、しばらく色褪せていたが、より濃厚で強烈な色になって戻ってきたと言えるな」

「あまり考えたくないな」マイルズは言った。「ネルがおまえの理想のタイプだということも、おまえたちふたりが濃厚で強烈な色に染まっていることも。なんというか……不愉快だ」

ジェイクは苦笑しただけだ。「おまえの親友になって二十年かそこらになる。ネルのデートの相手としてぼくを信用できないなら、ほかに誰ならいいんだ？」

「たしかにな」

「おまえに妹はいないだろう」

「だから、ぼくはこの件については考えないぞ」マイルズは立ちあがった。「だが、ひとつ言っておく……ネルにも傷つきやすいところはある。そうは見えなくても、あるんだ」

「マイルズ、ぼくはネルのことも二十年以上前から知っていて、彼女がどういう女性かはわかっている。いいか、ぼくが彼女を傷つけるより、ぼくのほうが彼女に傷つけられる可能性のほうがよっぽど高い。これがありのままの事実だ。なにせこっちは、十歳のときから彼女に片思いしているんだから」

「いずれにしても、最後はおまえたちのどちらかに腹を立てることになるんだ」マイルズはかぶりを振って入り口へ向かい、そこでぴたりと立ち止まった。「ネルとはもう――」

彼が言葉を切ると、ジェイクはにんまりとして片眉をあげた。

「いや、いい。今ききかけたことは忘れろ。知りたくない」

マイルズは車で〈ザ・リゾート〉へ戻り、自分のオフィスに直行するつもりが、ネルのオフィスに入っていった。

「マイルズ、ちょうどよかった。来週のピクニックの変更点を最終調整しているところなの。それで――」

「ジェイクとつきあっていることをなぜ言わなかった?」

ネルは小首を傾げた。指にはめた三連の指輪をいじりながら兄に微笑みかける。

「なぜって、その理由には――そうね、何がいいかしら? そうそう、〝兄さんには関係ないでしょう〟って見出しがつくからよ」

「おまえはぼくの妹で、あいつはぼくのもっとも古い、もっとも親しい友人だ。どう見ても関係あるだろう」

ネルはデスクの上から〈ザ・リゾート〉で販売している鮮やかなブルーの水のボト

ルを持ちあげた。「マイルズ、わたしが誰とデートをするか、本気で指図するつもりじゃないでしょうね？」

「そんなことはしない。だが、これは別だ」

「どう別なの？」

「妹」マイルズは片手をあげた。「親友」続いて反対の手もあげる。「それにおまえは、ジェイクが何年も前からおまえに気があるのを知っていただろう」

「彼がその気持ちを隠してきたこともね。立派だと思うか、じれったいかは、見方によって違うわ。どちらにせよ、わたしたちはディナーに行き、お互いに楽しんだ。どうぞ、マスコミに知らせていいわよ」

「ふざけるのはやめろ。次の日曜はカヤックに行くんだろう」

ネルは不愉快そうに目を細め、水のボトルをデスクにどんと置いた。「ジェイクは兄さんにいちいちすべて話すの？」

「いいや。それにぼくは、いちいちすべて聞きたくもない。だが、礼儀というものがあるんだ、ネル。友人の妹とデートするなら、そう伝えなければならない。妹のほうもぼくの友人とデートしていることを話してくれていたら、ぼくがもやもやすることはなかった」

「ジェイクはわたしの友人でもあるのよ。それに、たかがディナー、じゃない。もしそこから発展したとしても、それはわたしの選択で、わたしの問題だわ。だから余計な口出しはしないで」

マイルズは腰をおろした。「昔ぼくがデートをした、あの……名前が出てこないな。おまえの高校時代のグループのひとりだ」

「キャンディ」

「それだ、われながらよくそんな名前の相手とデートしたものだ。とにかく、ぼくはたった一度デートしただけで、おまえに何週間も嚙みつかれた」

「わたしは大人になったのよ。そっちはどうなの？」

「おまえを大事に思っているよ」

「その言葉、そっくり返してあげる」

「ジェイクも大事だ」

「いいかげんにしてよ、マイルズ。何も彼をベッドまで引きずっていって、もてあそぶだけもてあそんだらぽいっと捨てようというんじゃないわ。それに、その反対でもない。わたしたちはそんな人間じゃないことくらいわかっているでしょう」

「ベッドの話はするな」

いらいらしていたネルの顔つきがおもしろがるような表情に変わった。「いずれは彼と寝るつもりだもの。そのときベッドの出番があるかどうかはわからないけど」

「頼むから黙ってくれ」

「もしも」彼女はつけ加えた。「これからデートを何回か重ねて、お互いにその気があったらの話よ。ところで、わたしはモーガンと友だちになったわ——仕事は抜きにしてね。仕事や家族と離れたところで友だちを見つけるのは——作るのも——わたしには難しい。だけど彼女と一緒にランチに行ったし、一杯飲みにも行った。これだってデートをしていることになるでしょう」

今やマイルズは顔を両手に埋めてごしごしこすっていた。

「兄さんは彼女と寝ているんでしょう。なら、わたしは気を揉むべきかしら？」

「ネル——」

「マイルズ」いかにも我慢を重ねているような兄の声音をまねして言う。「わたしも兄さんも、気軽に関係を持つことも築くこともしない。これも〝兄さんには関係ないでしょう〟のカテゴリーに入るけど、ひとつ教えておくわ。わたしも少し前からジェイクのことが気になっていたの」

「それならそうと言え。おまえは何も言わなかっただろう」

「それこそ兄さんには関係ない話だもの」彼女はぴしゃりと言った。「これも教えておく。モーガンが体験したこと、乗り越えてきたことを目の当たりにして、人生やプランは一瞬にして変わってしまうものだと痛感させられたの。だから、ジェイクに誘われていなかったら、わたしのほうから彼を誘っていたわ。わたしはこの関係がどこへ向かうのか見届けたいの。兄さんはそれを受け入れることね」

「そのことについてはもう考えないことにする」

「実に賢明よ」

「モーガンといえば」マイルズは立ちあがり、小型冷蔵庫からコーラを取りだした。「ちょうど彼女の家に行ってきたところだ」

「平日の昼間からいったい何をしていたの、なんて野暮な質問はしないわ」

「彼女の家に防犯カメラを設置するのに立ち会ってきた」

「そう」ネルは思案してからうなずいた。「とてもいい考えだわ」

「彼女は不服そうだったが、いずれ慣れるだろう。ぼくが到着する直前に、ロズウェルに関する知らせを聞いたところだったらしい。おまえに要点だけ伝えたら、ぼくは仕事に取りかからなければならない。仕事が大幅に遅れているからね。ほかの家族にはおまえから伝えておいてくれ」

「わかった」

兄の話を聞きながら、ネルはメモを取った。

「わたしはこれからお母さんとミーティングだから……いやだ、あと五分しかないわ。お母さんにはわたしから伝えておく。あとで夕食を一緒にとりましょう、これについて話しあいたいから。ジェイクには伝えたのね」

「ああ。それで……おまえの話になった。ぼくはもう行く」

「わたしも出ないと」ふたりは一緒に立ちあがった。

「ねえ」ネルは腹立たしさを忘れて兄のもとへ行き、抱きしめた。「心配しすぎないで。知れば知るほど、モーガンはしっかりした人だわ。それに彼女にはわたしたちとFBI、それに地元警察が味方についている」

「頭に人間の脳みそが入った狂犬。ジェイクはやつをそう称した」

「的確な描写ね」

そして、それが気がかりでもあるとマイルズは思った。

23

モーガンがワークアウトのルーティンに慣れてきたと思うたび、ジェンは新たな拷問方法を考えついた。

今日の、バーベルを持ちあげるデッドリフトに、キックバック、そしてダンベルを使うショルダー・プレスと女神の姿勢で行うバイセップス・カールは、過去最悪のメニューだった。

モーガンは汗を流してメニューを完遂すると、自らに三十秒の——ジェンはそれしか認めない——水飲み休憩を許し、次はメニューを逆からやるよう言われたときは、めそめそと泣きださないよう懸命にこらえた。

強くなるんでしょう、自分に何度も言い聞かせた。ロズウェルの喉を一撃で潰してやれるくらいに。無慈悲な回数をすべてこなしたところで、モーガンはバーベルを床におろした。

これで終了だと思ったら、大間違いだ。

　モーガンはクランチにバイシクル・クランチ、前屈姿勢で床に手をつけ、手だけ前進させる憎きインチワームなど、体幹エクササイズで体のほかの部分同様、腹筋にも火がつくまで苦悶の十二分間を耐えた。

　息があがり、力尽き、ぐったりとマットに横たわり、目をつぶる。「わたし、いつになったらエクササイズを憎まなくなるのかしら？」

　ジェンがジムタオルを投げてくれた。「なんのためにやっているの？」

　まぶたの下でモーガンは目玉をぐるりとまわした。「強くなるためよ。強くあるため、強くあり続けるため」

「そして、その効果は出ている。ダンベルの重さとあげる回数は始めたときの倍になっているわ。筋肉だってついてきたじゃない」

　モーガンは頭をごろりと動かして目を開けた。その姿勢のまま自分の腕を眺める。

「ちょっとだけね」

「あなたの体型と体質では立派なものよ。さあ、水分を補給したらストレッチして」

　ジェンは微笑んで片手を差し伸べた。「ボディ・バイ・ジェン。あなたはわたしの作品よ。なかなかの出来だわ」

　モーガンはジェンの手を取ると、うめき声をあげて立ちあがった。「この作品は小さな金槌一千個に叩きつぶされた気分がしているわ」

「水分を補給したらストレッチ」ジェンは繰り返した。「そうすれば楽になるわよ。あなたはここまでよくやっている。その調子で続けて。ハイ、ネル」

「こんにちは、ジェン。時間が一時間ほど空いたの」

「天変地異が起きるんじゃない」

「本当にね」黒のショートパンツにタンクトップ姿のネルが、両手に七キロのダンベルを持った。「隙間時間に楽しみに来たわ」

足を広げてスイマーズ・プレスを始め、モーガンをちらりと見る。「あなたはもう楽しんだようね」

「やっと終わったところよ。もうへとへとだわ。彼女はモンスターよ」

「お褒めにあずかり光栄だわ。さあ、ストレッチよ」ジェンは繰り返すと、ビーズで飾った三つ編みを揺らして、次の餌食を探すために歩み去った。

モーガンはストレッチを開始し、鏡張りの壁に映るネルに向かって顔をしかめた。

「わたしにひけらかしているんでしょう」

「自慢の筋肉だもの。あなたがシフトに入る前に会いたいと思っていたのよ。さっき母から、日曜に行うフリードマンのイベントで、バーをもうひとつ出したいと言われたの」

「すでにふたつ出すじゃない」

「それを三つにするんですって。カクテル用にひとつ、あとはワインとビール、ソフトドリンク用だったのを分けるの。ソフトドリンクのバーと、ワインとビールのバーをそれぞれひとつずつ」

「やってみたいかどうか、ベイリーにきいてみるわ」

ネルはダンベルを握って両脇を締め、クレイジー・エイトに切り替えた。「彼女にできる?」

「ワインとビールのバーなら余裕よ。彼女にとってもイベントのバーをひとりで担当するいい機会になるし。あとで結果を知らせるわ。ベイリーがだめなら、ニックに頼むか、シフトを交代してわたしが入るようにする。ベックスは金曜の夜は美術の講座があるから、どうしても手がまわらないのでないかぎり、欠席させたくないの。トリシャは土曜まで休暇よ」

「まかせるわ。そっちはどうなの?」

モーガンは腰の後ろで組んだ両手を下へさげ、リラックスしていることを示す声をもらした。「骨に火がついているみたい」

「ストレッチを続けて。わたしが尋ねたのはそういうことじゃないわよ」

「この二日間は連絡なし。最後の報告では、最初の車をオマハの空港に乗り捨てたときに盗んだ車が見つかったと言っていたわ。サウスダコタのトラック運転手用のドライブインに、ナンバープレートを替えて放置されていたって。そこからトラックに乗せてもらい、西へ向かった可能性があるそうよ。ワイオミングで目撃情報があって、それを確認しているところだった」

「つまり、まだ逃走中なのね。ここは反対方向へ。いい知らせだわ」

「わたしもそう考えようと努力しているわ」

「簡単じゃないわよね」ネルは五キロのダンベルに持ち替え、上腕三頭筋のエクササイズを始めた。「新しい防犯システムはどう？」

「母と祖母はすっかり気に入っているわ。意外にもね」自分も三頭筋を伸ばしながら、モーガンは――いつものように――焼けつく感覚がぬくもりに、倦怠感が満足感に変わるのを認めざるを得なかった。「マイルズのためにチェリーパイまで焼いたのよ」

「チェリーパイはわたしの大好物よ。そしてマイルズからのお裾分けはなかった。兄が差し出がましいことをしたわね、モーガン。兄はそんなことしないのよ、余計な口出しはしない主義を曲げるほどの強い感情に動かされないかぎりは」

「ええ、それはわかっている。そういえば、あなたの三角関係はどんな具合？」

「わたし、三角関係になっているの？」

「あなたとジェイクとマイルズ」

ネルは笑い声をあげてダンベルをおろした。「片方は楽しんで、もう片方は無視することに最善を尽くしているわ。ねえ、いっそみんなでディナーに出かけて四角関係にするのはどう？　今度の日曜の夜とか、あなたが休みのときに」

「そうね」モーガンは両肩をまわしたあと、腰を落として脚のストレッチを始めた。ネルは重たいほうのダンベルをふたたび手に取ると、ショルダー・プレスの次のセットを開始した。汗ひとつかかずにやり続けられる彼女がモーガンには不思議だった。

「でも、ちょっと気まずくない？」

「そんなことはないわよ。マイルズに、わたしとジェイクはカップルなのだと認めさせるいい機会だわ」

「あなたたちはカップルなの？」

「その方向へどちらも慎重に進んでいるところだと思う。ディナーの手配はわたしがするわ、カジュアルな雰囲気がいいわよね」

「マイルズのところでグリル料理はどう？」モーガンは提案した。「彼はグリルで焼くのが好きだし、それならカジュアルなだけでなく、友人と家族という顔ぶれにもぴったりだわ」

「名案ね。わたしが思いつくべきだった」

「リアムも誰か連れてくるよう誘ったらどうかしら。そうすれば三角形が六角形になるわ」

「それこそ名案よ。わたしが伝えるわ」

「決まったら知らせて。さあ、これで次回まで地獄のエクササイズから解放されるわ。ねえ、時間があるときに〈アプレ〉に寄ってちょうだい。秋のスペシャルメニューの候補がいくつかあって、あなたと相談したいの」

「了解。どんどんアイデアを出しておいて、モーガン」

「アイデアなら無尽蔵よ」

モーガンはジムから出ると、階段ではなくエレベーターを使おうかと真剣に考えた。けれど、楽さよりも後ろめたさのほうが勝って、階段に向き直った。

するとそこへマイルズがおりてきた。

「ネルはフィットネスセンターか？」

「七キロのダンベルを手に自慢げにエクササイズしているわ」

「そうか。ネルに確認したいことがあるんだが、あいつはワークアウトの最中にメッセージを送っても無視するからな」マイルズが首を傾げ、琥珀色（こはくいろ）の瞳で彼女を眺めた。

「きれいだ」

「本気で言っている？」

「ぼくはたいてい本気だ。頬が薔薇色（ばらいろ）で、まるで露に濡れたようだ」

「露じゃなくて、汗よ」

「汗をかいたきみはきれいだ」

それは完全に不意打ちで、マイルズは近づいてくると、彼女の顎をつまんでキスをした。長い、心のこもったキスを。

「本当にきれいだ。ぼくはネルをつかまえに行く」

彼が大股で歩み去り、階段の下に残されたモーガンは、ジムバッグを握りしめた。視界に入るところにいたスパの受付係は、何も見なかったふりをした。

モーガンは金曜の午後の大半を、母と祖母とともに庭の手入れをして過ごした。ゆうべの短い嵐のおかげでするすると抜ける雑草を抜きながら、ゆうべマイルズのベッドで雷の音に目覚めたのを思いだした。

そして嵐が通り過ぎたあとも、雷のように激しく愛しあったことも。モーガンは薔薇の花がらを摘んでいる母親へ目をやった。鼻歌を歌いながら手を動かしている母は、なんて満ち足りて見えるのだろう。

根っこを抜いては引っ越し、自分探しを続けた歳月は、まるですべてここへ、このとき、この場所へ、たどり着くためだったかのようだ。

モーガンは額の汗をぬぐい、膝を折り曲げて座った。「ふたたびオードリー・ナッシュになった気分はどう?」

「しっくりくるわ。オルブライトはわたしには合わなかったんでしょうね――それか、わたしがオルブライトに合わなかったのか。ずっと自分のものだったものを取り戻すのがこんなに簡単だなんて誰が思うかしら?」

今度はオードリーが娘に目をやった。「でも、あなたはそれに気がついた。モーガン・ナッシュになった気分はどう?」

「古い扉を閉めて新たな扉を開けた気分よ。そんなことは期待していなかったわ、本当はね。ここで幸せになることも、わたしは期待していなかった」

「ああ、モーガン」

「わたしはここへ来るしかなかったから、そうしただけ。最初の夜は、心のなかは真っ暗で希望なんてないように思えて、足元が凍りついた気がしたわ、まさに冬のようにね。それが夏の終わりを迎える今は、すべて反対になった。もうすぐ三十になるし、住んでいるところは祖母の家だけど、心は軽やかで、希望があって、わたしは前へ進んでいる。この数カ月があったから、お母さんの、おばあちゃんの、そして自分の本当の姿が見えた。本当のわたしたちが気に入っているの、ナッシュ・ウーマンがね」

「わたしもそう」

「休憩の時間よ」オリヴィアが声をあげ、サンティーのピッチャーをパティオのテーブルまで運んできた。「カンカン照りね。長くて寒い冬を思えば文句はないけど、それにしても日差しが強すぎるわ。休憩しなさい」

「今行くわ」

モーガンが立ちあがるのを、祖母が腰に両手を当てて見ている。「うちの庭がこんなに見事だったことがあったかしら。噴水が加わっていっそう明るくなったわ、モーガン。楽しめるあいだは、ここに座って楽しむ時間を作らないとね」

オードリーは腰をおろして帽子を脱ぎ、それで顔を扇いだ。「文句はないけど、ふうっ！　また今夜も嵐が来るそうよ。それで少しは涼しくなるかもしれないわね」

モーガンは嵐のことを思い、マイルズを思い、笑みを浮かべてサンティーを注いだ。

「恵みの嵐なら歓迎よ。いくらか涼しくなるのもね。今夜はハイキングブーツを持っていくようマイルズに言われているの」

「ここへ戻ってきてから、ハイキングには一度も行っていなかったわね。昔はおじいちゃんと行くのが大好きだったのに」オードリーは冷たいグラスを取り、頬に押し当ててから口へ運んだ。「何か気晴らしをするのはいいことよ、仕事じゃないことをね。庭の手入れだって仕事のうちだもの」

「仕事以外の気晴らしなら、モーガンとマイルズにはあるでしょう。ほら」オリヴィアはつけ加えた。「賭けてもいいけど、まさかふたりでトランプをしているわけがないもの」

「それは別として」オードリーは笑いながら言った。

「つきあっている相手と共通の関心事があるかどうかは大切だわ。それは別としてよ」オリヴィアが口を開く前に黙らせる。

「わたしはそこで失敗したの。お母さんとお父さんにはちゃんとあったわ。夫婦で多くのことを共有していたでしょう。夫とわたしには、何もなかった。モーガンとマイルズには共通の関心事があるわね。ガーデニングに〈ザ・リゾート〉、どちらも犬好きだし、それにハイキングが加わった。日曜にはカップルとして初めてのディナーパーティーを開くのよね」

「ディナーパーティーなんて、そんな大げさなものじゃないわ」

「だってディナーを、みんなで楽しむんでしょう」

「お母さんたちに悪い気がしているの。週末はほとんど彼の家で過ごしているから」

「何を言うの」オリヴィアは手を払った。「あなたがすてきな男性と一緒にいるのを、あなたのお母さんもわたしも喜んでいるのよ。それに、あなたは自分と同世代の人たちと過ごさなきゃ。友だちを作りなさい。友だちもルーツの一部なんだから、ベイビー、そこから芽生えたものを育んで大事にしなさい」

「お母さんとわたしには毎月恒例の読書会に、ヨガクラス、お店に今ではカフェもあるわ。女友だちとのランチは楽しいものよ。わたしたちはふたりともその時間を作っているわ」

「そして明日の午後は、トムとアイダのお宅で持ち寄り(ポットラック)パーティー。食べすぎるまで食べて、日が暮れるまで噂話(うわさばなし)に花を咲かせるわよ」オリヴィアはうっとりとため息をついた。「わたしたちはまだまだ介護の必要な老人じゃないわ」

「それに魔法のドアベルもある。あれは本当に気に入ったわ」

モーガンはかぶりを振って裏口の防犯カメラへ目を向けた。「そうみたいね。わたしには理解できないけど、お母さんが気に入ったことは知っているわ」

オードリーは両手をぱっと広げ、娘に微笑みかけた。「先週は携帯電話に通知が届いて、宅配業者がうちの玄関に小包を持ってくるのが画面に映しだされたのよ。まるで秘密の小窓みたい」

「太陽はカンカンに照りつけ、庭はきれいで、カエルは見るたびにわたしを笑顔にさせ、三人ともこれからパーティーの予定がある。すばらしい人生じゃないの。楽しまなきゃね」

モーガンはそうすることを自分に約束した。楽しもう。

忙しい金曜の夜、〈アプレ〉での仕事を楽しみ、にぎわう人々を楽しみ、土曜のハイキングと日曜のディナーパーティーを楽しみにした。

「交代よ、ベイリー」

「えっ、なんですか?」

「あなたがカウンターの接客を担当して」

「でも――」

「手助けが必要なときは、わたしがここにいる。だから、試しに一時間やってみましょう」

「大丈夫でしょうか?」

「大丈夫じゃなければ提案しないわ」モーガンは彼女を前に押しやり、自分は後ろへさがった。「カウンターをお願い」

そして、ベイリーが思っていた以上に見事な接客をしたので、モーガンは一時間を九十分に延長した。

「その調子。それでいいのよ」

「どきどきするのを忘れていました」

「大学へ戻るまで残り数週間しかないから、次のシフトではわたしと一緒に二時間やってみましょう。休憩に入って。あなたはそれだけの働きをしたわ」

注文に応じながらモーガンはやりがいを感じていた。誰かに仕事を教え、仕事の腕を磨かせることにはやりがいがある。ベイリーの場合は、キャリアのためではないけれど。キャリアを築くまでのあいだ、きちんと稼ぐためだ。

「ベイリーにまかせたのね」オーパルがカウンターの前で立ち止まった。「自分は手出しをせず、彼女にまかせた。わたし、人や物事に対する自分の考えが間違っていたときははっきりそう言うの。あなたのこと、誤解していたわ」

「それはたぶん、お互いさまね」

「ええ、そうね。サマースペシャルをふたつと、氷を入れた炭酸水、ボンベイトニックをふたつお願い」

「すぐに用意するわ」

「実は、二十一になったばかりの甥がいるの。〈ロッジ・バー〉の厨房で働いて六、七カ月になる。そこの仕事はあまり好きじゃないらしいんだけど、ちゃんとやっているわ。もし甥がバーの仕事を覚えたいと言ったら、ここで働かせてくれる？」

「ネルが職場の変更を認めるなら、引き受けるわ」

「よかった」

　彼の家へ行くまでマイルズと顔を合わせることはないだろうと思っていたが、閉店したバーに彼が入ってきた。

「残業だったんだ」

「そのようね」

「バッグはぼくの車に乗せろ。きみも乗ってくれ」

「そうすると、わたしの車はここに置きっ放しになるわ」

「明日取りに来ればいい。ハイキング用のブーツは持ってきたか？」

「言われたとおりにね」モーガンはわれながら上出来だったシフトの終わりに照明を消した。「今日、友人から電話をもらったの」ふたりで駐車場へと歩きながらモーガンは言った。

「へえ」

「サムからよ。彼は……ニーナとつきあっていたの。彼女を愛していて、そろそろプロポーズをしようかと考えていたときに事件が起きた」

モーガンは自分の車の前で足を止め、バッグを取りだした。

「彼とずっと連絡を取りあっていたのか？」

「ええ。彼はニーナの家族と月に一度は夕食をご一緒していたの。新たな出会いがあったことを、わたしに知らせたかったんですって」

マイルズは自分の車のなかで彼女がシートベルトを締めるのを待った。「それはきみにとって何か問題があるのか？」

「いいえ。まさか。お相手とは二カ月前に出会って、それから、その、つきあうようになったの。だからサムはわたしにそれを伝えておきたかったんですって。サムは本当にいい人なの、マイルズ。よかったと思っている。もう事件から一年半近く経つし——そのことに驚いたわ。もっと昔のようにも感じるし、昨日のことのようでもある。彼女の名前はヘナといって、パラリーガルよ。スージーという猫を溺愛していて、古い映画が——本当に古い白黒映画が好き。そして、愛読書はスリラー」

「情報が多いな」

「サムがわたしの最初の反応を確認したあと、彼女のことを延々と話してくれたの。彼のために、こうなってよかったと思うわ。そうそう、彼女はスキーもするのよ。だからサムは今度の冬は彼女を連れて〈ザ・リゾート〉に宿泊し、わたしたちに紹介してくれるんですって。ああ、わたしも彼女のことを好きになれますように。もしそうじゃなくても、好きになったふりをするつもりよ。でも、好きになれますように」

「彼が話したとおりの女性なら、好きになれるさ。今夜は何も問題はなかったか？」

「うれしいことばかりだったわ」世界が眠りに就き、静まり返った暗い道を夜更けにドライブするのが好きだった。開けた窓から風が流れこみ、どこか木立の奥でフクロウが鳴いている。

「夏の忙しい金曜の夜だけど」彼女は続けた。「九十分ほどカウンターの接客をベイリーにまかせてみたら、上手にやってくれたわ。そうそう、初めてリピーターのお客さまがついたのよ——このわたしに。三月に滞在したご夫婦が、息子さんとその奥さま、お孫さんをふたり連れて戻ってきてくださったの。一週間の滞在よ」

「きみはそのご夫妻を覚えていたのか?」

「顔はね。お名前は覚えていなかったけど顔はわかったから、〝おかえりなさい〟と挨拶できたわ。支払いは部屋づけで、それで名前を確認したの。ジムとトレーシーのロウ夫妻よ」

「その夫妻なら、息子さんのマニングが大学にいるころから、毎年二回ほど滞在している。マニングは夏の旅行で〈ザ・リゾート〉へ来たときに、奥さんのグウェンと出会ったんだ。記念に、結婚式はここで挙げている。上の子のフリンはもう六歳くらいで、ヘイリーは四歳くらいだろう」

マイルズが車を私道に乗り入れると、モーガンはやれやれと首を振った。「わたし、ゲストのデータバンクを自負していたけど、あなたには脱帽ね。今の話は部分的にだけど、ご夫妻がナイトキャップを飲みにいらしたときにわたしもうかがったわ」

「〈ザ・リゾート〉は顧客への忠誠とそれぞれに合ったサービスを売りにしている。ロウ夫妻は、ぼくが高校生のときから年に二度滞在している常連だ」

玄関ドアへ歩いていくと、ハウルが立て続けに三回吠えたあと、その名の由来である遠吠えをあげるのが聞こえた。

「カメラ込みの警報装置より優秀だわ」

「ハウルを番犬にする話はまだ有効だぞ」

マイルズがドアを開けた。ハウルは後ろ脚で立ってぴょんぴょん跳ねたあと、モーガンめがけて飛んできた。

「わたしに会えなくて寂しかったの？　そうよね、寂しかったわよね！」彼女がハウルを存分にかわいがっているあいだに、マイルズは戸締まりをした。

「何かほしいか？」

「このかわいいワンちゃんがいれば充分よ」モーガンは首を傾げ、マイルズを横目で見つめた。「でも、あなたもほしいかも」

「そいつには自分のベッドで寝てもらおう」そう言いながら、マイルズは彼女を抱えあげて自分の肩にのせた。

ハウルはもごもごしゃべると、マイルズの先回りをして階段へと走り、モーガンは笑い声をあげた。「担がれるのは初めてよ」

「長いシフトのあとだろう、きみの足を休ませてやる」

「休ませるため？　それならたいていの男性は肩に担ぐんじゃなくて、お姫さま抱っこをするものよ」

「ぼくはたいていの男とは違う」

「それはわたしも気づいていたわ。ねえ、逆さまから見てもあなたの家はすてきね」

マイルズは雲にかすんだ星々と、満月になりかけの月に照らされた寝室へ彼女を運んだ。そしてベッドにどさりとおろし、自分の体で覆った。

「これならどうだ？」

「特にここからのアングルが好きみたい」

モーガンはマイルズを見つめ、彼に見つめられながら、その背中を両手で撫でおろし、それから撫であげた。

「ぼくはこっちからのアングルのほうが好きだ」モーガンを見つめたまま、ごく軽いキスで彼女の唇をかすめる。「きみには顔がある」

「ないと困るわ」

「魅力的な顔だ」彼の唇がふたたび唇をかすめ、少しだけ長く重ねられた。「初めて見たときにそう思った」

「バーで？」

「いや、初めて見たときだ。きみのおじいさんの葬儀だった」

「あなたを見かけた覚えがないけど。正直、誰の顔も覚えていないわ。みんな一緒くたになってぼやけている」

「きみの顔にはすべての感情が表れていた。悲しみ、後ろめたさ。どこか別の場所へ、どこでもいいから別の場所へ行き、自分の感情と向きあいたいという強い願望。ぼくもまったく同じ気持ちだったから、それがわかるのだろうかと思ったのを覚えている」

彼はもう一度、少しだけ深く、少しだけ長く、口づけした。

「次にその顔を見たのはバーカウンターの向こう側で、また別の何かが見えた。親しげで優秀なバーテンダーの顔の下に」

マイルズは脈打つ喉へ唇を移し、彼女の脈が速くなるのを感じて満足した。「もろさに混ざって、不屈の精神が見えた。ぼくはあの顔に魅了された。この手で触れたときに、あの顔を見るのが好きだ」

「その手で触れて」

マイルズはモーガンの手に自分の手を重ね、口だけで彼女を刺激した。

「それはあとだ」

片手を離して彼女のシャツのボタンを外したあと、シャツの隙間に唇を滑らせて下へ向かい、それからふたたび上へとさまよう。

今度は彼女の全身から力が抜けるまで、長いキスをした。

モーガンとはこれまでじっくり時間をかけたことがなかったと、マイルズは思った。彼女は深夜過ぎまで働き、自分は早朝から仕事を始めるからだ。だが今夜は、存分に時間をかけられる。

マイルズはブラジャーのフロントホックを外した。胸元を強調する白いレースのブラジャーは、彼のために身につけてくれたのだろう。指でそっとかすめながら舌を滑らせると、モーガンがもらす悦びの声が彼のなかへ流れこんだ。

たっぷり時間をかけて、ぱりっとした白と黒の制服を脱がせていった。時間をかけて、口と手の下で彼女をわななかせ、燃えあがらせる。

ファスナーをさげながら、モーガンの胸をそっと口に含んだ。急ぐ必要はなかった。指を滑らせて愛撫し、彼女の体がそり返ってもただ愛撫を続け、彼女の喉からもれるかすれた声が、切れ切れの吐息になっても急がなかった。

モーガンの下半身へと向かい、細身のパンツを腰から滑らせ、唇を下腹部に押し当てる。自分は着衣を乱すことなく、彼の下で欲求に震える体から一枚ずつ服をはがしていくことに、マイルズは狂おしいほどの興奮を覚えた。

マイルズは彼女を——あの顔を——見つめたまま、彼女の求めにこたえた。最初の稲妻が室内を真っ白に変えたとき、彼の下でモーガンの体がびくりとして、わななき、その口から切なげな吐息とともに彼の名前がこぼれた。

雷鳴がそれに続いた。

マイルズは彼女を奪い、モーガンは彼に身をまかせた。そして降伏したことで、力を見いだした。窓を叩く突風のごとく快感が全身を揺さぶるまで、彼が差しだすものを受け入れることができた。

体が雨のような液体となり、命じられれば、彼の手からこぼれ落ちてしまいそうな気がした。彼の手の下から体を起こすと、そこは濃密な熱気が渦を巻く世界で、モーガンはあり得ないほどやわらかなぬくもりのなかへと漂いながら落ちていった。

マイルズが体を起こしてシャツを脱ぐと、モーガンはそのかたく、たくましい胸板に両手を押し当てた。ああ、やっぱり。彼は丹念に時間をかけているけれど、心臓はどくどくと激しい鼓動を打っている。

「あの顔」マイルズがささやいた。息が切れていて、それがモーガンの胸を震わせた。「ぼくがなかにいるときのきみの顔が好きだ」

「なかに来て」

ふたたび稲妻が走り、彼に手を差し伸べるモーガンを照らしだした。

マイルズは全身でのしかかり、ゆっくりと彼女のなかへ入りながら、その顔を見つめた。そしてモーガンが弓なりに体をそらして彼をきつく締めつけるあいだ、じっと動かずにいた。

「マイルズ」

「あわてるな」ささやいて、充分に時間をかける。

嵐が吹き荒れるなか、彼は約束した時間をモーガンに捧(ささ)げ、ふたたび彼女を高みまで押しあげて、ふたたび壊した。

そして両手を、唇を、体を重ねてひとつになり、ともに崩れ落ちた。

マイルズは彼女の上に横たわった。人生でこれほどの充足感を味わったことは記憶にあるかぎり皆無だった。嵐はすでに去りつつあり、最後の雨粒を窓に投げつけている。稲光に照らされた場所には月明かりが戻っていた。

図書室で曾祖父（そうそふ）の時計が三時を告げた。

頭をもたげてモーガンを見おろすと、思ったとおり、そこには満ち足りた表情があった。

「あの顔だ」マイルズはふたたび言い、彼女の唇が弧を描くのを見つめた。

24

ぐっすりと眠っていたモーガンは、コーヒーの香りで目を覚ました。

「ベッドから出る時間だぞ」

目をぱちぱちさせてから開き、マイルズを凝視する。彼はベッドの横に立っていて、すでに身支度を整えていた。

「今、何時？」

「ベッドから出る時間だ」マイルズは彼女の手を取り、引っ張って起きあがらせた。

「どうして女性はそれをやるんだ？」彼女がシーツを引きあげて胸を隠すと、マイルズは怪訝そうに言った。「きみの裸は見た。胸も見たし、ぼくの見解では、全身と実によくバランスが取れている」

「どうしてもよ」モーガンは説明せずにそれですませた。すると、ナイトテーブルに置かれたマグカップが目に入った。「コーヒーを持ってきてくれたのね！」

「コーヒーによく似た飲み物だ。飲んだら起きろ。三十分で出発する」

「あなたはいつから起きていたの？」

「シャワーを浴び、本物のコーヒーを飲んで服を身につけ、それがなんであれきみが朝に飲むものを用意するだけの時間があるくらい前からだ」

「オーケー、わたしも三十分で用意するわ。お安いご用よ。それから、ばかにしていても、わたしのコーヒーを持ってきてくれてありがとう。ハウルはどこにいるの？」

「外で見回り中だ。三十分だぞ」戸口へと歩きながら彼は言った。「ぼくは何本か電話をかけてくる」

それは自分への挑戦だと受け取ったモーガンは、三十分後には階段をおりていった。ハイキング用のショートパンツにブーツ、ブルーのTシャツ、それに赤の野球帽といういでたちだ。肩にかけた軽めのリュックには、虫除け（むしよ）スプレーや水のボトル、旅行用の救急セット、ミックスナッツ、そのほかの必需品が入っている。

彼はキッチンでコーヒーをもう一杯飲んでいるところだった。

「準備できたわよ」

マイルズが振り返り、彼女を見つめた。「ショートパンツにブーツを組みあわせると、なぜそんなにセクシーに見えるんだ？　日焼け止めと虫除けのせいか？」

「どっちもたっぷり塗って、リュックにも入っているわ」モーガンはマッドルームへリードを取りに行った。「ハウルも連れていきましょう」

「ああ、あいつもその気だ」

マイルズが自分のリュックを背負ったあと、ふたりは庭に出た。犬はリードに気づくと、その場にお座りして目をそらした。

「リードは屈辱と見なしているんだ」

「無理もないわ。いい子にできないと言われているようなものだもの」モーガンは優しくしゃべりかけながら犬に近づいた。「世界一いい子なのにね。だけど、これをつけないと冒険に連れていってあげられないの」

ハウルは屈辱に甘んじた。

「車で行く」

「てっきり、ここから一キロほど先にあるトレイルコースへ行くんだと思っていたわ」

犬のリードは彼女が持ち、マイルズは彼女の空いているほうの手を取った。「バーチ・トレイルはいいコースだ。それに、帰りにきみの車を拾える」

「それならかまわないわ。わたし、絶対になまっているわよ」モーガンは車に乗りこみながら言った。「ちゃんとしたハイキングは二年ぶりだもの。早く体を慣らしておかないとね、山が紅葉する秋にハイキングを楽しみたいから——それだってもうすぐだわ。わたしにとってはこの街で過ごす初めての秋よ」

「秋は観光客だらけだ」

「〈ザ・リゾート〉にとっても、街にとってもいいことだわ」

「ああ、だがトレイルコースはぎゅうぎゅう詰めになる。今日もほかのハイカーたちがいるだろう、夏場にやってくる客も多いからな。だが、九月と十月はその比じゃない」

「楽しみにしているわ。夏が終わるのをではなく、秋の景色をね」

彼女の車にマイルズの車が横づけされたあと、モーガンは降車してふたたびリュックを背負い、後部座席からハウルをおろした。

「八キロのループコースだ」マイルズは彼女に説明した。「だが、五キロに短縮できる早道コースもある」

「八キロで大丈夫」これも挑戦だ。

「そのあとロープコースとジップラインまでくだっていく。コースの入り口はすぐそこだ」

「〈ザ・リゾート〉のレイアウトをつかむのに、春に何度か自転車を借りて見てまわったわ。自分のを買おうか本気で考えたけど、自転車で通勤するには遠すぎるし、帰りがかなり遅いから危ないと思ってやめたの」

「何も自転車は移動手段に使うだけじゃないだろう」

「ええ、たしかにそうだけど」とはいえ、ほしいからという理由だけで出費を正当化はできなかった。今はまだ。

「とにかく、〈ザ・リゾート〉には、湖畔の散策コースやトレイルコースがあるでしょう——前回までは案内標識を確認しただけで実際に歩いてはいないけど。それからジップライン、クライミングウォール、それにかわいらしい小さな遊び場エリアもある。どれも理にかなっているわ。〈アドベンチャー・アウトレット〉にも行ったの、言うまでもなく自転車を借りるために。スキー場のリフトとゲレンデがすぐ先に見えるところで、スキー用具やウェアを簡単にレンタルすることも購入することもできるんだから、これも気がきいているわ。それに、この湖」

モーガンは足を止め、カヤックやカヌーが点々と浮かぶ青い湖を見渡す。水面にはその名のごとく緑の山々が映っていた。「カヤックはやったことがないの。あなたはあるんでしょうね」

「もちろんだ。どこかの週末に予定を入れよう」

「すべてが目と鼻の先にあるのは本当にすごいことだわ」

「ぼくの曾祖父母は湖とこの景色に魅せられて、ここの土地を買い、最初のロッジとキャビン二棟を建てた」

「彼らに先見の明があったのは幸運だったわね。ご家族がそれを発展させたことも。

彼らは敬意を持って、その上に〈ザ・リゾート〉を築きあげた。自転車で走ったとき、キャビンをひとつ見かけたけれど、まるで自然に生えてきたみたいだった」

ハウルはリードの屈辱も忘れ、散策コースをあちこちかぎまわっている。

「敷地内を走るバスを電動バスに切り替えると耳にしたわ」

「ああ、秋のピーク時までにね。電気自動車の充電スタンドも増設する予定だ」

「それも気がきいているわね」

ふたりは木立にはさまれたロープコースが見える場所にたどり着いた。はるか頭上でのぼったり、バランスを取ったり、ぶらさがったりしているゲストにモーガンは首を振った。

「自分があれをやっているところは想像できるけど」トレイルコースの入り口へとマイルズに導かれながら彼女は言った。「それは、ゾンビだらけになってこの世が終わるか、人類を根絶やしにしようとエイリアンが襲来したときに限るわ。そうなったら、ロープで吊り橋や壁を作り、つりさげたタイヤや板の上でバランスを取ることを学ぶ必要が出てくるかもしれない。でも、それまでは？」

モーガンはリュックを揺すった。「冒険はトレイルコースだけで充分。だから、この道を行きましょう」トレイルにその名を与えた樺（バーチ）の木の道をのぼりだす。

「きれいね、すでに美しいわ」

「この先にはもっといい景色が待っている。リードを持つのに疲れたら言ってくれ」

「平気よ。写真を百万枚は撮るから覚悟してね。さっそく撮らなきゃ。ああ、この花なら名前を知っているわ。ワイルド・ルピナスよ」槍状の穂に小さな紫の花をたくさん咲かせるルピナスを携帯電話のカメラにおさめようとモーガンがかがみこむと、ハウルはその頰をぺろりとなめた。

目についたヒヨドリバナや、樺の樹皮やカエデの老齢樹のなんであれ彼女がおもしろいと思ったところを撮るためにモーガンが立ち止まるたび、マイルズは根気よく待った。

ふたりはおりてくるグループとすれ違い、のぼっていく別のカップルに抜かされた。マイルズはモーガンといるのを楽しんだ。彼女は際限なくおしゃべりをしたりしないので、静けさと鳥の歌を愛でることができた。愛する丘や森をただ歩く、最近はそういった時間が足りていなかったことを彼は認めた。

モーガンが足を止め、耳に手をかざした。「待って。何か音がするわ……あれは滝の音？」

「その先を曲がったところにある。小さいが、きれいな滝だ。リトル・ホワイト・フォールズ。〈ザ・リゾート〉の敷地はそこまでだ。早道コースはそこから入り口へ戻るが、八キロのコースは国有林を通る。その先はさらに険しいのぼり坂になるぞ」

ていた。

「もちろん八キロのコースよ。だけど、滝も見たいわ」

どっと流れ落ちる水は眼下で川にぶつかり、薄い赤茶色の水流に白い泡をかきたてていた。

「きれいね。音楽のようだわ」

岩の上で飛沫が輝き、水と水が衝突して川底が見えている。陰になっているところでは、苔に覆われた枝が陽光をやわらげていた。けれども滝には日の光が当たり、まるでレーザーのようにまぶしい。

さっきふたりを追い抜いたカップルは、仲よく自撮りをすると、コースを引き返していった。低い岩棚から三人連れがひょっこり現れ、先をのぼっていく。

マイルズはモーガンが携帯電話を取りだせるよう、リードをふたたび預かった。彼女が写真を撮っているあいだ、リュックから折りたたみ式のカップを引っ張りだして水を注いだ。

ハウルは大喜びで水を飲んだ。

もう一杯入れてやろうとしゃがみこんだところでふと顔をあげると、モーガンが彼とハウルを写真におさめていた。

「ごめんなさい、どうしても撮りたくなって。わたしもプラスチックの古いボウルをリュックに入れてきたけど、カップのほうがいいわね」

モーガンは空へと顔をあげた。「この場所の美しさは完璧ね。わたし、自撮りは嫌いなの」マイルズに顔を向ける。

「ぼくもだ」

「でも、せっかく滝の前にいるんだもの、自撮りはしないというルールに例外を設けるわ」

「自由にしてくれ」

「例外にはあなたも含まれるの。滝よ、マイルズ。それに光の当たり方も完璧だわ。だからお願い、一度だけ」

こうなることは予見すべきだったし、いやだと言えば融通のきかない男に見えるだろう。それでもかまわなかったが、この瞬間に水を差すのはいやだった。

マイルズは彼女のほうへ進みでた。

「ありがとう」モーガンは携帯電話をかざし、理想のアングルになるまで向きを動かした。「一、二の三で撮るわよ。顔をしかめないで」

「しかめていない」

この問題を解決するため、モーガンは顔を横へ向け、彼の頬に唇を押し当てた。マイルズの唇がほんの少し弧を描いたところで、写真を撮る。

「〝一、二の三〟はどうなった？」

「こっちのほうがいいわ。ほら」モーガンは写真を表示した。「すごくいい。もっとこういう写真を撮らなきゃ」携帯電話をポケットにしまう。「これは魔法の滝の前での厳粛な誓いよ」

ふたりはコースをのぼっていった。たしかにどんどん険しくなったものの、筋肉が悲鳴をあげないのは、ジェンの無慈悲なトレーニングのおかげだろうとモーガンは思った。

ティーンエイジャーの少年のグループが、ハイエナみたいな笑い声をたて、レイヨウのように飛び跳ねながら駆けおりていった。

「愉快なゲームでもしている気分なんだろうな」マイルズが言った。「誰かが足首を捻挫するまでは」

「十六歳くらいかしら? 無敵の年ごろね」

「きみは十六歳のとき、どこにいた?」

「それは本当にわからないわ。昔はノートに場所と日付を記録していたのよ。両親が離婚したあと、引っ越しの連続だったから。でも、大学へ進学したときに捨てちゃったの――ばかみたいだけど、こんな暮らしとはこれでおさらばよって」捨てるしぐさをして手を払う。「でもあれは、ほとんど癇癪の発作みたいなものだったから、後悔しているわ」

「住んでいた場所と時期を書きだしたいなら、きみのお母さんが覚えているだろう」

「そうね、でも……」

いきなり世界が開け、モーガンは言葉を失った。「すごいわ！　これは言っていなかったじゃない」

「いいサプライズだろう。なかなかの景色だ」

「なかなかどころか、絶景よ！」

山脈と渓谷と丘陵と川から成る世界が、鮮やかなグリーンや、やわらかなブルー、そして突きでた岩石の無骨なグレーのなかに広がっている。遠くまで続くなだらかな頂は、歳月と忍耐を物語っていた。

わたしはここにいる、太古の昔から、そしてこの先いつまでも。

どこまでも広がる空の天蓋のもと、土地や川の重なりや切れ目、木立の盛りあがりなど、トレイルコースのすべてが鮮明に一望できた。白い水煙をあげる遠くの滝は、天の賜物（たまもの）のようだ。

一幅の絵画ね、とモーガンは思った。ここに立った人なら誰でも自由に鑑賞できる、額のない一幅の絵。

這（は）いあがる霧に丘陵がかすむさまはどんなふうだろう。木々が色づく秋は？　まぶしい銀世界の冬は？

今日、この景色は夏を、生命の盛りを歌いあげていた。

静寂は音楽だった。

「もう一度撮らなきゃ」マイルズに向き直った。「ごめんなさい。でも、こんな完璧なスポットで自撮りをしないわけにはいかない」携帯電話を持ちあげる。「あなたが悪いのよ。どんなに顔をしかめられようとかまわないわ」

モーガンは彼の腰に腕を滑らせ、携帯電話をかまえた。

撮影したあと、ハウルを指差す。

「次はあなたの番よ。お座り。いい子ね、お座りよ」

モーガンは犬を写真におさめようとしゃがみこんだ。ハウルはうれしそうな目をして、なんだろうと首を傾げている。

あれがその瞬間だったのかもしれないと、マイルズはのちに考えた。心がぐらりと傾いたのはあのときだったのかもしれない。あの瞬間、あの場所で、ポーズを取るよう犬を説得するのを——しかもハウルはそれにしたがった——彼女が心から楽しむのを眺めていたとき、はるか頭上では静かに鷹が滑空していた。

あの瞬間、モーガンは顔を輝かせ、純粋に輝かせて、昔から彼のものだった世界に囲まれてマイルズを見あげた。

それから立ちあがり、携帯電話をしまって彼の両手を取った。「ありがとう。最高の日と最高のコースを選んでくれて」

「秋はもっときれいだ」マイルズは景色のほうを顎で示した。

「きっとそうね。でも今は、夏の息吹に満ちている」もう一度眺め渡し、モーガンは彼の肩に頭をのせた。「秋は豊穣、冬は待ち暮らし、春は始まり。それなら夏は？夏は成就のときよ」

トレイルコースをあがってくる声が静けさを破ったので、マイルズは先へ進むことにした。その瞬間のことはひとまず忘れ、彼女と犬とともに歩いた。

「これからは」曲がりくねる道をくだりながら、モーガンが言った。「もっと時間を作ってハイキングをしなきゃ。休みの日にときどき一時間くらい歩くだけでもいいわ。あなたは、キャンプは好き？」

「人類は労働、革新、窮乏、そして運により、穴居生活や開拓時代から進歩を遂げたとぼくは考えているし、屋内トイレ、断熱窓、しっかりしたマットレス、それにブロードバンドを実現させた彼らの努力を尊重する。それらの革新を無視してテントで寝ることを選ぶ理由がぼくには見当たらない」

「つまり、キャンプに行く気はないということね。わたしも進歩と革新に対して健全な敬意を抱いているから、よかったと言えそう。でも、あなたのことだからキャンプの仕方は知っているんでしょう。ゾンビだらけになって世界が滅びたり、エイリアンが襲撃したりしてきたときは役に立つわね」

そのとき、二メートルほど先を動物が横切り、モーガンは凍りついた。「ねえ、クマよ。本物のクマがいる」

「向こうはぼくたちに関心がない」だが、ハウルがもごもごしゃべってしっぽを振りだしたので、マイルズがリードを持った。「ヒグマは通常なら攻撃してくることはない。とはいえ、あれとは自撮りしないぞ」

「自撮りなんて頭をよぎりもしなかったわ。クマよ。本物の大きなクマ」

やがてクマは、のそのそと木立のなかへ入っていった。

「しばらく待とう。おじいさんと何度かハイキングに来ているんだろう？　クマに出くわしたことはないのか？」

「ないわ。遭遇したときはどうすればいいか、何をしたらいけないかは教えてもらったけど。一度も見かけなかったから、がっかりしたのを覚えている。今となってはそれが不思議だわ」

「たまに〈ザ・リゾート〉内を徘徊(はいかい)しているんだ、特にキャビンのまわりではよく見かける」

ふたたび歩きだし、モーガンはクマが消えた方向へ目をやった。もうどこにもその気配はなかった。

「キャビンのなかで座っているときなら、クマを見かけて喜ぶかもしれないわね」

マイルズは肩をすくめた。「先に住んでいたのはあっちだ」

モーガンは微笑んだ。「今日の日記。滝を見て、遠くまで連なる山々を眺め、クマと遭遇した」

「つけているのか？　日記を？」

「いいえ。そんな時間があるとでも？　だけど、もしつけていたらクマのことは書くでしょうね。このあと車を拾ったら、ベーカリーに寄って、明日のデザートを何か買っておくわ」

「ケーキはネルが用意する」

「彼女がケーキを焼くの？」

「たまに。それに、ぼくはグリル担当で、きみはジャガイモ担当だ。ネルだって負けていられないだろう」

「彼女のそういうところが好きよ。競争心の強いところ。兄と弟にはさまれているのは、大変だったでしょうね」

「一番上だって大変かもしれないぞ」

「そうなの？」

「いいや。だが、大変だった可能性はある」

「それはないわ。だっていざというとき、あなたたちきょうだいはひとつのチームになるもの。あれは〈ザ・リゾート〉のキャビンのひとつね。大きなフロントポーチにロッキングチェアが置いてあって、森の一部みたい。ぐるりとまわって〈ザ・リゾート〉の近くまで戻っていたのね。気づかなかった」

「出発地点の近くだ」

「ええ、もう見えるわ」

細い小川にかかった小さな橋を渡ると、道が開けてロープコースに出た。

モーガンは、ハーネスをふたつベンチまで運んできたリアムに目を留めた。

「ハイキングは楽しかった?」近づいてきたふたりにリアムは声をかけた。

「すばらしかったわ。滝に、絶景に、クマに。今日の午後はチャレンジする人はひとりもなし?」モーガンは人けのないコースを見あげた。

「貸し切りの予約が入っている」

リアムがハーネスを差しだした。

「えっ?」モーガンは両手を背中へまわして握りしめた。「わたしはけっこうよ」

「ハイキングの締めくくりに最高だよ」

「いいえ、とんでもないわ。五歳児みたいにキャーキャー悲鳴をあげるか、小さく丸まって〝ママー〟と泣きべそをかくかするに決まっているもの」

「きみは高いところは平気だろう」マイルズはハーネスを取って装着し始めた。「山頂でも脚は震えていなかった」

「高いところは平気よ、だけど――」

「高いところが怖いならやめておくが」

「怖くはないわ。でも、わたしは重力に対して健全な敬意を抱いているの」

「落ちはしないよ。ほらね？」リアムはハーネスを持ちあげ、下降器（ビレイ）に留めてあるカラビナを見せた。「これはつけたら固定される。外さないかぎりは外れない。常に少なくとも一本は命綱がついているんだ、デッキに立っているときでもね」

「あんなところにあるデッキに、なんのために立つの？」

「楽しいからさ！」

「きみが怖いのなら……」マイルズはそこから先は言わず、自分のハーネスを外しだした。

「〝怖い〟は言いすぎよ」それに、彼がわざとその言葉を使ったことはわかっていた。

「ただ心配なの。そう、〝心配〟のほうが合っているわ」

「もしゾンビの大群に襲われたら？」マイルズは尋ねた。

「悲惨な死を遂げるわ。そして人間の脳みそを食べてゾンビとして余生を送る。ああもう、こんなの不意打ちよ」モーガンはハーネスをつかんだ。「これはどういう仕組みになっているのか教えてちょうだい」

モーガンにハーネスを装着させながら、リアムは彼女に微笑みかけた。「こいつはきみの体重の三倍の重量にだってゆうに耐えられる。ぼくたちも一緒に上へあがるが、基本的なことはここで説明するよ」

「ここでね」

リアムの説明は丁寧で、基本的なことはたいして複雑そうではなかった。

「ハウルはどうするの？」

マイルズはリードをベンチの脚に結びつけ、水とスティック状のおやつを置いてやった。「ハウルなら大丈夫だ」そう言って、ヘルメットを彼女に手渡す。

人の言いなりになるのはいやだと思っていたのに、気づけばモーガンはリアムに続き、マイルズに先立って、最初のデッキまでのぼっていた。デッキにあがると、ハウルははるか下に見え、リアムがもう一度ビレイ器と安全システムについて説明した。

「板を踏んだら吊り橋が多少揺れるけど、きみには命綱がついているからね」

「あなたが先に行って」

「もちろんだ。次のデッキで待っているよ」

モーガンの目には、リアムはちょろちょろと流れる小川の上、五、六十センチのところにかかった頑丈な石橋を歩いているように見えた。

「心配ない」マイルズが後ろから声をかける。

怪しいものだわとちらりと振り返ってから、彼女は息を止めて足を踏みだした。やっぱりぐらぐらと揺れたけれど、次のデッキにぴたりと目を据え、下でハウルが吠えても顔をさげなかった。

モーガンは落下しなかった。ぶらぶらと宙づりになって恥をかくこともなかった。

「やったね！　次は最初に行くかい？」

「いいえ、わたしは二番目でいい」

「どうするかは覚えている？」

「ええ、落下しないこと。それは覚えているわ」

縦につりさがっている丸太は不必要に細く、不必要にあいだを空けて並んでいるように見え、リアムがそれを踏んで進むのをモーガンは眺めた。振り返ると、マイルズは弟と同じようにやすやすと吊り橋を渡っていた。

ひけらかしているのだ、とモーガンは決めつけた。そのあと最初のカラビナを慎重に外し、次のワイヤーに取りつけて試しにしっかり引っ張ってから、二番目の試練に挑んだ。

丸太もやっぱりぐらぐら揺れた。けれども途中で固まってしまうほうが怖くて、進み続け、ひとつの丸太から次の丸太へと脚を伸ばし続けた。二回ほど叫びそうになったが、声がもれる前にのみこみ、それで自信がついた。

幅の狭い木製ブランコを踏んでゆらゆらと進み、ロープネットを横断した。

リアムが歓声をあげる。「うまいぞ！　ロープコースのインストラクターになれそうだ！」

遠慮するわ。垂直の長い丸太を慎重に越えながらモーガンはひとりごち、次は綱渡りをした。絶対にお断りよ。

縄ばしごをのぼり、ぐらぐらするタイヤコースの上でバランスを取り、腹筋が笑うのを感じた。

けれども、空中ブランコには怖じ気づいた。リアムは撞木を握ると、サーカスの演目みたいに次のデッキへと飛び移っている。

モーガンの心臓がどくんどくんと大きな音をたてた。筋肉が震えている。あんなまねができるわけがない！　それでも彼女はバーを握り、息を吸いこみ、足を蹴った。

すると、まるで飛んでいるような気分になった。一秒か、もしかして二秒、顔と全身で大気を受け――『ウィキッド』の歌にあるみたいに――重力に逆らって飛んでいるようだった。

最後のデッキに飛びおりたとき、モーガンの口から笑い声が弾けた。

「すごい！」両腕を広げてリアムに抱きついたあと、空中ブランコの順番を待つマイルズを振り返る。「最高だったわ」

そして、この瞬間にマイルズは完全に恋に落ちたことを自覚した。彼女は体を動かしたあとで顔をほてらせ、思いがけない楽しさに歓喜し、リアムに腕をまわしたまま立っている。

その笑顔は世界をも照らせそうだった。

好意がいつしか愛へ変わったのでも、ひとときの興味がいつしか永遠に変わったのでもなく、彼は真っ逆さまに恋に落ちた。どんな安全システムでも食い止めることはできなかっただろう。

マイルズは息を奪われ、呆然とし、ほんの少しむかついた。

だから、これについてはあとで考えるよう自分に命じた。冷静になり、気を散らすモーガンがそばにいないときに。

ふたりがおりだしたので、バーをつかんでデッキへ飛び移り、そのあと地上で合流した。

「楽しかっただろう？」

「思っていたよりずっと」モーガンはリアムに言った。「ずっと楽しかったわ」

「もう一度やるかい？　次のグループが来るまでまだ時間がある。きみはどれくらい時間がかかるかわからなかったけど、なかなか才能があるね」

「一度で充分よ。それは間違いないわ」

「ジップラインや、ロックウォールもあるよ」

「やめて」彼女は笑いながらリアムを小突いた。「それはどっちも絶対にお断り」

「次回はジップラインに挑戦してみよう。一気に滑りおりながら、何キロも先まで見渡せるんだ」

「あなたはアスレチック狂よ。あなたの弟はアスレチック狂だわ」マイルズに向かって言う。「ハウルのリードをほどいてくるわね」

「彼女、最高だね」モーガンが歩み去るとリアムは言い、それから足を踏み替えた。

「もちろん、彼女を口説いていたとかそういうのじゃないよ」

「わかっている。それに、おまえにモーガンが口説けるわけもない」

「とか言って、むかついていたくせに。だから――」

「おまえにむかついたわけじゃない。それに、たしかに彼女は上手にやった」

「ぼくはモーガンが好きだよ。つまり、一般的な意味で、兄さんの彼女としてね。兄さんにお似合いだ」

「ぼくも好きだよ」マイルズはヘルメットを外した。彼の犬はモーガンが戦争から帰還したかのような歓迎ぶりだ。「たぶん、それで少しむかついている」

リアムは兄の肩をぴしゃりと叩いた。「今に忘れるよ。むかついていたのはね」

「そうかもな。今日は助かった。〈アドベンチャー〉のインストラクターより、おまえとやるほうが彼女もリラックスできると思ったんだ」

「楽しかったよ」リアムは兄からハーネスを受け取った。「彼女は根性がある。肝の据わった女性だ。ところで、あのくそったれに関するニュースは？」

「はっきりしたことは何も。FBIはまだ西で手掛かりを追っている。おそらくオレゴンあたりで。最後に聞いた話ではそこにいた」

「逃げ場がなくなって太平洋に飛びこむかもしれないな」

「それでもかまわないが、できれば捕まえてほしい。あいつが刑務所に入ったとわかるまでモーガンが心から安心することはないだろう」

「永遠に逃げ続けることはできないさ、マイルズ。誰にもね」

たしかにそうだとマイルズは思った。だが、それが問題なのだ。遅かれ早かれ、ロズウェルは逃げるのをやめ、再度仕掛けてくるだろう。

帰宅すると、マイルズはモーガンをシャワーに誘った。彼女を求めていたからだけではない。たまらないくらい求めてはいたが。けれどそれよりも、セックスをすれば冷静になり、心の均衡を取り戻せるだろうと期待したからだった。

しかし、そうはならなかった。

モーガンが仕事へ行くと、マイルズは家のなかを歩きまわった。ここにいないときでさえ、なぜこれほどいたるところに彼女の存在を感じるのだろう思いながら。

自分のオフィスへ行き、彼女を魅了した小塔から外の景色を眺めた。それから腰をおろし、しばらく仕事をした。仕事は空虚な心を埋めてくれる。

だが、あの瞬間が繰り返し脳裏をよぎった。頂上で心がぐらりとするのを感じたあの瞬間。そしてロープコースで真っ逆さまに落ちるのを感じたあの瞬間。

そんな瞬間が、これまでにもあったのをマイルズは認めた。バーカウンターで働くモーガンを初めて見たとき。彼は無視したが、心は小さく動いていた。おんぼろの車で走り去る彼女を眺め、あきれたとき。あのときは、ただただあきれていた。

自分で自分を守れるくらい強くなると決意してジムで鍛える彼女を目にしたとき。玄関を開け、クッキーを手に庭にたたずむ彼女を目にした瞬間まで、たくさんの瞬間があった。

「これからどうなるんだ?」

椅子の横で、ハウルがもごもごと自分の意見を口にした。

「おまえのアドバイスは必要ない。おまえはモーガンにベタ惚れだろう。それとも彼女のほうがおまえにベタ惚れなのかわからないが、たぶん相思相愛だな」

椅子の背に寄りかかり、目を閉じた。「そういうことさ」

ハウルの頭に手をのせていると、弟の言ったとおりになったと気がついた。むかついていたことは、いつの間にか忘れていた。

「二時間もすれば彼女が戻ってくる」

そういうことだとマイルズは気がついた。モーガンが戻ってきたとき、自分は起きて彼女を待っているだろう。

「おまえは最後の見回りに行ってこい」

階下へおり、ハウルが最後の見回りをするあいだに、マイルズはグラスにカベルネを注いだ。彼女のことを思いながら。

彼女が戻るのを待ちながら。

25

あの女のせいで彼の人生は台無しだった。

ギャヴィン・ロズウェルは、オレゴンのさびれた道路沿いにある安モーテルの窓から降りやむ気配のない雨をじっと眺め、日が燦々と照るメキシコのビーチを思った。高級ホテルのスイートルームに羽毛の枕、テラスから見える青い海と夕日を思った。シルバーのアイスバケットに入ったシャンパンを。

ぱちんと指を鳴らすだけで給仕される気分を、ほしいものはなんでも手に入るとわかったうえで、まぶしい陽光が降り注ぐ通りを歩くことを。

彼に与えられるべきすべての権利を。

モーガン・オルブライト——今はナッシュと名乗っている——がすべて奪い取った。一時的にであれ、そうとも一時的だ、彼女はロズウェルから権利を剝奪したのだ。

特別捜査官どもの吐く息がうなじに感じられた。どこかの薄汚い部屋のかたいベッドで目覚めたとき、彼は連中の吐息を文字どおりうなじに感じた。暗がりのなかで冷や汗をかき、恐怖し、目を覚ましても自分がどこにいるのかわからなかった。

明かりをつけたまま眠るようになった。闇のなかにはうごめく影が多すぎるからだ。恐怖を振り払うことが、振り払いきることができなかった。ここまで来るはずがない。雨ばかり降る辺鄙な田舎の、ごみ捨て場同然の部屋は捜索範囲外だと、何度自分に言い聞かせても、連中が迫っているのを感じた。

州警察のシステムを二度ハッキングし――一度目はアイダホで、二度目はオレゴンで――自分の特徴が更新されているのを知って怒り、恐怖した。

似顔絵はそっくりではないものの、彼にふたたび見た目を変えさせる程度には似ていた。

ありきたりなブラウンに髪を染めて同じくブラウンのひげをつけ、再度髪型を変え、むさくるしい風貌にした。安い黒縁の眼鏡をかけ、鏡に映る自分を嫌悪した。

化粧でわざと目のまわりのしわを深め、引きこもっているせいで肌は青白くなった。ファストフードばかり食べ、ホテルのフィットネスセンターとは無縁になったため、体重はかなり増えていた。

一日おきに居場所と車を変えた。錆びたピックアップトラックに乗り、かび臭い部屋で眠っている。

それなのに、あのくそ女は国の反対側で自分の人生を送り、あのでかい家で自分を笑っているのだ。

夜に明かりをつけたままでも、彼女の笑い声が聞こえた。

いくつもの方法で彼女を殺害するところを何度も想像した。だがその甘い夢は彼女の笑い声が聞こえるなり、うなじに熱い吐息を感じるなり、砕け散った。

このままではいられない。このままにはさせるものか。

場所が必要だった。贅沢は先延ばしにしてもいいが、二週間か三週間、あるいは一カ月ほどこもっていられる、まともな場所が必要だった。

ちゃんとしたシャワーがあり、雨音のせいで頭痛が起こらない場所。考え、計画を練り、準備ができる場所がいる。

南へ、ネヴァダ州へ向かおう。砂漠が脳に生えたカビを焼きつくし、血流をふたたびよくしてくれるだろう。

そうと決まれば、すぐに出発だ。夜陰と雨に乗じて、今夜出発する。

その考えにロズウェルの興奮は高まった。連中が雨ばかりの北西を探しているあいだに、南へ行こう、太陽を目指そう。だがその前に西へ、海岸沿いへ向かう。そこで昨日盗んだばかりのぽんこつを捨て、トラックを手に入れる。捜査官どものためにパン屑を撒き、ワシントン州を目指して北上したように見せかけるのだ。

そして南へUターンする。太陽の待つ南へ。

そこでなら考え、計画を練ることができる。

雨を見ながらモーガンの顔をまぶたに浮かべ、ロズウェルはほくそ笑んだ。

あのでかい家で彼を負かしたと思っていることだろう。自分は勝ったのだと。

「おれが行くまで、残りの夏をせいぜい楽しめ、くそ女」

今や笑っているのは彼のほうだった。

日曜の朝に目覚めたとき、マイルズは彼女を求めて手を伸ばした。ベッドの隣が空っぽであることに気づいて目を開け、少なくとも週末はモーガンの側となったスペースを見た。

そこが空っぽなのが気に食わないことに、彼はふと気づいた。モーガンがそこを埋めることに慣れていた。彼女の眠り方に慣れていた。左側を向き、体を固定するみたいに片手を枕の下に差し入れている寝姿に。

いらいらし、いらいらした自分にさらにいらついて起きあがると、犬までマイルズを見捨てたことに気づいた。

ベッドから出て、運動用のショートパンツをはき、コーヒーのあとに――セックスのあとならなおいい――運動をしようかと考える。階段をおり、キッチンへ向かうと、居間のテレビから音が聞こえた。

家のリフォーム番組だろう。モーガンはあの種の番組の大ファンだ。

当の本人はぶかぶかのショートパンツにさらにぶかぶかのTシャツ姿で、ボトルや、丸のままのレモンとオレンジ、搾りかすが散らばるカウンターの前に立っていた。彼の祖母が置いていったカットガラスの大きなピッチャーは、それがなんであれモーガンが混ぜあわせたもので、ほとんど紫色に近い深紅色に光っていた。

醜いブラウンのキッチンの戸棚を数人がかりで取り払うのを片方の目で見ながら、モーガンはオレンジを薄切りした。

「何をしているんだ？」

彼女は包丁を動かしながらちらりとこちらに目を向けた。「おはよう。何って、サーフボードにワックスを塗っているに決まってるでしょ」

「ほう」

マイルズはコーヒーメーカーへ直行した。

「サングリアを作っているの。味がなじむのに時間がかかるから。本当はゆうべ戻ってきたときに作るつもりだったんだけど、あなたには別の考えがあったから、今のうちに作ってなじませているのよ」

マイルズはマグカップを取りながら首をめぐらせた。「今朝も別の考えがあったんだが」

モーガンは笑みを浮かべ、薄切りにしたオレンジをピッチャーへ入れた。次にレモンを取る。「それは後回しね。ディナーパーティーの準備をしなきゃ」

コーヒー。コーヒー。コーヒー。香ばしいにおいに、彼はコーヒーを切望した。

「ディナーパーティーではないだろう」

自分も同じことを言ったのをモーガンは思いだした。でもどうせなら母と祖母の定義を受け入れよう。

「夕食を用意して人を招くんでしょう。それはもうディナーパーティーよ。わたしのほうがあなたより大げさに考えている自覚はあるわ、だけどわたしはこういうことをする機会があまりなかったの。ほとんどないわね。最後にしたのは……」

モーガンはレモンの薄切りを入れ、ライムに取りかかった。「ニーナとふたりで、サムとルーク・ハドソンだと思っていた男のために夕食を作ったのが最後。今日のパーティーであれを上書きするわ」

モーガンにとっては大事なことなのだとマイルズは思った。自分にとっては家族との気軽な夏のゆうべだが、彼女には大事なことなのだ。いくつもの理由から。

マイルズは彼女に近づき、その体に両腕をまわした。

「それはうちにあったなかで一番大きいピッチャーか？」

モーガンが笑い、リラックスするのが伝わってきた。

「ネルはつきあいで一杯は飲んでも、男性陣はビールに徹すると考えているんでしょう。女子向けのこじゃれたドリンクなんて飲んだら、タマがしなびかねないって」

「そんなことは考えていなかった」

「サングリアは女子向けでも、こじゃれたドリンクでもないわ。大人向けの完璧なサマードリンクよ。数時間後には、わたしのサングリアは別格だとわかるわ」

マイルズは彼女の背筋に沿って手を滑らせてから、コーヒーを飲みに戻った。「カウンターに何本もボトルを並べている女性が果樹園ひとつ分の果物を使いきって作る飲み物がこじゃれたドリンクじゃないとはね」

「わたしのサングリアの数ある秘密のひとつは新鮮な果汁よ」

ドアベルが鳴ったので、モーガンは包丁をおろした。

「ぼくが出よう」マイルズは彼女に言った。

「わたしは服を着ているけど、あなたは半裸よ」

マイルズは片手をあげて彼女を止めたあと、リモコンを取ってテレビの画面をホームセキュリティーのチャンネルに切り替えた。

「母だ。どうしてわざわざドアベルを鳴らしたんだろう?」

チャンネルを戻してキッチンから出ていく彼の横で、モーガンは自分の格好を見おろし、つぶやいた。「いやだ」

マイルズが玄関ドアを開けると、ドレアは眉をあげた。「まだ寝ていた?」

「どうしてそのまま入ってこなかったんだい?」

「まだ寝ているか、お取りこみ中だった場合のためよ」彼女は桃の入った巨大なバスケットを手渡した。「ミラー一家がジョージアから来ているの」

「今回は何かごだ?」

「ふたかご。だから配っているのよ。あとでリアムとネルに会うんでしょう。みんなにも分けてちょうだい」

「ああ、預かっておこう。どうぞ、なかへ入って。モーガンもキッチンにいる」

「お邪魔したくないわ」

「キッチンにいるって言っているだろう」マイルズは引き返し始めた。「モーガンはバルセロナへ売りに行けるくらい大量のサングリアを作っているところだ。桃をもらったよ」カウンターにバスケットを置く。「これはきみのサングリアには入れられないかな」

「赤ワインと柑橘類の組みあわせにしちゃったの。わかっていたら違うのにしていたのに、残念ね」モーガンは桃をひとつ取って持ちあげ、香りを吸いこんだ。「おいしそう。ありがとうございます、ドレア」

「お礼はミラー一家にね。わたしのはとこで、ジョージアで桃農家をしているの。おいしそうなのはあなたのサングリアのほうよ」

「味見をお願いしたいところだけど、まだなじんでいないんです。アイス・カプチーノはいかがですか？」

「ええ――でも手間でしょう」

「簡単です」

モーガンはピッチャーを冷蔵庫へ運んだ。マッドルームから入ってきたハウルが、しっぽを振ってドレアに挨拶に行く。

「そこにいたのね」ドレアはかがみこんで犬を撫でた。はき古したショートパンツ姿でコーヒーを飲む息子のキッチンで、モーガンが勝手知ったる様子で立ち働いているのが何を意味するのか考えをめぐらせていたとしても、ドレアはそれを顔には出さなかった。

「ハイキングはどうだった？」

「すばらしかったです」モーガンはエスプレッソをいれて、ボウルを用意した。「自分がどんなにハイキングが好きだったか、すっかり忘れていました」

「ロープコースのほうは？」

「あの不意打ちのことですか？」髪を後ろへ払い、コーヒー用のミルク（ハーフ&ハーフ）とコンデンスミルク、バニラを少し加えて、エスプレッソを注ぎ、泡立て器で混ぜる。「想像していたより楽しかったです。試されたことは？」

「一族の誇りにかけて試さないではいられないけど、一度で充分ね。それはコーヒーを凍らせたもの？」

モーガンは冷凍庫から取りだした袋を振った。「せっかくおいしくいれたコーヒーを水で薄めたくはないでしょう？」

「コーヒーを薄めたくないと言っておきながら、ミルクと砂糖は入れるんだな」マイルズは言った。「ぼくもアイス・カプチーノをもらおう」

「充分な量を作っているわ」

背の高いグラスをふたつ出し、凍らせたコーヒーを入れてから、ミルクと混ぜたカプチーノを注ぐ。

ドレアはひと口飲み、さらにもうひと口飲んだ。「うちに住んでもらおうかしら」

「今までぼくにこれを飲ませてくれなかったのはどうしてだ？」

「あなたはブラック派でしょう」モーガンは言った。「熱々のブラックコーヒー。これは今夜の夕食のあとでいれようと思っていたの。桃がこんなにあるなら、何か作るべきね。食後のデザートか何かを」

マイルズは母親を指差した。「みんなで分けろと言われている」

「デザートにすれば、みんなで分けることになるでしょう。それに、こんなにあるんだもの。でも、どうすればいいかわからないわ」

「ピーチコブラーね」ドレアが提案した。

「どうすればいいか、余計にわかりません」

「コブラーはコブラーよ、全部ざっくり混ぜあわせるだけ。あっという間にできて、簡単よ。二分でアイス・カプチーノを作った人にはたいしたことないわ」

「飲み物ならお手のものなんですけど、料理は難易度が高くて」

「作り方を教えてあげる」

「いいんですか？」

「時間はあるわ。このあとは、両親のところへ桃を持っていって、家でコーヒーのアイスキューブを作るだけだから。ボウルに入れた材料もメッセージで教えてね」

「取引成立です！」

「ぼくは運動してこようかな」

マイルズはそう言ってキッチンをあとにした。そして、モーガンはなんとすんなり彼の暮らしに溶けこんだのだろうと考えた。彼女がするりと入ってくるのを彼の人生が待ち受けいたかのようだ。

ホームジムで九十分間みっちり運動して、シャワーで汗を流し、服を着替えたときには母親は帰っていた。キッチンはぴかぴかに磨かれ、カウンターには鮮やかなブルーのボウルいっぱいの桃がのっていた。

「ピーチコブラーを作ったの」

「なるほど」

「〝なるほど〟じゃなくて、これはすごいことなのよ。わたしが作ったんだから」モーガンはコンロの横で冷ましている耐熱皿を指差した。「あなたのお母さんは〝次はこれを加えて〟、〝あれをやって〟と指示しただけ。わたしが一からデザートを作ったのよ。食べる前にあたため直すんですって。バニラアイスを添えてもよさそうね」

「なるほど。キッチンの片づけならぼくが手伝ったのに」

「お母さんが手伝ってくれたわ。断っても聞き入れてくれなくて。今夜、夕食のあとにアイス・カプチーノを出したらお父さんが崇めてくれるはずだから、それで帳消しだそうよ。わたし、あなたのご家族が大好きだわ、マイルズ」

「ぼくもだ、たいていは」

「それは見ていればわかるわね。ところで、勝手に戸棚をあさったわ」彼女は続けた。「あなたが気にしないといいんだけど、今さら遅すぎるわね、すでにあさったあとだもの。それで、このすてきなお皿を見つけたの。メーカー名が出てこないわ——すべて色が違うのよ」

「フィエスタだな」

「そうそう、それよ。今夜、使ったらどうかと思って。楽しげだしカジュアルだわ」

それに祖母が庭でパーティーをするときにいつも使っているものだと彼は思った。

「サングリアにぴったりのグラスもあったわ。背が低くて厚手で柄に色がついていて。

ナプキンは鮮やかなストライプがいいわよね――」

マイルズは彼女を引き寄せてキスをし、言葉を途切れさせた。

「それはイエスと受け取るわよ」

「好きなものをなんでも使えばいい」

「ウォーターフォードや高級な陶磁器は使わないほうがいいと思うの。こだわりすぎなのはわかっているわ、少なくともちょっとこだわりすぎだって」

「少なくともな。モーガン」彼女は桃のにおいがした。「少し座ろう」

「そうね。ちょっと待って！　もう二時近いじゃない。カクテルを出すから六時ごろにはみんな来るのよ」

「あと四時間もあるじゃないか」

「ええ、でもやることが山ほどあるわ。テレビで観た夏のテーブルセッティングのアイデアを試したいの」

「テレビで観た、か。なるほど」

「だからお花と花瓶とキャンドルと、ほかにも必要なものがあるわ。わたしはジャガイモ担当だし、取り皿も出さないと。それに自分の着替えもある。すてきに見えるようにしなきゃ」

「きみはすてきだよ」

「慰めは言わないで。あなたのお母さんは雑誌の表紙みたいな格好でやってきて、〝カジュアル・サマー・シック〟ってタイトルがついていそうだったのに、わたしはこんな格好だったのよ。思いだしてもまだ恥ずかしいわ」

「ここに誰か招くたびにこの騒ぎなのか？」

「そうならないよう願うわ。でも今日のディナーは成功させたいの。ここはあなたの家で、あなたのきょうだいと警察署長が来る。わたしにとってはおおごとだわ」

「わかった、わかったよ。次は何をすればいい？」

モーガンは長々と息を吐いた。「ありがとう」

マイルズはただ肩をすくめ、モーガンは夏のテーブルセッティング向けのしゃれた折り方を練習しようとナプキンを取りに行った。

あとでもいいとマイルズは考えた。彼女に話したかったことは、後回しにできる。だから、もう少し考えよう。

モーガンが細部まですべて満足するには、本当に四時間近くかかった。花に、キャンドルに、ナプキン。ジャガイモを下ごしらえするあいだ、マイルズが鶏肉と野菜を漬けこみ、バーベキューソースを作るあいだ、彼女はしゃべりながらも高い集中力を保った。

そして一緒に料理をしながら、モーガンがこの家にすっかり溶けこんでいることにマイルズは改めて感じ入った。そわそわと今夜の準備をする彼女を見ているうちに、彼も自分で予想していたよりずっとパーティーが楽しみになっていた。

モーガンは、すらりと長い脚によく似合うサマードレスに着替えた。淡いグリーンのドレスは風のように軽やかで、マイルズに夏への感謝を捧げさせた。

最後に、庭に立ってテーブル全体を見渡し、批評家の目で見たあと、彼女はようやくうなずいた。

「いい感じよね？　すべてちゃんとしている」

「それはそうだろう。あれだけの時間をかけてしゃれた形にナプキンを折り、ひとつひとつにナスタチウムの花を——正確に——差し入れたんだから。どのみち食べるときには開くのに」

「ナスタチウムはかわいらしいし、食べられるのよ——だから飾ったの」

「なるほど。ぼくはビールを取ってくる」

「それなら」モーガンに言い張られてビールとワインを入れた、銅製のアイスバケットへマイルズが向かおうとすると、彼女が言った。「サングリアの味見をしない？」

「まだなじんでいないんじゃなかったのか」

「六時間経ったからもうなじんでいるはずよ。ひと口だけでいいから飲んでみて」モーガンは屋内へ向かいながら言った。「好きじゃなかったら、もう勧めないわ」

マイルズは犬を見おろし、犬は彼を見あげた。「ビールを飲みたいだけなんだけどな。ナプキンを折り、うちにあったことすら忘れていたアイロン台を引っ張りだし、どうせバーベキューソースをこぼされるテーブルランナーに彼女がアイロンをかけられるようにしたんだ。ビールくらい飲んだっていいだろう」

ハウルがもごもごとしゃべり、マイルズはそこに同情を聞き取った。ひょっとすると連帯感かもしれない。

銅製のアイスバケットにグラス、カクテルナプキン、花、さらにキャンドルが並ぶテーブルへ、モーガンがピッチャーを運んできた。

「しゅわしゅわするよう、ちょっと炭酸水を加えたわ」

グラスにほんの少しだけ注ぎ、近づいてきて差しだす。

「試してみて」

マイルズはひと口飲んで眉根を寄せた。

「おいしくない？」

「いや、うまくてむかついている。ビールの口になっていたのに」

「ビールはいつでも飲めるでしょう」モーガンは彼の頬にキスをした。

家のなかからネルの声が聞こえた。「勝手に入ったわよ！　デザートはカウンターに置いておくわね」

「いけない」モーガンはおどけてやるのではなく、本気で手のひらで額をぴしゃりと叩いた。「コブラーを作っちゃった。デザートはネルが作ってくれるのを忘れていたわ。コブラーは出さずにおきましょう」

「何を言っているんだ、両方出せばいい。問題ない」

ネルがジェイクと一緒に庭へ出てきた。彼女もサマードレスをまとい、マイルズは妹のその姿を見たときにジェイクがよからぬ妄想を抱いたであろうことは極力考えないようにした。

ネルはぴたりと足を止め、テーブルに目をみはった。

「わお、それしか言葉が出てこないわ」モーガンを見る。「なんてハッピーなテーブルなの！　まあ、それってサングリア？　少し飲ませて。ジェイク、モーガンが作ったのなら絶対においしいわよ」

マイルズは、ジェイクがものほしそうにビールをちらりと見たように思ったが、彼はこう言った。「いいね」

リアムが到着したときには、四人はテーブルを囲んで三杯目を飲んでいた。リアムは黒い瞳に黒髪の、ドーンという名の美女を連れてきた。着いて十分後には、彼女は違うとマイルズは判断をくだしていた。充分に魅力的だが、リアムの準備ができたとき、その人生にするりとおさまる相手ではないだろう。準備ができていないときであっても。

一方で、ネルとジェイクに関しては同じことは言えなかった。自分の目に見えるものを無視するには、マイルズはどちらのこともよく知りすぎていた。

このふたりはうまくいくだろう。

リアムが女性陣をもてなしているあいだに、マイルズはグリル料理に取りかかった。ジェイクがそれを手伝う。

「おまえは妹を傷つけるだろう」マイルズは言った。「そしてネルはおまえを傷つける。人と人がつきあえば、それは避けられない。人間だからな。そしてそれは、つきあっているふたりの問題だ」

「それが人生だな」

「ああ、だがおまえが妹を傷つけたら、ぼくはおまえを殺す」

「兄としてはそうするしかないよな」

「そうだ」

「目下のところ、ネルは結論を先延ばしにしている。それでもいいさ。時間はたっぷりある」ジェイクはテーブルへちらりと目をやった。「彼女が時間切れになったとき、こっちの準備はすでにできている。それで、おまえはどこまで手伝わされたんだ？雑誌から飛びだしてきたようなテーブルじゃないか」

「まるで奴隷のように働いた」

「重症だな、おまえは」

「ああ。モーガンのことは本気で考えている。彼女にはまだ何も言っていないが。ロズウェルのことがあるからな」

ジェイクはもう一度テーブルへ目をやり、声を低めた。「ワシントン州へ向かっていると考えられている。ＦＢＩ、現地の警察、総出で追跡しているよ」

「関係ないさ。やつが逃げ続けているかぎり、彼女の不安は晴れない」

モーガンの笑い声が聞こえ、マイルズはかぶりを振った。「だが、今夜は別だ」

花とキャンドル、料理と飲み物でいっぱいのハッピーなテーブルについたとき、マイルズはふたたび思った。今夜は別だ。

今夜、彼女を不安にさせるものはない、パーティーを成功させるため、この瞬間に身を置いているのだから。

モーガンはリアムと笑いあい、ドーンの専門分野である印象派について、彼女と言葉を交わした。ジェイクとは野球の話をし、ネルとはおよそこの世のすべての話題を俎上にのせた。

バーテンダーの武器となる、生まれ持ってのスキルもあるだろう。だが彼女の親しみやすさは、純粋に人とのやりとりを楽しみ、相手の話にしっかり耳を傾けるところから来ているものだとマイルズは知っていた。

「太鼓判を押してあげるわ、マイルズ。ジェイムソン家秘伝のソースをマスターしたわね」ネルは自分の皿を押しやった。「次の家族会議ではあなたが料理当番でしょう、わたしの記憶が正しければ。そして、わたしの記憶は常に正しい。プルド・ポークに一票よ。あなたなら作れるわ」

「ぼくもそれに一票。あと、このポテトにも」リアムがつけ加えた。

「それはモーガンの自慢の一品だ」

「ふた品だけあるうちのひとつよ」モーガンが言葉をはさんだ。「レディたちが手伝ってくれれば、少なくとももうひと品は増える予定」

「レディたち?」ドーンが笑顔でモーガンに問いかけた。

「母と祖母のことよ。わたしはふたりと同居しているの」

「まあ」ドーンは上品にチキンをひと口食べた。「お母さまと暮らしているのね。あなたは〈ザ・リゾート〉で働いていると思っていたけど」

「働いているわ。そして同じ屋根の下に三世代がいる暮らしを楽しんでいる」

モーガンがそれで話を終わらせようとしたのは明らかだったが、ドーンはさらに掘りさげた。「あなたが家にいてくれたら、おばあさまもきっと安心できるんでしょうね。やっぱりご高齢だと、あれでしょう」

ネルが目だけで天を仰いだのにマイルズは気づいたが、モーガンは笑い声をあげただけだ。「祖母に聞こえるところで高齢者呼ばわりなんかしたら、とんでもないことになるわ。祖母は母と一緒に毎週ヨガクラスに通っていて、わたしも何度か参加したけれど、ついていくのが精いっぱいだった。ふたりは〈クラフティ・アーツ＆ワイン・カフェ〉というお店をやっているの」

「あら、そこなら行ったことがあるわ。すてきなお店だった。おばあさまともお店でお会いしたと思うわ。とてもかくしゃくとしていらして」

モーガンはグラスを持ちあげたが、微笑を隠しはしなかった。「祖母はとってもかくしゃくとしているわ」

やっぱり違う、とマイルズは思った。黒髪の美女は溶けこむにはほど遠かった。

デザートの時間になる前に太陽は西へ沈んだ。

「懺悔するわ」モーガンが言った。「あなたがデザートを持ってきてくれるのを忘れていたの、ネル。それに、あなたのお母さんが桃を持ってきてくれて」

「桃で何か作ったの?」

「ドレアが手取り足取り、ピーチコブラーの作り方を教えてくれたわ」

「デザート対決だ!」宣言したリアムを、ネルがぎろりとにらむ。

「違う。これは競争じゃないわ」

「この世はすべて競争だろう?」

モーガンはネルに味方した。「いいえ。今夜はみんなラッキーなことに、デザートがふたつあるのよ。カプチーノを飲む人は? ホットとアイスがあるわ」

「アイス・カプチーノは聞いたことがないな」

「飲んで後悔することはないぞ」マイルズはジェイクに言った。

「スキムミルクはあるかしら?」

モーガンはいやな顔もせず、ふたたびドーンに微笑んだ。「ごめんなさい、用意していなくて」

「じゃあカップに半分だけ――ホットで」

「用意するわね」

「手伝うわ」ネルは立ちあがり、ジェイクの肩をぽんと叩いてテーブルに残るよう伝えた。

「彼女、若いわね」モーガンと一緒にキッチンに入ると、ネルは言った。「年齢のわりに、中身がいささか若すぎる」

「ええ、悪気はまったくないんでしょうね。裕福な家の生まれなのは見ればわかるし――それ自体は少しも悪いことじゃないのよ」

「そうであることを願うわ。わたしだって同じだもの」

「彼女は優れた美術教育を受け、初めて本物の仕事に就く前に、今は最後の夏を楽しんでいるところなの。勤め先はシカゴのアートギャラリーなんだけど、本当はニューヨークへ行きたかったみたいね」

「わたしよりたくさん彼女から聞きだしたわね」

「彼女はわかりやすいし、とてもすてきな女性（ガール）だわ――まだまだ少女（ガール）だけど、意地の悪い人ではない。来月シカゴへ引っ越したら、彼女もリアムもお互いのことは気にも留めなくなるでしょうね」

「ええ、そうね」

「一方で、あなたとジェイクは、お互いのことをじっくり考えるようになる」

「考えているわ、自分で望んでいた以上に。彼って、警察官なのにぴりぴりしたところがないの。だからわたしまでなんだか丸くなるわ」

「それに、気づいてしまってごめんなさい、彼のヒップはセクシーね」

「そうなのよ。気づかずにいるのは難しいわ。それね」モーガンがあたためたオーブンからピーチコブラーを取りだすと、ネルは言った。「すごくおいしそう。母が作るのと同じくらいおいしそうよ」

「手取り足取りだもの。そっちもおいしそうね。なんというデザート？」

「チェリー・ダンプ・ケーキ——名前を聞いて引かないでね。チェリーの上にケーキミックスを放り（ダンプ）こんで、あれやこれやをちょっとずつ加えるの。あとは焼いたらできあがり」

「それならわたしにも作れるかしら。ぜひ試してみたいわ」

「レシピを送ってあげる。それって……コーヒーのアイスキューブ？　すばらしいアイデアね。ひとついい？」

モーガンが差しだすと、ネルはアイスキャンディのようになめた。「いやだ、中毒になりそう。どうして自分で思いつかなかったのかしら？　デザートを運ぶわ。あなたはコーヒーをお願い」

大成功だったデザートはいつまでもみんなをとどまらせ、遅い時間になり、ようやくおやすみの挨拶が交わされた。星が流れる空のもと、モーガンはマイルズとともに腰をおろした。

「パーティーはどうだった？」彼は尋ねた。

「成功だったと思うわ、ありがとう。楽しかった。あなたも楽しかった？」

「ああ。すぐに忘却の彼方入りしそうなリアムの新しい彼女でさえ楽しそうにしていたな。きみは彼女に言い返すこともできたのに、そうしなかったね」

「本人に嫌味を言っているつもりがないんだもの。きっと驚いたんでしょう。大人の女が——自分よりいくつか年上の女が——母親との同居を選ぶなんて、考えたこともなかったんだわ。ましてや祖母となんて。リアムは何も話していなかったのね」

「きみの事情は彼女には関係ない。だから話さなかったんだろう」

「リアムなりの気遣いね。あなたも今日はありがとう、わたしにつきあってくれて。うんざりだったでしょう」

「ああ、うんざりした」彼女の短い気楽な笑い声がマイルズは好きだった。「この埋めあわせはしてもらわないとな」

「やってみるわ。何がお望み？」

「今朝、きみがぼくをうんざりさせるのに忙しかったときに、ぼくの頭にあったことだ」

「なるほど」モーガンは立ちあがり、椅子に座っている彼の膝にまたがった。「わたしにできるせめてものことだわ」

「それで充分だ」

マイルズは彼女を抱えたまま立ちあがり、モーガンは長い脚を彼の腰にからめた。

「ハウルを呼び戻さなきゃ」

「あいつには最後の見回りがある。そのあとなかへ入る方法は知っているさ」

「またいつかディナーパーティーを開ける？」

「絶対にだめだ」マイルズは彼女を家のなかへ運びこみながら言った。「またナプキンを折らされるなら許可できない」

「それは免除してあげてもいいわ」

「だったら、ぼくを説得するチャンスを与えよう」

「マイルズ」モーガンは彼の喉に鼻をすり寄せ、彼の血潮に小さな火花をまき散らした。「あなたは最高よ」

彼は今夜もそうあるつもりだった。

26

ギャヴィン・ロズウェルが安モーテルの部屋を出て、雨に濡れた闇のなかへ車を走らせた二日後、ベックとモリソンは雨音が響く夜、そこよりはましな安モーテルの一室で情報の分析を続けていた。

壁に地図をピン留めし、自分たちが追跡してきたルートと、現地警察と州警察が追跡してきたルートに印をつけた。確認が取れた目撃情報には赤の、可能性のある情報には黄色のマーカーで線を引いた。

地図の横にはロズウェルに盗まれたことが判明している盗難車の写真と特徴を貼りつけ、発見済みのものと未発見のものに分けた。

ロズウェルが最後にオレゴンで宿泊したモーテルの写真と、特に興味はなさそうだったフロント係の証言、およびモーテルの脇にある安食堂でフライドチキン・スペシャルをロズウェルに給仕し、興味津々で目をぎょろつかせていたウエイトレスの証言をふたりは手にしていた。

ロズウェルがコカ・コーラゼロ六缶とソルト&ビネガー味のポテトチップスのファミリーサイズをひと袋、〈リーセス〉のピーナッツ・バターカップ半ダースを買った〈クイック・マート〉では、マリファナと絶望のにおいをさせる店員から証言を取っていた。

ワシントン州フォール・シティ郊外の脇道では、おんぼろのフォード・ピックアップトラックが放棄されているのが発見された——タイヤはパンクし、スペアタイヤはなし、車体のあちこちにロズウェルの指紋がついていた。そこから一キロと離れていない私道からダッジ・ラムが盗まれたと届け出があり、その特徴もわかっている。

それらすべてが、北を示していた。

「オレゴン州アルパイン郊外のモーテルに宿泊したことが判明したのは、ロズウェルがコンビニに寄ったからよ。そこの防犯カメラに映っていたから」

ベックはホワイトボード代わりの壁の前をうろつき、モリソンはその日の報告書をまとめていた。

ベックはノースリーブのTシャツにウエストを紐（ひも）で締めるコットンパンツ姿で、これは夜更けの情報分析用の服とパジャマを兼ねていた。

この三週間、ボルチモアの本部には四十八時間しか戻っておらず、自宅のベッドで眠った二晩もそれに含まれていた。

モリソンはデスク代わりのおよそマンホールの蓋サイズのサイドテーブルにノートパソコンをのせ、キーボードを叩いていた。彼の老眼鏡は――尻に敷いて壊したあと〈ウォルマート〉で買った――何度押しあげてもずり落ちた。

「どうしてコンビニに入ったの?」

モリソンはハーフリムの眼鏡越しに彼女を見あげた。「ドライブ用に糖分と炭水化物がほしかったからだろう」

「モーテルからせいぜい十五キロの場所よ。モーテルにはスナックの自動販売機があった。それなのにそこでは買わず、わざわざコンビニまで行った。レジに防犯カメラが設置されていることは百も承知のはずでしょう」

「そもそもあそこの防犯カメラを調べたのはほぼ偶然だ」

「それはそうだけど、そこからモーテルが割りだされ、モララの駐車場に乗り捨てられていたトラックが見つかった。まだオレゴン州内とはいえ、明らかに北上している。セイラムには大きな空港があるのに、そこに車を放棄せず、おかげでこっちは簡単に発見できた」

モリソンが目をこすると、老眼鏡が上下した。「この事件に関して簡単なことなんて皆無だろう」

「だけど見て。北へ向かっている」ベックは地図をとんとんと叩きだした。「明白な足跡。ええ、たしかに、少しくねくねしているわ、だけど常に北を向いている。ワシントン州に入り、そのまま国境を越えてカナダへもぐりこもうとしているようにしか見えない。あるいはアラスカまで逃げる道を探しているようにしかね」

モリソンは老眼鏡を外し、色褪せたダッドジーンズの膝をそれで叩きながら、地図を眺めた。「手掛かりをたどっているつもりが、状況に踊らされているだけかもしれないってことか」

「そのとおりよ。ロズウェルがこんなうかつなことをするかしら、クエンティン？手掛かりをぼろぼろ落とすと思う？」

「あり得るだろう。ロズウェルは焦っている。あいつが焦っているのはわかっている。薄汚いモーテルに泊まり、おんぼろの車に乗って。肥え太ってもいるようだな、目撃者の証言によれば。ロズウェルは焦って、逃走中だ。しかし……」

ここでベックはうなずいた。「しかし、よ」ベッドの端に座ってあぐらをかく。「もやもやするのよ。ロズウェルに操られている感覚がどんどん強くなる。昨日発見されたトラックなんて、北を示すネオンサインも同然じゃない」

モリソンは立ちあがると、ボキボキと音がするまで背中を伸ばした。ああ、ボルチモアで愛用しているエクストラファームのマットレスが恋しい。

「モーガンを殺しそこねたあと」モリソンは言った。「ロズウェルは実質、一年間殺しに手を出さなかった」

「われわれが把握しているかぎりはね」ベックは指摘した。

「FBIが把握しているかぎりは。われわれが把握しているかぎりでは、マートルビーチ以後殺人を犯していない。そこまではあんなにハイペースだったのに――アリゾナ、ニューオーリンズ、マートルビーチ。半年以内に三件の殺人だ」

「失った時間、失った歳月の埋めあわせが必要だった」ベックは大きな地図へと歩み寄り、アリゾナを指で叩いた。「この事件では計画を立て、時間をかけ、いつものやり方に戻っているわ」

「だが、ニューオーリンズのドレスラーは違う。あれは突発的、衝動的な犯行で、自制心が欠落していた。鬱憤晴らしのずさんな犯行だ」

「だから、再度犯行に及んで調子を取り戻す必要があった。ロズウェルは、マートルビーチの被害者には時間をかけ、そして大金をせしめた。だけどそれでも、この犯行にはいつもの緻密さがないわ。メルセデスの追跡システムを作動させたままにするというミスを犯し、ずさんな犯行に逆戻りしている。ニーナ・ラモスの事件以後、ロズウェルは緻密さを、当人が優雅さと考えているものを失った」

「そして、ふたたびペースが落ちている。工夫を凝らしたツールの大半と偽造した身分証明書すべてを失い、ミズーリ以来、逃走を続けている。ロズウェルは焦り、不慣れな状況に追いこまれ、ミスを繰り返している。しかし……」

ベックはふたたびうなずいた。「憤懣（ふんまん）を抱いてもいる。こんなことになったのは、何もかも誰のせい？」

「モーガン・オルブライト――ナッシュ」モリソンは言い直した。「それに、われわれか」

「そう、われわれ。そのちょっとした腹いせに、われわれに偽の痕跡を追わせているのかもしれない」

「やつの狙いはナッシュだと思うか？」

「いいえ」彼女は首を横に振った。「追跡されていることがわかっているあいだは、それはないわ。こちらが背後に迫っているのを感じているはずよ。あなたは彼女を狙うと思うの？」

「いいや。やつは焦っているんだ、ティー。だから落ち着きを取り戻し、計画を立てる時間を必要としている。イカれた頭のどこかで、自分がミスを犯したことはわかっているんだろう。なかでもモーガンは大きなミスだ」

モリソンはノートパソコンと書類のせいで場所がなかったため、テーブル脇の床に置いていたジンジャーエールのボトルを拾いあげた。ひと口飲み、生ぬるさにやや顔をしかめる。

ふたたび腰をおろして椅子を動かし、ベックと向きあった。ベックの部屋は彼女がいつも焚いている旅行用キャンドルのにおいがした。ふたりで仕事をするのは彼女の部屋と決まっていた。彼の部屋はジムのロッカーみたいに臭いとベックが文句を言うからだ。

彼女の文句は間違っていない。

モリソンは腰をおろして脚を伸ばし、頭を静めてくれるキャンドルの香り――五月になると故郷の母の庭を満たすシャクヤクの香りと同じだ――に身をまかせた。

彼の仕事のやり方は知っているため、ベックは何も言わず、静かに座っていた。

「ドゥーリー署長と〈ザ・リゾート〉の警備担当に連絡し、警戒を強めさせるべきだろう」

「同感ね」

「だが、ロズウェルは曖昧な男ではない。あいつが好むのは白か黒かだ。やつがFBIを北へ誘導していると思えば思うほど、何か目的があると――」

「ロズウェルは南へ向かっているのよ」ベックは断言した。

「ああ、くそっ。やつはメキシコ行きを計画していた。それはニューオーリンズでやつの部屋から押収した荷物によって判明している。すでに偽造パスポートを調達している可能性もある。だが、メキシコまでは遠い」

「もっと近場だと考えているのね。わたしもそう思う。この雨音を聞いてごらんなさいよ、クエンティン。本物の日光と暑さのためなら、わたしだって人を殺す。ロズウェルも同じ考えだと、あなたの左目を賭けてもいいわ」

「左目のほうが視力が弱いんだ。じゃあ、南だな。勘にしたがって南へ向かうだけの根拠がそろっている。日の出とともに出発するか？」

ベックはカーテンの閉まった窓へ目を向け、雨音に耳を澄ました。「日が出るならね」

「南へ向かえば天気も晴れる」

「そしてロズウェルを見つける。逃がさないわよ、クエンティン。モーガンのところへも行かせない。だけど、やつを捕まえる前にまた被害者が出ないか心配だわ」

ベックはかぶりを振り、肩を揺すった。「忌々しい。あのくそったれを捕まえた暁には、わたしが何をするかわかる？」

「何をするんだ？」

「あなたの唇にキスをしたあと――黙って受け入れてちょうだい――聖者のごとく辛抱してくれている夫の待つわが家へ飛んで帰って妊活よ」

「本気か？」

「あなたの左目を賭けるわ。この事件からひとつ教えられたことがあるとすれば、人生は生きるためにあるってこと。くそったれを捕まえて、自分の人生を生きるわよ」

「よし、乗った」モリソンはノートパソコンを閉じ、自分の荷物を集めた。「報告書は自分の部屋で仕上げる。少しは睡眠を取ろう」

ギャヴィン・ロズウェル、目下の別名レオ・ネッサーは、砂漠の太陽をその身に吸収した。生まれ変わり、若返り、リフレッシュした気分だった。安モーテルの部屋も彼の高揚感に水を差すことはなかった。

髪を少し整え――まだ長いものの、だらしないというより気取りのない雰囲気に変えた。自分で髪にハイライトを入れ、後ろでちょこんと結んだ。頬全体をうっすらと覆うまでひげを伸ばしてから、唇の下に小さなひげ（ソウルパッチ）を作った。セルフタンニング剤で青白い肌をつややかな褐色に変えた。グリーンのコンタクトレンズとジョン・レノン風眼鏡のスタイルを彼は気に入った。

ビルケンシュトックのサンダルに破れたジーンズは、放浪のアーティスト風に見えるだろう。

ジーンズがひとつ上のサイズになったが、それはすぐにどうにかするつもりだ。

太鼓腹は――偽物でも――変装のプラスになるのは頭ではわかっていた。だが、本来の体形を取り戻したかった。

スケッチブックとカメラを手に、焼けつくような暑さのなかで長い散歩をした。ラスベガスのきらびやかなホテルと狂騒のナイトライフがセイレーンの歌のごとく彼を呼んだ。リノさえささやきかけてきた。だが彼はそれらの都市には近寄らず、太陽が照りつける峡谷をハイキングし——体についた贅肉を溶かし——どんよりとした雨の北部を這いずりまわるＦＢＩの連中を想像して悦に入った。

彼は盲人でもたどれる痕跡を残したあと、盗んだフィアットを湖へと押しこみ、沈むのを眺めてきた。

いずれ車は発見されるだろう。だが、いずれではあとの祭りだ。

夜はリサーチをした。彼には場所が必要だった、そして峡谷と砂漠がそれを与えてくれるだろう。

この広い世界には文明社会から離れて自給自足する連中は大勢いるし、チャットグループで戯言（たわごと）をほざくプレッパー（災害や戦争などに備えて食料を備蓄したりしている人）タイプも大勢いる。だが、必要なのはひとりだ。

彼は時間をかけた。どこかの変人が所有するキャビンで数週間、もしくは数カ月過ごすなら、自分の求める条件に合った場所を確実に見つける必要があった。

訪れてくる友人や親戚のいない誰か。備蓄に真剣に取り組んで食料を豊富に蓄えて、キャビンに水を引いている誰か。それから、頭上を覆うまともな屋根が必要だ。

〝nowhereman〟のハンドルネームでチャットに参加してアドバイスを請い、口論には近寄らなかった。アドバイスから別のグループへと導かれ、そこからさらに近隣地域の獲物へと的を絞る。

ロズウェルは獲物をリサーチし、可能なときは徒歩や車で近寄って観察した。ブリトーと脂っこいフライドポテトを食べて、ハッキングした。ポテトチップスを食べて――ドライブ中に食べる癖がつき、その癖が治らなかった――次の安モーテルまで車を走らせた。

ドローンを買い、峡谷に飛ばし、上空から自給自足生活者の居住場所を撮影し、まずまずの映像を手に入れた。

最有力候補をふた組に絞ったところで、居住者の名前を割りだし、リサーチした。

そして四十七歳の退役海兵隊員――朝飯に大岩でも食っていそうなやつだ――と、〝Prep4Jesus〟のハンドル名で通っている、腕の血管が浮きでた五十三歳の寡婦では迷うまでもないと判断した。

ジェイン・ブートは十二年前、夫ジェームズとともにネヴァダ州ガブスとツー・スプリングスのあいだの僻地に居をかまえた。四年後に夫はがんで死亡、祈りの効果はなかったらしい。現在もジェインはひとりでそこで暮らしている。乳を搾るためのヤギを、さらにニワトリを数羽飼い、自分で育てたブタを解体し、肉の加工をする燻製小屋がある。

ジェインは狂信的に、携挙（キリストの再臨時に信者は天へ運ばれるという思想）を信じ、政府の全部局は共産主義者に支配されていると信じ、いずれよそ者との——外国人であれエイリアンであれ——戦争が勃発すると信じていた。

彼女はQアノンのサイトへの投稿をロズウェルがポテトチップスを食べるよりすばやくむさぼり読んだ。

ジェイン、そして永の旅路に出て久しいジェームズは、ワクチン反対派、反政府主義者、同性愛差別主義者、神と銃以外のすべてに対する反対派だ。

ロズウェルに言わせると正真正銘の狂人で、子どもはなく、ひとりしかいない肉親である妹からはとうの昔に絶縁され、インターネットには接続している。

犬を一匹飼っていたが、一年前に夫の隣に葬っている。

厳重に武装し、侵入者はモーゼ同様あの世送りにする気満々だろうと予測できた。

だが、どうするかは考えればいい。

ロズウェルは一キロ以上体重を落とし——残り七キロだ——やわらかなバターにナイフを刺すかのごとくなめらかに彼女の口座へ侵入して、自信を強めた。

当然ながら、ジェインはトラックを所有し、コンピューターに保存されている会計帳簿からすると、ひと月おきにガブスかツー・スプリングスへ赴き、卵とヤギの乳、それに安価なビーズとなめしたブタ革で作ったアクセサリーを売っている。

気色悪いな。

アマゾンも、UPSやフェデックスの宅配便も利用せず、鉄製のゲートと有刺鉄線と大量の〝立ち入り禁止〟の警告が砂利道と埃(ほこり)っぽい五エーカーの土地を守っていた。

だが、その敷地にはキャビンがあり、納屋があり、井戸と屋内トイレがあり、電力は太陽光発電装置でまかなっていた——これは手先の器用な夫が死ぬ前に整備したものだ。これがなければ、リスクを冒してでも海兵隊員をターゲットにしていただろう。

ロズウェルはドローンを飛ばした。観察し、待った。

ある日、彼が観察していると、ジェインが納屋へ入り、今回はトラックに乗って出てきた。

やっとだ！

彼女がヤギの乳と卵が入った容器をキャビンから運びだし、トラックの荷台の保冷ボックスにしまうのを、ロズウェルは頭上を旋回するハゲワシのごとく観察した。それから彼女は木箱を抱えてきて——おそらくアクセサリーだろう——それものせた。

トラックの背面には散弾銃、そしてライフル銃とおぼしきものが固定されており、彼女の小脇にはなんらかの拳銃がさがっていた。

ジェインは納屋の扉を閉めたあと南京錠をかけ、キャビンへ引き返してそこのドアにも南京錠をかけた。

埃まみれのブーツにジーンズという格好で、ヘビのように痩せこけているが、あれで腕力はあるに違いない。

さらに埃をまき散らして彼女がトラックで砂利道を進むのを、ロズウェルはドローンで追跡した。だが、彼女がゲートにたどり着く前にドローンを呼び戻した。会計帳簿には最後にガブスと記載されていたから、彼女は東のツー・スプリングスへ向かうはずだ。ロズウェルはトラックに戻ると、万が一彼女がこっちの道に来たときのために地図を開いて調べているふりをした。

彼女がゲートにたどり着いて南京錠を外し、ゲートを開き、車を通すまで時間を要した。そのあとまた車からおり、ゲートを閉め、ふたたび南京錠をかけた。

その後ジェインは東へと走り、ロズウェルは自分のツキが変わったのを感じた。

十分という長い時間を待ち、彼女が引き返してこないのを確認した。南京錠をボルトカッターで切断するわけにはいかない。そんなことをすれば彼女に悟られる。だがロズウェルは、南京錠とピッキング用の工具、インターネットのハウツーマニュアルとともに、モーテルで充実した時間を過ごしていた。

簡単ではなかったし、ひとつ目を開錠したときには汗が滴り落ちていた。三つすべてを開錠するのに三十分近くかかったものの、ようやくゲートは開いた。トラックを取りに引き返し、ゲートを通過してから、ふたたび錠をかけた。

ジェインを見張っているときに、あるいはモーテルの部屋にいるときに、計画のこの部分は考え抜いてあった。自分のトラックは目につかない場所に隠さなくては。キャビンの裏手へトラックを進め、ヤギが日陰に立っている差し掛け小屋とキャビンのあいだを細かくハンドルを切り返して通過する。トラックの塗装に少々傷がついたが、そんなことをロズウェルが気にするわけもなかった。

有刺鉄線が何本も張られ、ヤマヨモギが群生しているところまで車を進めた。ドローンで観察しておおよその見当はつけていた。ジェインが納屋までトラックで向かった場合、キャビンと茂みにさえぎられてここは見えない。ニワトリ小屋へ向かって道を横切れば、ここが見える。

だがそのときは、ロズウェルが彼女に襲いかかる。

キャビンの裏手は――これまた南京錠つきのドアの上に――庇(ひさし)が突きでていて、ヤギの乳搾りのときに使う三本脚のスツールが置いてあった。

どの窓もカーテンがきっちり引かれていて、なかをのぞきこむことはできなかった。

ロズウェルは自分のトラックから水のボトルを一本取ってくると、日陰でスツールに腰をおろした。

あんな古いトラックが戻ってくれば音でわかるはずだ。しばらくはくつろいでいてもいいだろう。

ロズウェルは携帯電話をいじりながら、水を飲んだ。空調のきいたプラザホテルのスイートルームが恋しかった。いや、恋しいのは水辺の光景だ。サボテンに砂、切りたった峡谷の壁は、彼に水辺を渇望させた。

ニューヨークにとどまるなら、〈カーサ・チプリアーニ〉がいい。あるいは太平洋側なら、〈ポスト・ランチ・イン〉か、〈ビッグ・サー〉か。それとも……。

そら来たぞ。ガタ、ガタ、カタン、カタン。

ようやくご帰宅だ。

ロズウェルは立ちあがると、先に耳を使った。目を使う危険は冒せない。トラックが停止する音が聞こえ――いいぞ、期待どおりだ――納屋のきしむ音が続く。

次はエンジンを切る音と、納屋の扉が閉まる音を待った。

背後から襲う必要がある。ジェインがキャビンのドアを開けた直後に襲いかかる計画だった。彼女は両手がふさがっているはずだ。街へ出たときは果物と野菜を買ってくるのがつねだからだ。

扉が閉まり、南京錠をかける音がした。キャビンへ近づく彼女の足音が聞こえたところで、ロズウェルは庇の下を出て壁に張りつき、カニ歩きで近づいていった。

ふと、彼女の足音が止まる。

ロズウェルは危険を冒してのぞき見た。

彼女はこちらへ背中を向けていた。布袋の入った木箱を抱えている。袋のひとつからニンジンがのぞいていた。

彼女が下を見た。

ロズウェルにもそれが見えた。彼のタイヤ跡と足跡だ。

ジェインは木箱を落とし、小脇にさげた拳銃へ手を伸ばした。そのとき、ロズウェルはすでに走りだしていた。

拳銃を引き抜き、後ろを振り返ろうとした彼女に、体当たりをくらわせた。拳銃が飛び、骨を詰めた袋に衝突するような感触があった。

ふたりしてどうっと倒れこみ、彼女の頭が狭いフロントポーチの側面にぶつかる音がした。しかしそれでジェインの動きが鈍ることはなく、彼のみぞおちに肘鉄がめりこんだ。

腕を切られるまでナイフは見えなかった。だがその痛み、自身の血のにおいにロズウェルは激昂(げっこう)した。ナイフを握ったジェインの手をつかんで、ひねった。枯れ枝を踏んだように手首がぽきりと折れるのを感じた。甲高い悲鳴をあげる彼女の顔面に拳を打ちつける。

「切ったな！」何度も何度も拳を打ちつけるロズウェルの声は、彼女の悲鳴にそっくりだった。「このくそ女！　この売女(ばいた)！」

ポーチの縁に頭を叩きつけられて、ジェインの悲鳴は喉を鳴らすようなうめき声に変わった。

やがて、その声がやんだ。彼女は静かになり、動かなくなった。体を起こして腕を押さえる彼を、今はただ見つめている。

血が伝い落ち、ロズウェルの指からぽたりと垂れ、彼女の血が広がる地面にしみをつけた。彼の肩から肘まで十五センチほど、ぱっくりと開いていた。

「おまえのせいで傷跡が残るじゃないか！」

ロズウェルは激怒し、彼女を蹴り、さらに蹴りつけ、踏みつけた。

「どうだ、思い知ったか、このばばあ！」

痛めつけたところで、彼女がもはや痛みを感じないのはわかっていた。最初に蹴りつける前から絶命しているのはわかっていたが、止められなかった。興奮と暑さにめまいがするまで無理だった。

ジェインが木箱とともに落とした鍵束を拾いあげ、死体はそこに残したままドアへ向かい、開錠した。

医療用品があるはずだ――プレッパーなら常備している。

背もたれの湾曲したソファと椅子がひとつあるリビングエリアを横切り、キッチンへ入った。そこはリビングエリアの二倍の広さで、長いカウンターがあった――集積材のカウンターは器用だった夫の作品だろう。壁沿いに並ぶ棚は、缶詰や瓶詰めにされた食品、それにガラス瓶に入った乾物でいっぱいだった。

おそらく手作りの古い戸棚に、救急箱、ガーゼ、オキシドールの瓶、消毒薬、アルコール、鎮痛剤、包帯、その他こまごましたものがしまってあった。

ロズウェルはキッチンで傷口を洗い流した。火がついたような痛みで、血で赤く染まった水が流れた。そのあと歯を食いしばってオキシドールをかけると、地獄の業火で焼かれたかのごとき激痛が走った。

涙が頬を流れたが手当てを続け、傷口を閉じるタイプの絆創膏(ばんそうこう)を貼って、その上から消毒薬をたっぷり塗り、ガーゼを巻いた。

冷たい水を蛇口から直接飲んだ。

鎮痛剤を三錠のみこんだ。

そのあとは外へ出て死体を見おろした。埋めてやる気はさらさらないが、ここに放置もできない。においがするだろうし、視界に入るのは不愉快だ。あるいは、ドローンを飛ばしている誰かの目に入るかもしれない。

ロズウェルは敷地の端まで死体を引きずっていった。地面に幅の広い血の帯が残ったが、かまうものか。

有刺鉄線まで来ると、死体のポケットのなかを探った。気色が悪くても仕方ない。わずかな紙幣の束と、追加の鍵束、古い懐中時計、ペンナイフが見つかった。

トラックからボルトカッターを出してきて有刺鉄線を切断し、彼女をさらに藪のなかまで引きずった。

あとはハゲワシとカラスが片づけるだろう。

自分のトラックを出し、荷物をポーチにおろした。部屋に何かを残して外出するようなまねは二度とするまいと決めており、必要なものはすべてそこにあった。ボルトカッターを納屋へ持っていき、鍵を壊した。

ちょっとした宝の山だな、と彼は思った。ここの棚にも食料が整然と並び、工具と家畜の餌がある。二台目のトラックをしまうスペースはないが、かまわなかった。

ボルトカッターを手にキャビンへ引き返し、地面に残る太い血の筋を鼻で笑った。

木箱を抱えあげ、食料品をなかへ運んだ。

無駄がなければ不足もない。

ずきずき痛む腕を見ると、血は止まったようなのでガーゼを交換し、それからキッチンの奥に見つけたドアの閂を開けた。

洗濯室のたぐいを想像していたが、ロズウェルは驚きに打たれ、笑顔で部屋を見渡した。

ほら穴住まいの隠者のごとく暮らしながらも、ジェインはテクノロジー好きだったらしい。使えるものがどっさりあるから、存分に活用させていただこう。電子機器のほかにも、太陽光で動くツールが各種取りそろえられていた。着火器、懐中電灯、充電器、浄水器、折りたたみ可能な小型太陽光調理器具。予備の太陽光発電機。

侵略、共産主義の台頭、内乱、はたまた携挙。Prep4Jesus はあらゆる事態への対策を万全に講じていらしい。

キリストの絵と並んで壁にかけられているのは、おそらくAR-15、もしくはなんであれイカれた銃乱射事件で愛用されるやつだ。

ロズウェルはおもちゃ屋に来た子どものように部屋のなかを見てまわった。そして金庫に目を留めた。

「こいつはすてきなサプライズだ」

シャワーを浴び、着替え、荷ほどきをして、新居に落ち着きたかったが、全部後回しにして、暗証番号探しに取りかかった。

洗濯室は見つかった――年代物の洗濯機、乾燥機はなし。浴室はこれで我慢するしかない、寝室にはシングルベッドが一台。

さらにたくさんのキリストの絵、壁にピン留めされたぼろぼろのギャズデン旗。

クローゼットには、またも南京錠のついた金属の箱があり、中身は書類だった。古い手紙、出生証明書のコピー、結婚許可証、土地の権利書、それから金庫の暗証番号が入っていた。

ロズウェルは引き返し、金庫は床にボルトで固定されていたので、生木の床にしゃがみこんで、番号をまわした。

なかには現金が入っていた。彼はひとり微笑んで床に座り、紙幣を数え始めた。

「三万六千三百六十二ドル」

彼はのけぞって大笑いした。「ジェイン、あんたを殺るのはちょろい仕事だったが、チップをありがとうよ！」

シャワーを浴び、傷口にふたたび処置を施した。それから清潔な服に着替えた。

ジェインのタオルは紙やすり同然で、一瞥したシーツも同様だった。

ツー・スプリングスまで行って――一番近く、街の規模はガブスの二倍近い――新しくエジプト綿のやつを買おう。まともな石鹸もいくつか。支払いは彼女の金だ。

ジェインの服を木箱へ放りこんでいると、さらに現金が見つかった。あちこちに隠してあり、全部でほんの二百ドル程度だが、現金は神だ。

体を動かして食欲がわいたので、ジェインが買いこんできた食料のなかから丸々としたうまそうなプラムをひとついただいた。

ヤギが鳴き、ニワトリが騒ぎ、二頭のブタが鼻を鳴らしていた。新鮮な卵は好きだが、ヤギの乳搾りはたとえやり方を知っていてもごめんだった。それにブタの解体については なんの知識もない。

とはいえ、飢え死にさせたら、その処理をしなければならない。

それを回避するため、とりあえず今は、納屋へ戻ってヤギの飼料を出してきた。井戸から水まで汲(く)み、水桶(みずおけ)に入れてやった。

「牧場の使用人になったついでに、まかないまでやるとするか」

卵はどうやら大量にあるらしく、さらに冷凍庫で豚肉と、今では卵を産まないチキンを見つけた。そして日付を記した円形のパンがあった。

自分でパンを作るとは、正気じゃないな。

どの肉も調理法は知らないが、そのためにグーグルがある。とはいえ、今のところは卵でよしとしよう。

備蓄品をあさると大量の缶詰と上質のウイスキーのボトルが二本見つかった。

スクランブルエッグを作り、少し焦げたが腹は満たされた。さらに残っていたポテトチップスを開け、上質のウイスキーをツーフィンガー注いだ。

ポテトチップスを食べながら、ツー・スプリングスに行って買うもののリストを携帯電話で作成した。シーツ、タオル、石鹼、上質のワイン、チーズ、フラットブレッドクラッカー、追加のポテトチップス。それに合うディップもほしいところだ。

夕食後、ポーチで腰をおろすと、腕は焼けるように痛くても、数週間ぶりに自分がリラックスしていることに気がついた。いったい何週間ぶりだ？

殺しのおかげもあるだろう。あっさり殺してしまったとはいえ、あの興奮をわずかながら味わえた。卵と一緒で、それは彼の飢えを満たした。

ほかに理由があるだろうか？ 住む場所を見つけ、余裕ができたことだ。ここにいれば絶対に見つからない。探されるわけがないだろう？ ロズウェルが太陽のもとにいる一方、連中は雨のなかだ。

やつらが痕跡を追っているあいだに、こっちはあしながモーガンを始末する準備だ。

いずれ時は来る。

だが今は？ もう一杯ウイスキーを注ぎ、ジェインが残してくれたおもちゃで遊ぶとしよう。

なにせ、今やすてきなわが家にいるのだから。

27

日曜はマイルズが家族会議に続いて家族と夕食をとることになっているので、モーガンは午前中ゆっくり眠ったあと、祖母と一緒に庭で過ごした。

ふたりともつばの広い麦わら帽子にサングラス、大きなポケットのついたショートパンツ、履き古したハイカットのスニーカー姿で、モーガンはそれがおかしかった。

「これじゃ畑仕事をしているヒッピーのカップルみたいね、おばあちゃん」

「わたしはこれが普通。あなたのはただのまねよ」

モーガンは鮮やかな紫色のバケツに花がらを放りこんだ。「お母さんはいつだって『ガーデニング・イン・スタイル』なんて名前のついた雑誌のモデルみたいに見えるのに。そういうところはわたしに遺伝しなかったみたい。お母さんが今日も仕事だって知らなかったわ」

「ダーリーが朝からおなかが痛いんですって――まあ、平たく言えば二日酔いなんだけど。彼女はいい子だし、夏のあいだの臨時雇いに重宝しているから、たまにパーテイーで羽目を外すのは大目に見てあげないと」

「おばあちゃんもお母さんも優しいボスね」モーガンは汗をぬぐって庭を見まわした。「わたし、もう狭い庭では満足できそうにないわ。ここと マイルズのところをいじって、すっかり贅沢になってしまった。ニーナが作り始めたわたしたちの小さな庭は、とてもすてきだったのよ。だけど今は、ロック・ガーデンに日陰の庭（シェード・ガーデン）、切り花用の庭（カッティング・ガーデン）もほしい」

「カエルのゼンの噴水もでしょう」

「もちろんよ。ヴァーモントの冬は長いから、春の花と夏の花、それに秋の終わりまで咲く花をすべて育てたいわ」

「ここにとどまるのね」

モーガンはびっくりして祖母へ顔を向けた。「わたしがどこへ行くと言うの？」

「あなたはどこでも行きたいところへ行けるわ、わたしのベイビー。それがここであるよう願っているけど、それはわたしとあなたのお母さんの願望だから。あなたにはここへ来る以外、選択肢がなかった。だけど、そんな状況でもベストを尽くした。半年以上経って暮らしにも慣れて、感触もつかんだだろうから、ここにとどまるかどうかはあなたしだいよ」

「そうね」モーガンはしゃがみこみ、ぽつぽつ生えている雑草を抜いた。「ここへ来たときは、先のことは何もわからなかった。おばあちゃんが、おばあちゃんとお母さんが、わたしのために居場所を作ってくれたけれど、わたしはどうすればいいのかわからなかった。じきに〈ザ・リゾート〉で働き始めたけど、それはわたしの計画とは違っていた、何年もかけて立てた計画とはね。ここはわたし自身の場所じゃない。でも、わたしのいる場所なの」

肩をすくめ、顔をあげる。「ここへ来てさまざまな瞬間を経験することができたわ、おばあちゃんと、お母さんと、職場で、それにこのすばらしい家にひとりでいるときに。おばあちゃんとお母さんが家族として、友だちとして、一緒に暮らすのを見ることができた。それで気がついたの、わたしには証明するべきものがあったから、この暮らしに背を向けてきたんだって」

「それで、できたの？　証明したの？」

「したわ。ギャヴィン・ロズウェルが引き起こしたことはすべてあの男に罪があり、わたしのせいではない。わたしは一生懸命働き、生活を築いた。それがわたしの望みであり、わたしにはそうすることができたから。だけどわたしには、これが欠けていたのよ、おばあちゃん。まさに今みたいな瞬間が。すべてを自分で、自分だけの力でやってみせようとむきになっていたせいね。本当の意味でおばあちゃんを知ることが、お母さんを知ることが、わたしには欠けていた。それはひいては、本当の意味では自分を知らなかったことになる。そう思わない？」

オリヴィアは微笑み、モーガンの顎をつまんでそっと揺らした。「その賢明さはわたし譲りね」

「お母さんは夢見がちよね？　わたしやおばあちゃんより」

「昔からよ。オードリーは半分だけ入ったグラスを持って、それを満たしてもらうのを待っているような性格なの。だからって、気骨がないわけじゃない」

「ここで暮らすようになるまで、わたしはそれに気づかなかったわ」

「あなたのおじいちゃんが亡くなったときは、オードリーが支えてくれたのよ」オリヴィアは工房のほうへ目をやった。祖母には、そこにいる夫の姿がいつでも見えているのだ。

「わたしの足元から世界が崩れ落ちたとき、オードリーはわたしを支える岩となってくれた。何週間もお店を引き受けてくれた。わたしは、お店を手放すつもりだったの」

「知らなかった」

「目の前のこともわからないのに、明日のことなんて考えられなかった。最愛の人が突然いなくなるなんて、どうしてそんなことがあり得るの？　だけど、オードリーはわたしをあきらめさせなかった。わたしが自分の足で立てるようになるまで手を放さなかった。オードリーがあなたを巣立たせたのは」オリヴィアはそっと言った。「あなたにはそうする必要があったからよ。愛情と強さを振り絞って、あなたを巣立たせたの」

それからオリヴィアはため息をついた。「彼はオードリーを傷つけた。それだけは言っておかないと。あなたのお父さんはオードリーをさんざん傷つけた。だけど、あの子はふたたび自分の足で立ちあがった。あなたもそう。それでこそ、ナッシュ・ウーマンだわ」

「ええ。だから同じ女性として、ナッシュ・ウーマンとして、おばあちゃんに話しておくわね。わたしはロズウェルのことを考えて、ここを出ていくつもりでいたの。あの男が捕まらずにふたたびわたしを狙ったら、確実にここへ来る。ここにはおばあちゃんとお母さんがいるわ」

オリヴィアが口を開く前に、モーガンは片手をあげた。「おばあちゃんが何を言おうとしているかはわかっている。ナッシュ・ウーマンは自分でどうにかするのよね、ロズウェルのことだって」

「そ、の、と、お、り」オリヴィアはモーガンのおなかを指でつついて言葉を強調した。

「わたしもそう信じているわ。ここにとどまりたいし、その理由はたくさんあるけど、そう信じなければとどまることはできなかったと思う」

「安心したわ」オリヴィアは背筋を伸ばした。「余計な詮索だけど、たくさんある理由のなかにマイルズ・ジェイムソンは入っているの？」

「しっかり入っているわ。一緒に過ごすのは一日だけとか、たいていは週末に限られるけど、彼も理由のひとつよ」

「あなたは満足しているの？　週末を一緒に過ごすだけで？」

「それだって予想外なのよ。だいたい、原因はわたしだし」一緒に庭を歩きながらモーガンはつけ加えた。「これまではデートする時間すら作らなかったし、つきあうなんてとんでもなかった。わたしはゴールにばかり集中していたの」

「ゴールに集中しても悪いことは何ひとつないわよ」

「そうだけど、そのせいで融通がきかないのはどう？　ここで暮らすようになって、すべてを自分ひとりでやらなくてもいいんだとわかった。充実したキャリアと、人間らしい生活を両立させることは可能なんだって。仕事に励みながらも、家族との時間を持つことだってできるわ、自分を幸せにしてくれる人との時間もね」

「自分の足で立てるようになったのね。あなたはお母さんみたいに――お母さんが昔はそうだったみたいに――おとぎ話めいた考えは持っていない。お姫さま抱っこしてくれる人を探しているんじゃない。だけどそれは、誰も愛さない、誰かを全身全霊で愛することがないという意味じゃない」

「マイルズを愛するつもりはなかったの」自分もため息をつき、モーガンは帽子のつばを押しあげた。「大好きになるつもりも、惹かれるつもりもなかった。一緒にいて楽しいなんて想像もしなかった。大学時代につきあっている人がいたわ」

「いなかったらどうかと思うわね！」

モーガンは笑い声をあげ、目玉をぐるりとまわしてみせた。「おばあちゃんったら。相手はそういう人だったの。大好きになって、惹かれて、一緒にいるのが楽しい人。ほかにもふたり、そんな人がいたわ。だけど、わたしは時間を作るのをやめた。でもマイルズが現れた」

「そして今度は違っていたのね」

「ええ、わたしには。わたしにとっては」モーガンは言った。「惹かれたか？衝撃的だったわ、初めて会ったときからね。だって、彼を見てちょうだい。惹かれるのに時間はかからないわ。彼はあまり人が好きではないと言うくせに、面倒見がいいの。一緒にいると楽しいか？それは〝わお〟のひと言よ」

今度はオリヴィアが笑い声をたてた。

「愛がわたしに忍び寄ってきたのよ、ちょっとずつね」

「最高の形じゃない」

「そう？」

「わたしはセックスを楽しむためにおじいちゃんとつきあうつもりでいたの」オリヴィアは振り返り、こっそり鼻を鳴らすモーガンに笑い声をあげた。「だけどね、彼はわたしに忍び寄ってきた。愛がわたしに忍び寄ってきたのよ」

工房へ顔を向けると、戸口に立ってにっこりと微笑みかける夫の姿が見えるようだった。

「そして、ある日彼は言ったわ、〝リヴィ・ナッシュ、ぼくみたいにありのままのきみを愛する男は二度と現れないぞ。だから結婚しよう〟って。わたしは〝頭がどうかしたの？〟と言うつもりだった。それなのに口から出てきた言葉は〝いいわね、結婚しましょう〟だった。彼には計画があった、スティーヴはいつもそう、そして計画に沿ってわたしを引っ張ってくれた。それでよかったとわたしに思わせてくれた、毎日ね」

奇跡ねとモーガンは思った。ありのままの自分を愛してくれて、愛することをやめない人と結ばれるなんて奇跡だ。

「わたしも計画を立てるのが好きよ。計画を立てなければ気がすまないのはきっとおじいちゃん譲りね。そして今は、計画にはなかったことが起きている。それに、マイルズとわたしは互いに同意してから、つきあい始めたの。だから、週末だけでいいの。

わたしはそれで充分。マイルズはわたしの心を粉々にしない。彼はひどい人でも、冷たい人でもない。何があろうとどうにかなるわ、だってわたしにはたくさんの大切な瞬間があるんだもの。そして今ではここがわが家よ、そのうえ〈アプレ〉という居場所もある」

「あなたに話しておきたいことがあるわ。それからアジサイの花をふたりで抱えられるだけ切りましょう。切り終わったら家中に飾って、背の高いグラスにレモネードを注いで腰かけるの」

「いいわ、聞かせて」

「誰かを愛したときは全身全霊で愛して、相手を受け入れる準備ができたときはその人を追いかけなさい。相手がその愛にこたえなかったら、全身全霊で愛してくれず、あなたを受け入れる準備ができていなかったら、大切なものを失うのは相手のほうよ。愛は人を勇敢にするわ、モーガン。愛があれば立ちあがれる」

「真実の響きね」

「これは真実だから。動かぬ真実よ」

「わたしはマイルズを愛することに慣れようとしているところだわ、愛していると自覚したばかりだから。次は彼を受け入れる準備をするのね」

「準備ができたら、どうすればいいかはおのずとわかるわ。あなたは臆病者じゃない。

さあ、アジサイの花を切りましょうか」

ふたりは深いブルーのアジサイを家中に飾った。けれどレモネードは飲まず、モーガンはカクテルの材料と道具を出した。

「手伝ってほしいの」

「ドリンクを混ぜるの？　日曜の午後三時前からお酒を飲むのはやぶさかではないけれど、混ぜることにかけてはあなたはプロでしょう」

「混ぜるんじゃなくて、味見をしてほしいの。審査して、三つのうちどれが秋のスペシャルカクテルにふさわしいかを選んで。飲むのはふた口だけね、使うお酒の種類がばらばらだから。お酒を混ぜるとダーリーみたいに二日酔いになりやすいの」

「混ぜたことはあるし、二日酔いにもなったわ」

「ふたつまで絞っていたんだけど、そのあともうひとつ思いついたの。だから審査対象は三つよ」

「ネルかドレアには味見してもらったの？」

「みんな忙しくて。それに先に審査してもらえば、優勝したカクテルをネルに提案できるでしょう」

オリヴィアは両手をこすりあわせてカウンターについた。「そういうことなら、いただこうかしら」

「ありがとう。まず一杯目は、さわやかなドライ・リースリングに、洋梨のブランデーを合わせたの——スパの秋のテーマが梨だから。ペア・オー・ド・ヴィは——」

「命の水？　それくらいのフランス語ならわかるわ」

「洋梨（ペア）のブランデーのことよ、リースリングにすてきなアクセント（キック）を添えてくれるわ」

「すてきな興奮（キック）が好きじゃない人がいる？」オリヴィアは拳の上に顎をのせ、楽しげに眺めた。「その時点で、とてもきれいなカクテルね」

「さらにきれいなカクテルになるわよ。風味づけにオレンジキュラソー、はちみつシロップで甘味を加え、リコリスを五滴——四滴でも六滴でもなく——垂らしてわずかな苦味を足す」

「聞いているだけでも、見ているのと同じくらいきれいね」

「もしこれに決まったら、クラシックなケーリー・グラント・シャンパングラスにサーブして、洋梨のスライスを添えるわ」

モーガンは完成したグラスを差しだした。「まずひと口飲んで。味わって、後味を確かめるの。次にもうひと口飲んで、全体を評価して。ああ、おかえりなさい、お母さん。ちょうどよかった。これで審査員がふたりになったわね」

「四時まで帰ってこないと思っていたわ」オリヴィアが言った。「ダーリーが元気になって、すみませんでしたってお店に出てきてくれたの。それで、何を飲んでいるの、どうしてこんな時間から？」

「わたしたちはモーガンのために秋のスペシャルカクテルを選ぶ公式審査員に任命されたのよ」オリヴィアはひと口飲み、言われたとおり、味わった。「これはすごく、ものすごくおいしいわ」もうひと口飲む。「絶品よ、わたしは洋梨はそれほど好きじゃないんだけど」

「わたしは好きよ、それに景気づけに一杯ほしいところだわ。今日の午前中は目がまわるくらい忙しかったのよ、お母さん。日帰りのグループが来店してくれて――総勢二十三人よ」

「ふた口だけね」モーガンは母親に言った。「まだあと二杯あるから」

「まあ、これ本当においしい。甘いけどちょっぴり刺激もあって。本当にふた口しか飲んだらだめなの？　午前中は大変だったのよ。グループのなかに姉妹がいたんだけど、母親の誕生日にどちらがルーシー・カーディーニの『秘密の花園』を買うかで揉めて――大げんかになるところだったんだから」

「あの絵の価格は八百七十五ドルでしょう」オリヴィアは拳を突きあげた。「やったじゃない！」

「わたしが説得して姉妹で折半させたんだけど、さんざんなだめすかして、持てるかぎりの交渉術を発揮しなければならなかったわ」

「残りふたつの味見と審査がすんだら、お母さんの好きなカクテルを作ってあげるわ」

「今度は何を作るの？　わたしも座らせてもらうわね」

「次はウオッカベースよ。混ぜているのは洋梨、シロップ、ナツメグ。これには冷やしたマティーニグラスね。そこにウオッカと、トウアカ（イタリアのブランデーリキュール）、それにB&B――ベネディクティン（フランス産のリキュール）とブランデーのミックスを加え、よくシェイクする――バニラとシトラスの味がするけど、ハーブの風味が秋を告げるはずよ。飾りは」言いながらグラスに注いで飾りを添える。「三日月型の梨のスライスを三切れ、皮つきで」

オリヴィアがすすった。「うちの孫はカクテルのことをよくわかっているわ。色づいた木の葉が目に浮かぶ」

「わたしにも飲ませて」オードリーはグラスを取った。「うーん。暖炉に火を入れる季節を感じるわね。すてきだわ、モーガン。どっちがいいか、決められない」

「まだ決めないで。候補はもうひとつあるの。今度は、皮を剝（む）いた洋梨とはちみつ、ライムの果汁を濃度の高いシロップに混ぜるわ」

「もうおいしそう」オリヴィアが言った。

「バーボンでさらに極上になるわよ」モーガンは混ぜたものをシェイカーに入れ、氷を加えて蓋をし、シェイクした。

「どれも手がこんでいるわね」

モーガンは母親に微笑みかけた。「だからこそスペシャルなの」

口の広いロックグラスに注ぐ。「最後にジンジャーエールでぴりっとした刺激を加え、洋梨のスライスを飾る」

「今度はお先にどうぞ、オードリー」

「普段バーボンは飲まないけど、試してみましょう」ひと口飲み、目をつぶる。「うーん。玄関に子どもたちが来て、〝トリック・オア・トリート〟と声をあげているのが聞こえるわ」

「わたしの番ね」オリヴィアの感想は、〝これは、これは、これは〟だった。

「それじゃあ、今の三つのなかでどれがよかったか、審査してちょうだい。まだ味見が必要なら遠慮せずにどうぞ。手をカウンターの下へやって、一番か二番か三番か、指を立てて教えて。不正解はないわ。ひとつは候補から外れることになるわね」

三つの候補をふたりがもうひと口ずつ飲むのをモーガンは楽しそうに眺めた。

「手をさげて、指を立てる用意をして。はい！　ふたりとも、三番？　本当に？」

「選ぶのは難しかったわ」オードリーは認めた。「でも、わたしは最後のひと口が決め手だった。どれも秋らしいけど、三番目は秋の気配まで感じられたわ」

「わたしも三番に傾いていたから、これなら全員一致ね。意外と簡単だったわ」

「わたしたちはおいしくいただいただけだけど、これを考えだして作るあなたは〝簡単〟どころじゃないでしょう。さて、本審査会の最年長者として、最優秀カクテルはわたしがいただくわよ」

「お母さんにも作るわね」

「いいえ、いいわよ。ほかのふたつもおいしいもの。どっちにしようかしら。真ん中のにするわ。わたしは三世代の真ん中だから。信じられないわ、こんな時間に――今、何時？　午後の二時四十五分くらいに、腰をおろしてカクテルを飲んでいるなんて。パンを焼こうと思っていたのよ。それに、まだ夕食の準備があるわ」

「カクテルを飲んで、夕食はピザを注文しましょうよ」

オードリーはモーガンに向かって笑った。「それは……いいわね。お母さんの意見は？」

「わたしの意見はこれよ。〝乾杯〟」

カクテルを手にナッシュ・ウーマンの三人がパティオに座っていたころ、ジェイムソン家の面々はダイニングルームのテーブルを囲んで家族会議を開いていた。ネルは自分のタブレットに目を落とした。「じゃあ、わたしからの最後の議題はレイバー・デイの直後にスタートさせる、〈アプレ〉のスペシャルカクテル、ノンアルコールオプション、秋のコーヒーについてよ。モーガンはまだカクテルを決めていないけど、来週の頭にはわたしが承認できるよう必ず用意すると言っている。コーヒーは、〝比べられるものはナシのコーヒー（コーヒー・インコンペアラブル）〟と名付けたものを出すそうよ——今のだじゃれはわかった？」

「ハ、ハ、ハ」リアムが白々しく笑う。

「コーヒー、洋梨の煮込み（ポシェ）、シナモン、クローブ、その他をミックスしたもの。複雑すぎるとわたしが言ったら、彼女は作ってみせた。納得の味だったわ。〝インコンペアラブル〟の梨（ペア）の部分は太字の斜体にしようかと思っているの。価格は四ドルよ」

「冴（さ）えたネーミングね」ドレアが言った。「モーガン自身が冴えた女性だからね。十月のスティーヴンソン家の結婚式では、花嫁が洋梨モチーフの装飾を使うわ。なんであれ〈アプレ〉で出すものとは別に、特別な洋梨のカクテルをモーガンに考えてもらって、披露宴用として花嫁に勧めるつもりよ。どんな案があるか彼女から聞いている、マイルズ？」

「聞いていないな」

コーヒーのことも聞いておらず、自分が納得する味とは思えなかった。それでも必ずや客たちを納得させる味なのだろう。

モーガンと仕事の話はする、少しは。母がイベントの報告をするあいだ、マイルズは考えた。だが、ふたりで過ごす時間は、言うなれば……圧縮されていた。

それがお互いのやり方だった。今のところは。

マイルズはそんな考えを押しやって会議に注意を戻し、これは仕事で、モーガンのことを考えているときではないと自分に思いださせた。

とはいえ、彼女は今もここにいるのではないか？　土曜の朝、モーガンがテーブルに飾っていった花からは彼女の気配が感じられる。

発言者は彼の母親からリアムに変わり、秋のアクティビティーについて話していた。自然観察ハイキング（ネイチャーハイク）、撮影会（フォトグループ）、チーム育成イベント、キッズ・ウィークエンド、秋のパッケージプラン。そこから秋場の庭園整備にメンテナンス、安全点検、季節商品などが取りあげられた。

仕事の話が終わると、食事が始まった。リクエストにこたえてマイルズはプルド・ポークを作った――やたらと時間のかかる料理だったが、おかげでほかのことはすべて免除された。

そして、ここにもモーガンの気配があった。天気予報によれば日曜の午後から夕方にかけて雲ひとつない晴天だからと、彼女は言った。だから、またカラフルな皿を使うといいと。そのうえカウンターに座ってナプキンを凝った形に折り、ばかでかいピッチャーにふたたびサングリアを作っていった。

「すごくすてき」ドレアはテーブルをひと目見たあと、息子をじっと眺めた。「女性の心遣いを感じるわね」

「だろうね、モーガンはナプキンにこだわりがある。サングリアにも」

「ほう、ぜひ飲んでみたいね」祖父がグラスに注いだ。「きみも一杯どうだい、リディア？」

「いただくわ。サングリアを飲むのはスペインへ行ったとき以来じゃないかしら。あれは十年前？」

「そうかな。コーヒーに洋梨のポシェとは想像がつかないが、こいつはうまい。夏の味がする。もうそろそろ夏も終わりだが。おや、見てごらん。ローリーはハウルに〝取ってこい〟を覚えさせたぞ」

覚えさせたのはモーガンだとマイルズは思った。そしてあの忌々しい犬は、住む場所と餌を与えてやっている飼い主が投げるボールはいまだに追いかけなかった。

忌々しい犬に、ばからしいナプキンに、テーブルの花に、モーガンの気配があった。

あらゆる場所に彼女の気配がある。

一同はプルド・ポークに、マイルズの父のコールスロー、祖母のポテトサラダ、祖父がグリルで焼いたトウモロコシを食べた。

そのあとは、メインディッシュを作ったことで片づけを免除されていたため、マイルズは祖母を脇へ連れていった。

「ちょっといいかい?」

「ちょっとなんて言わないで、のんびり歩きましょう。今年の夏は、ここは特に美しいわね。孫たちのなかであなたが一番優秀な庭師だわ」

「造園研修の賜物だ」

「そのようね」ふたりで歩きながら、祖母はマイルズの腕に腕をまわした。「先週、オリヴィア・ナッシュとランチに行ったの。モーガンが彼女たちの庭に贈り物をしてくれたと言っていたわ。ヨガをするカエルの噴水だそうよ。あなたも手伝ったんですってね?」

「筋肉を提供しただけさ。ぼくはこの場所が好きだよ、おばあちゃん。今まであまり口に出して言ったことがなかったけど」

「見ていればわかるし、それで充分。指輪がほしいのね」

マイルズは足を止め、祖母に目をみはった。「なんでわかったんだ?」

「マイ・ダーリン、わたしはあなたのことはわかっているわ。家族全員、あなたのことをわかっている」わずかに顔を寄せる。「この指輪をはめてほしい相手が見つかったときには、あなたにあげると約束したわね。でも、彼女は自分だけの指輪をほしがるかもしれないわよ」

「いや」マイルズは首を横に振った。「おばあちゃんから受け継がれたものであること、家族に受け継がれてきたものであることを、彼女ならきっと大事にしてくれる。でも、おばあちゃんがそれでいいと確信できないなら、もらうことはできない」

リディアは五十年以上身につけているセットリングを見おろした。スクエアカットのダイヤモンドがついているほうの指輪をするりと外す。「大事なのは、あなたがそれでいいと確信しているかどうかよ。そしてわたしの見たところ、その確信があるようね。わたしが身につけているのは、誓いとそれとともに歩む人生よ。その誓いの約束をあなたにあげましょう。みんなには話すの？」

「それはモーガンから返事をもらうまで待とうと思っている」

「あなたは賢いけれど、たまにひどく鈍くなるわね。みんなもう気づいているわよ。彼女がなんと返事をするかはわたしにはわからないわ。彼女の心は、そのすべてまではわからないもの。わたしに言えるのは、彼女はとても幸運な女性だということ」リディアは指輪を彼の手にのせ、握りしめさせた。

「モーガンが望むものではないかもしれない。指輪ではなく――結婚は」

「それは本人に確かめるしかないだろう？　人生は変化の連続だ。それじゃあ、みんながすでに気づいていることを報告しに行くとしよう」

マイルズは何ひとつ言わずにすんだ。ふたりが戻ってくるなり、母の視線が祖母の左手へまっすぐ飛んだ。そして母の目がうるむのが見えた。

「ああ、勘弁してくれ」

「わたしにはその権利があるわ。ああ、ローリー、わたしたちのベイビーが結婚するのよ」

「まだわからないだろう。先走らないでくれ」

「よかったな、ぼくがモーガンを口説かなくて」

マイルズは狼狽からすぐさま立ち直り、弟を嘲笑った。「ああ、口説いていたらおまえは身の程を思い知らされていただろうな」

「今となってはそれはわからないぞ。とにかくおめでとう。いい相手を見つけたな」

ミックはリディアの左手を取り、自分の唇へと持ちあげた。「マイ・ダーリン。祝福すべきことだ、わたしたちにとっても」

「みんな、やめてくれ。モーガンの返事がノーなら、何も変わらないんだ」

「黙って」ネルが近づいてきて兄を抱きしめる。「まず、モーガンはノーとは言わないわ。次に、わたしたちはどうすればいいかしら、彼女をクビにする？　彼女は

〈ザ・リゾート〉でもっとも優秀なバーのマネージャーというだけでなく、今ではわたしの友人よ」

するとローリーがふたりの肩に手をまわし、息子の耳にささやいた。「ひざまずくのはやめておけ。モーガンのスタイルじゃない」

「始めから、そんなつもりはないよ。いいかい、みんな聞いてくれ。頼むから、先走らないでくれ。ぼくはモーガンにプロポーズしなきゃならないんだ、それまでは誰も何も言わないように」

鳴り響くドアベルにマイルズは救われた。「ぼくが出る」

待つべきだった、と彼は思った。先にプロポーズして、それから指輪をもらうべきだった。そうしなかったばかりに、今や家族全員が浮かれている。

ドアを開けるとそこにはジェイクがいて、それですべては二の次となった。

「邪魔をしてすまない。今日は家族で集まる日だろう、だからベルを鳴らした」

「全部終わったところだ」マイルズにはわかっていた。もちろんわかっている。「ロズウェルだな。また犠牲者が出たのか」

「いや、わかっているかぎりでは犠牲者は出ていない。だがモーガンのところへ報告に行く途中だ——ぼくから報告させてほしいとＦＢＩに頼んだ。先におまえに知らせたかったから」

「みんなにも知らせたほうがいいだろう。ビールを飲むか?」

「今は勤務中だと考えている」

マイルズとともにジェイクが入ってくると、にぎやかな話し声がぴたりとやんだ。

「何か知らせがあるのね」ネルがすぐに言った。

「現状の報告というところだ。モーガンのところへ行く途中でここに寄った」

「みんなで座って聞こうか」ローリーはダイニングルームを身振りで示した。

全員が腰かけると、ジェイクはテーブルに両手を置いた。「ロズウェルの痕跡を追い、FBIはワシントン州までたどり着きました。一見、カナダへ逃げる計画のように見えます。いったん国境を越えてから東へ向かい、そこでふたたび南下してヴァーモントへ向かうのではないかと考えられていました」

「〝考えられていた〟と言ったかな?」

「はい」ジェイクはミックへ顔を向けた。「ベック捜査官とモリソン捜査官は、FBI捜査本部を率いていて、ロズウェルのことをもっともよく知っています。そのふたりが、これはロズウェルによる誘導だと考えています。比較的簡単に発見できる痕跡を残して、自分は来た道を逆戻りして南下しているのではないかと。ぼくも彼らの推測にはうなずかざるを得ません。ふたりはすでに南へ向かっています。現地のほかの捜査員、地元警察はまだ北部を捜索中で、国境付近の監視を継続しています」

「なぜ南なんだ?」マイルズが尋ねた。「かいつまんで説明してくれ」

「ロズウェルは今、不慣れな状況に置かれている。さびれたモーテルに泊まり、ごみ同然の車に乗り、そしてサウスカロライナ以降、殺しをやっていない。おっと」ジェイクはすぐに謝った。「無神経な言い方をしてすみません」

「現実的な言い方だわ」リディアは異を唱えた。「モーガンは〈ザ・リゾート〉のファミリーの一員よ。いいえ、今はそれ以上ね」マイルズへ目を向けて言い添える。

「ミックとわたしで、ロズウェルの人となりを、どんなタイプの人間かを分析してみたの。彼には殺人の興奮が欠かせない。皆無ではないにせよ、レイプはほとんどしない。彼が快感を、自分の力を味わえるのは殺人だわ」

「そう、そのとおりです。ロズウェルはＦＢＩが迫っていることを知っていると彼らは考えています。人を殺すリスクを冒すには接近されすぎている。真のターゲットを狙うには」

「モーガンね」ドレアがつぶやいた。

「そう、モーガンです。だが追跡さえ振りきることができれば――それにもロズウェルは快感を覚えている――体勢を立て直せる。そのためには南だと、真逆の方向だとＦＢＩは見ています。ロズウェルは太陽が好きだ、そしてやつの逃走経路はうんざりするほど雨続きだった。そこで、これからネヴァダ州、アリゾナ州、カリフォルニア州を捜索するそうです。ロズウェルは捜査の手を逃れたと慢心しているはずだと彼らは踏んでいます。ここに座るわれわれにとってさらに重要なのは、ロズウェルがここへ向かうとは彼らが考えていないことです。今はまだ、ですが」

「〈ザ・リゾート〉の警備に警戒態勢を取らせる」

「ああ。それに、ぼくのことも信頼しろ、マイルズ。ウェストリッジ警察はすでに警戒態勢を取っている」

「捜索範囲が広いな」リアムが指摘した。「ネヴァダ、アリゾナ、カリフォルニア。ニューメキシコとユタもつけ加えたらいいんじゃないか」

「たしかに広い。もっとはっきりしたことを報告できたらと思うよ。だが彼らの推測が正しくても、あるいはそれが間違いでロズウェルはカナダへ渡ろうとしているにしても、いずれにせよ、やつはここにはいない」

「また外見を変えるに決まっているわ」ネルが言った。

「それはすでに変えている可能性が高い。体重も十キロ近く増加しているはずだ。それにロズウェルがコンビニの防犯カメラに映っているのが見つかっている。映像が送られてきたが、逃亡生活の疲れはやつの見た目にも表れている。それに、コンビニを使ったのも腑に落ちない点のひとつだ。ロズウェルは店に入る必要はなかったし、ジャンクフードを購入しただけだ。そしてＦＢＩは、そこからやつが滞在していたモーテルまでたどり着いている。モーテルにはスナックの自販機があったんだ。ロズウェルは防犯カメラがあるのを知っていて、わざわざ店に入り、防犯カメラを避けようともしていなかった」

「自分の姿をＦＢＩに見せたかったということか」マイルズは結論した。

「ＦＢＩはそう見ている。ぼくも同じ考えだ」

「われわれに伝えに来てくれてありがとう、ジェイク。これからモーガンと彼女の家族に話しに行くんだな？」

「ええ、そうです」ジェイクはミックに言った。

「あなたも行きなさい」ドレアはマイルズの腕に手を置いた。「彼女たちと一緒にいてあげて。戸締まりはわたしたちがやっておくから。ハウルの餌やりもね」

「そうするよ。ありがとう。ぼくも乗せていってくれ、ジェイク」

「あとでわたしのところへ来るでしょう、ジェイク？」ネルが問いかけた。

「ああ、行くよ」

マイルズはジェイクの車に乗りこむまで何も言わなかった。「何か話していないことはないか？」

「何も。状況から読み取れること以外は。ＦＢＩを振りきれたと感じたら、ロズウェルは好機をつかむなり人を殺すと彼らは考えている。そしてやつは先にスタートを切っている」

ドアベルを鳴らしても返事はなく、マイルズは全身が緊張するのを感じた。車は三台とも私道にあるのに、誰も玄関に出てこない。

「裏へまわってみよう」ジェイクが提案した。「気持ちのいい夕方だ。庭に出ていてドアベルが聞こえなかったのかもしれない」

「携帯電話に通知が行くはずだ」

裏庭まで半分も行かないうちに笑い声が聞こえてきた。陽気な、女性たちの笑い声。胸につかえていた重石(おもし)がすとんと落ち、マイルズはふらつきかけた。

いた。三人ともそこにそろっていた。テーブルには、ピザの箱とカクテルのグラスがのっている。彼の思い違いでなければ、三人とも少し酔っているようだ。

「こんばんは」ジェイクが呼びかけた。

オードリーのあげた小さな悲鳴は追加の笑い声に変わった。「ああ、びっくりした。寿命が十年縮んだわよ」

「ドアベルを鳴らしたんですが、聞こえなかったようですね。携帯電話もそばにありませんでしたか」

「ええ、わたしたち……」オードリーは笑うのをやめ、モーガンの腕を握った。「ベイビー」

「先に言ってちょうだい」モーガンは言った。「お願い」

「ロズウェルはまだ逮捕されていませんが、わかっているかぎり、殺人も犯していません。今日は最新情報を知らせに来ました」

「そう。わかったわ」モーガンは両手で顔をこすった。「ごめんなさい。三人とも携帯電話を家のなかに置いてきたみたい。みんなでお酒を飲んでいたの。秋のスペシャルカクテルを。実は、かなりたくさん」

「椅子を持ってきてちょうだい」オリヴィアはジェイクとマイルズを招いた。「これくらいの酒量なら、わたしたち三人とも正気を保ったまま話に耳を傾けられるわ。情報は力なりよ、モーガン。ちゃんと知っておけば、危険に備えられる」

女性たちは話に耳を傾けた。ジェイクが報告するあいだマイルズは口をはさまず、情報をすべて吸収するモーガンの顔をただ見つめていた。

「八月のネヴァダ、アリゾナ」モーガンはテーブルの上に両手を重ねたままでいた。「ただの太陽じゃなく、灼熱（しゃくねつ）の太陽と熱気よね？」

「行ったことはないが、そうだろうな。ＦＢＩをまいたと考えたロズウェルが、自分への褒美に高級ホテルに宿泊するといいんだが。やつは惨めな有様だ、モーガン。見たいなら見せられる。許可はもらっている」

「見たいわ。見せてちょうだい」

ジェイクは携帯電話を取りだすと、映像を表示して彼女に渡した。

「まあ。これではわたしには彼だとわからなかったでしょうね、すぐには。それに、老けて見える――髪だけじゃなく、ひげも、なんだか老けているわ。かなり太ったようだし。むくんで見えるわ」

「クレイジーに見えるわ」オードリーは娘の肩越しにのぞきこんで言った。

「それが顔に出てきたのね。前は違っていたわ。前はそうは見えなかった」

「わたしにも見せてちょうだい」オリヴィアは手を差しだした。「これがその男なのね。カメラに映っているのを意識している」ジェイクを見あげる。「うちの店にも防犯カメラがあって、万引き犯がカメラを確認するのを見たことがあるわ。連中は見ていないふり、確認していないふりをするの」

「同感です」

「ロズウェルは洗練されたスタイルをあらかた失った。髪型や体重だけの話じゃないわ。彼にはスタイルと自信、魅力があった。それらを武器にしていたのが今ならわかるわ。だけど、彼はもうそのどれも持っていないようね」

「ベックとモリソンも同意見だ。そしてロズウェルは中毒患者のように、刺激を欲している。こんな有様のまま、きみに近寄ってくることはないだろう。ＦＢＩはそう見なし、ぼくもそう考えている。だが、われわれ警察は厳重な警戒体勢を敷く。これは約束だ」

ジェイクは立ちあがった。「質問や、何かぼくに話したいことがあったら、どんなことでもいいから連絡してくれ。昼でも夜でも時間は気にしない」

「ありがとう」モーガンはマイルズへ目を向けた。「あなたは残るの、それとも帰らなきゃいけない？」

「しばらく残るよ。送ってもらって助かった、ジェイク」

「いつでもどうぞ」

ジェイクが去ると、オードリーはマイルズに向き直った。「秋のスペシャルドリンクを決めるコンテストをしていたのよ」明るい笑みとまっすぐな視線を保つ。「簡単な選択ではなかったし、わたしたちは真剣に選考したの。モーガン、なかへ行って優勝カクテルをマイルズに作ってあげたらどうかしら。彼も興味があるはずよ」

「いいですね」マイルズは意図を理解し、モーガンに目を向けた。「ぜひ飲ませてもらえるかな。きみがコーヒーを冒瀆する予定なのは耳にした、だからそっちはパスだ。だがカクテルなら飲もう。それと携帯電話を忘れないでくれ」

「わかったわ。すぐに作ってくるわね」

いつもと様子が違う、とマイルズは思った。ロズウェルに関する知らせとアルコールのせいで、いつもと少し様子が違う。だが彼女は立ちあがり、なかへ入っていった。

「ぼくに何か話したいことがあるんですよね?」モーガンが声の届かないところまで行ってから、マイルズは尋ねた。

「話したいことじゃなくて、お願いしたいことがあるの。あなたの家にあの子を連れていってやって、マイルズ。あの子は今の話を頭から追い払う必要があるわ。ここにいたら、自分の部屋で悶々と考えてしまう。そうでしょう、お母さん?」

「あの子を犬の散歩に連れていって、ベッドへ連れていきなさい。あの子の気を紛らわせてあげてちょうだい」

見せるつもりではなかったのだが、マイルズはポケットから指輪を取りだした。

「気を紛らわせるものならここにあります」

オードリーは片手で口を覆い、オリヴィアは指輪に鋭い目を向けた。「それはリディアの婚約指輪ね」

「さすがですね。モーガンがイエスと言えば、彼女の婚約指輪になります」

「ちょっと、やめなさい」オリヴィアはオードリーに指を突きつけた。「あなたに泣かれたら、わたしまで泣いてしまうでしょう。あの子が見たら勘違いするわ。それに今ここで指輪を差しだすわけじゃないんだから。涙を引っこめなさい、オードリー・ナッシュ、うれし泣きするのはあの子が出かけたあとよ」

「ええ、わかっているわ。でも、本当にうれしくて。マイルズ、こんなにうれしいことはないわ」

「喜ぶのは、モーガンの返事を聞いてからにしてください」

「オードリー、さっきのサングラスをかけておきなさい。スペシャルカクテルの候補は三つあってね」オリヴィアは話を変えた。「ああ、来たわ。これで自分で審査できるわね」

マイルズはモーガンに差しだされたグラスを受け取り、しげしげと眺めた。「視覚的にも魅力があるな。材料は？」

モーガンはなんとか笑みを作っている。「飲んで当ててみて」

彼女を気遣い、マイルズは調子を合わせた。「バーボン」味見をしてから言う。「バーボン、ジンジャー、あとから洋梨の風味が来る。はちみつ？」

「上出来ね、それとライムも少々。ご感想は？」

「ほかのふたつを飲んでいないから比較はできないが、うまい。秋や冬を連想させる味だな。名前は？」

「基本的なレシピはプリックリー・ペアと呼ばれるカクテルと一緒なの――実際にはウチワサボテン（プリックリー・ペア）は使わないけど。それに少しアレンジを加えたもので、〝ペア・イット・ダウン〟はどうかと考えているわ」

「いいんじゃないか。ネルは気に入りそうだ」

「だといいけど」

「きみのコーヒー破壊工作（サボタージュ）だって気に入ったと宣言しているくらいだからね。それにしても、ここの眺めはいいな。あのカエルは水を噴きあげっ放しだ。うちにああいうのを置くとしたらどこがいいだろうな」

「あなたの家の屋根裏を見てみないと」

マイルズはカクテルをすすり、彼女へ目を向けた。「うちの屋根裏を？」

「きっといろいろなものがあるんでしょうね。鏡を使ったらどうかしら。おもしろい形をした古いものがあれば、庭のヘメロカリスの裏手に置くの」

会話も気を紛らわせる手段だ。マイルズの十八番（おはこ）ではないが、会話をつなぐことはできる。「なぜ庭に鏡を？」

「光と反射、おもしろさよ。あの家の屋根裏ならいくつかあるんじゃないかしら」

「たぶんな。行ってみるか」

「今？　今じゃなくていいのよ。わたしはこれから――」

「行ってきたらいいわ」オードリーが言った。「ピザとカクテルで、わたしは今夜は早めにベッドに入りたい気分よ。あなたはマイルズと行ってきなさい」

「彼はまだ飲み終わっていないわ」

「幸いだったな」マイルズはグラスをおろして立ちあがった。「きみは一杯以上飲んだんだろう、だからぼくが運転する。きみはハンドルを握るな。ぼくはジェイクの車で来たから、これで帰りの足が確保できた」

モーガンの手を取り、立ちあがらせた。

「泊まるのに必要なものはうちに置いてあるだろう。携帯電話は持っているか?」

「なんの用意も――」

「ええ、でも――」

「それでは、いい夜をお過ごしください」

「ええ、そうするわ」オードリーはまぶしい笑みを浮かべた。「また明日ね、ベイビー」

オードリーは、マイルズに引っ張られてモーガンがいなくなるまでぐっとこらえていたが、ついに、わっと声をあげた。

「ああ、お母さん。わたしの娘が。わたしたちの娘が」

28

「まだキッチンを掃除していないわ」モーガンがぶつぶつ文句を言っている。「今日はわたしが掃除当番なのに」

「だったら、今夜は休みを取ることにすればいい。それで、鏡だが、どのくらいの大きさがいいのかな？」

マイルズはモーガンの手から車のキーを取りあげ、彼女を助手席に押しこんだ。

「えっ？　鏡？　それは見てみないとわからないわ。ああ、ちょっと飲みすぎちゃったみたい」

「そのようだな。きみの酔っぱらった姿を見るのは初めてだよ」

「わたしは全然酔っぱらってなんかいないわ。ただ、自分で車を運転して、どこかへ行ける状態ではないってだけよ」モーガンはヘッドレストに頭をもたせかけた。「ふたりとも楽しそうだったわ。わたしもすごく楽しかった。三人のなかで一番お酒が強いのは、間違いなくおばあちゃんね。わたしとお母さんのほうが先に酔ってしまったもの。

若いころのおばあちゃんはとんでもなく自由奔放だったのよ」モーガンがさらに続ける。「ねえ、あなたも気づいていた？　わたしはなんとなくそうじゃないかなとは思っていたの。おばあちゃんだけでなく、おじいちゃんもね。でも、だからといって別に根拠はなかった。ところが、おばあちゃんがウッドストックに行っていたことがわかったの。おじいちゃんを連れて、ふたりでウッドストックに行っていたのよ。あのウッドストック・フェスティバルに。おばあちゃんはジャニス・ジョプリンと一緒にマリファナを吸ったと言っていたわ。たぶんこれは作り話だと思うけど、確かめようがない。そんなおばあちゃんが、今では歴史を感じさせる大きな美しい家に住み、二軒の店を経営して、ローストチキンやパウンドケーキを焼いたりしているのよ。本当に不思議よね」

「何が？」

「ウッドストック・フェスティバルに駆けつけたり、ジャニス・ジョプリンとマリファナを吸ったりするような女性が、さまざまな紆余曲折を経て最終的にはこの土地に落ち着いたのよ」モーガンはフロントガラス越しに流れていく街並みを指差した。

「ヴァーモント州のウェストリッジにね。そしてここで事業を始め、ヨガクラスに通い、読書会にも参加している。これだけでも充実した人生よ。でもわたしのおばあちゃんは、それに加えて満ち足りた幸せな日々を送っている。まあ、それはともかくとして、今日は三人で一緒に楽しい時間を過ごせてうれしかったわ」

「ああ、きみたちはとても楽しそうだったよ」

「さっきは、あなたたちがなんの連絡もなく突然裏庭に現れたからびっくりしたわ。あなたまでわざわざジェイクについてこなくてもよかったのよ。だけど今となっては、あなたも来てくれてむしろよかったのかも。今夜はお母さんにもおばあちゃんにも、早く休んでほしいもの。ふたりにはジェイクが持ってきた情報のことで心配をかけたくないわ」

「あの動画を見たとき、きみは言っただろう。あいつの容姿は以前と比べてずいぶん衰えたと。たしかにそのとおりだったな」

「母の感想もそのとおりだわ。ロズウェルはいかれている。あなたも彼の狂気に気づいたでしょう。メリーランド州では、あいつはあの狂気をうまく隠していた。実際、まったく気づかなかったもの。わたしだけでなく、誰も気づかなかったわ。ロズウェルは〈ネクスト・ラウンド〉でダーツやクイズゲームをしたり、みんなに一杯おごったり、サムと野球の話で盛りあがったりしていた。それなのに、誰ひとりあの男の狂気に気づかなかったの」

「だが、もはやロズウェルは自分のなかにひそむ狂気を隠しきれなくなっている」家の私道に車を乗り入れ、マイルズはモーガンに顔を向けた。「それはつまり、やつが捕まるのも時間の問題だということだ」

「本当にそう願うわ。なんだか酔った勢いで、思わず泣き言を言ってしまいそう。とにかくお願いだからこんな状況は早く終わってほしいって」

「ぼくはまったく酔っぱらっていないが、それでも、きみと同じく、こんな事件は早く終わってほしいと思っている。これは別に泣き言なんかじゃないさ。でも、きみが泣き言を言い始めたら教えてあげるよ」

モーガンの顔に笑みが浮かぶ。「ええ、お願いね」

マイルズは車をおり、助手席側にまわった。ちょうどそのとき、モーガンがドアを開けて外に出てきた。家のなかからハウルの鳴き声が聞こえてくる。

家に入ると、さっそくハウルがマイルズを出迎えてくれた。ところが彼を見あげて軽くしっぽを振るなり、すぐにモーガンのもとへ駆け寄った。

「きっときみのにおいだな」マイルズが言う。「きみはこいつの好きなにおいがするに違いない」

「あら、ありがとう。あなたはいい子ね。今日は楽しかった？　もちろん、楽しかったわよね。ねえ、お兄さんからブルド・ポークをちゃんともらえた？」

「ぼくはハウルの兄ではなく、飼い主だ」

「今の言葉は無視していいわ。さあ、屋根裏部屋に行きましょう。お宝が待っているはずよ」

「それは後回しだ。まずは少しきみと話がしたい」

モーガンは背筋を伸ばした。その顔はまったくの無表情だ。「わかったわ」

「座って話をしよう」

モーガンは椅子に腰をおろした。彼女の足元にぴったり張りついていたハウルも、そのかたわらに寝そべった。

「本当はこんな状況じゃないときに言うつもりだったんだ。まあ、正直なところ、どんなときならいいのか思い浮かばなかったんだが、少なくとも今ではなかった。でも、今夜のきみは少し酔っぱらっているから、この機会に便乗させてもらうことにした。ところで、なんでそんなふうに座っているんだ？　まるで校長室の外で待っている生徒みたいな座り方だぞ」

「それはあなたの目の錯覚よ。そんなことより、早く言って。何を言われても、心の準備はできているわ」

「わかった。きみを愛している」

モーガンは無表情のまま、目をしばたたいた。

「えっ？　今、なんて言ったの？」

「ちゃんと聞こえたはずだが、ぼくの気持ちをはっきり伝えるためにも、もう一度言うよ。モーガン、きみを愛している」

「わたし、座ったほうがいいみたい」

「きみはもう座っているよ」

「じゃあ、立つわ」いきなりモーガンは椅子から立ちあがり、すぐにまた座った。「なんだか頭がくらくらする。でも酔っぱらっているからじゃないわよ。ねえ、マイルズ――」

「いいから黙って」その言葉にはいらだちがにじんでいた。「きみはここに着くまでずっとしゃべりっ放しだった。だから今はしばらく口を閉じていてくれ。ぼくの話はまだ終わっていない」

切り返す言葉が何も思いつかず、モーガンは黙ってマイルズがふたたび話し始めるのを待った。

「何か予感めいたものがあったわけではないんだ。自分でもまさかこんなふうになるとは思ってもいなかったよ。自分の感情に気づかないというのもおかしな話だが、実際ぼくは気づかなかった。なんというか、じわじわ好きになっていったとしか言いようがないかな。何度も顔に軽い平手打ちをくらっているうちにね。たとえば、きみが働いているときの手の動きを見ているときとか。ばからしいと思うかもしれない。でも、そうなんだ。そういう何気ないことが積み重なって、徐々にきみが何を考えているのかとか、きみはどう感じているのかとか、きみの一挙手一投足とかが気になるようになっていったんだ」

ふと気づくと、いつの間にかハウルがそばに来て、マイルズの膝に寄りかかっていた。

「そして、あの滝で強烈なパンチをくらい、それからリアムにそそのかされてロープコースをのぼっていき、最終地点にたどり着いたとき、ぼくは完全にノックアウトされた。モーガン、きみを愛している。こんな気持ちになるとは少しも予想していなかったし、互いに同意に達して……というかガイドラインを定めてつきあい始めたときも、結婚までは考えていなかった。まったく想定外の状況に陥ってしまったが、きみを愛するこの気持ちは本物だ」

「わたし——」

「まだだ」マイルズはポケットから指輪を取りだした。「結婚しよう」

まるで〝映画を観よう〟とでも言っているかのようなあっさりした口調だ。

モーガンは彼の手元を見つめ、口を開いた。だが、なかなか言葉が出てこなかった。

「それは……あなたのおばあさんの指輪よね」

「どうやらナッシュ家の女性たちはみんな、このダイヤモンドの指輪がぼくの祖母がつけていたものだとすぐにわかるみたいだな。ぼくはきみを愛している。それに、すでにぼくたちはふたりとも想定外の状況に陥っている。そういうわけだから、結婚しよう」

突然、モーガンが膝のあいだに顔をうずめた。

「どうした？　吐きそうなのか？」

「違うわ。ちょっと息ができなくなっただけよ。あなたは椅子に戻って。わたしに息をさせてちょうだい」モーガンが手を振って彼を追い払った。だが、マイルズは彼女のそばから動かなかった。

「詩でも口ずさもうか？　エドガー・アラン・ポーの『大鴉（おおがらす）』なら、今でもまだほとんど暗唱できるよ。あと、イェイツの詩も何作かは覚えているな」

「いいから少し黙っていて。ひょっとして、あなたはジェイクに……わたしに会いに来る前にジェイクに何か言われて、それでおばあさんからこの指輪を譲ってもらったの？」

「いや、ジェイクがうちへ来る前に、指輪はもう祖母から譲ってもらっていたよ。祖父母の結婚五十周年の記念日に、祖母はぼくがこの人だと思った女性に出会ったら指輪を譲ってあげると言ったんだ。ぼくがこの人だと確信して、その女性と結婚する心の準備ができたときにこの指輪を譲るとね。ぼくはきみが運命の人だと確信しているし、きみと結婚する心の準備もできている。モーガン、これからの人生をふたりでともに歩もう」

「ジェイクがあなたの家に来る前だったのね」モーガンがぶつぶつ言いながら顔をあげた。「彼に何か言われたわけではない」

マイルズのむっとした口調が、彼女の呼吸を落ち着かせたようだ。

「これはサイコパスの攻撃も防げるフォース・フィールドではない。ただの指輪だ。永遠のシンボルだ。きみの返事が聞きたい」

モーガンがマイルズのほうにさっと顔を向けた。「わたしは何も尋ねられていないわ。あなたはただ自分の意見を主張しただけじゃない。ちょっと待って」モーガンは片手をあげて、口を開きかけたマイルズを制した。「なんだかおもしろいわね。今日、祖母とふたりで庭の手入れをしながら、わたしもあなたを愛していると祖母に話したところなのよ。別にあなたにひと目惚れしたわけではなかった。あなたを好きになるとも思わなかったわ。だいたいそういう相手は、はなから求めていなかったもの。だけど、わたしのなかに今まで感じたことのない感情が生まれて、これが愛するという感情なんだと気づいたのよ。でも、わたしはてっきりゆっくりつきあいを進めようとあなたから言われるんだと思っていたわ」

「そんなのばかげている」

「そう？　たぶん、そうなんでしょうね。きっとウオッカを飲みすぎたせいで、ばかなことを考えてしまったんだわ。ウオッカは新作カクテルのふたつ目の候補だったの。それがおいしくて、バーボンベースのカクテルの味見もしなかったわ」

マイルズは笑みを浮かべて、じっとモーガンを見つめていた。

「まるでジャングルの王ね」

「何が？」

「あなたの目よ。思えば、その目がそもそもの始まりだった。わたしは人の心を明るくさせる、はつらつと輝くその目に最初に惹かれたのよ。あなたの目はトラの目のようだわ。でも、ジャングルの王はライオンだったかしら。まあ、この際どっちでもいいわね。ところで、あなたが渡そうとしている指輪だけれど……わたしはそれが持つ力も、そのシンボルの意味もわかっているわ。この指輪には特別な意味がこめられていることはよくわかっている。だからこそ、どう答えたらいいのか……」

「片膝をつくなんてまねは決してするなと助言されたよ」

「お願いだから、それだけはやめて。ばかみたいだもの。ねえ、そのままそこにいてくれる？　そのほうがちゃんと話ができそうだわ。マイルズ……正直に言うと、結婚に対して、抑圧的で悪いイメージしか持っていないのよ。両親がまさにそうだったから。その原因のひとつはわたしだった。子どもだったの」マイルズが口をはさむ前に、モーガンは言い直した。「わたしが女の子だったから。つまり、わたしたちはふたりとも、これがいかに重要な問題かということはよくわかって――」

「ぼくは子どもがほしい。きみはこれを知りたいんだろう。子どもはふたり以上ほしい。男でも女でも、どちらだっていい。ぼくはきみとの子どもがほしい。きみと家族を作りたい。モーガン、大きな家に住もう。子どもがたくさんいても、自由に遊びまわれるような家に」

モーガンの目に涙がこみあげてきた。「わたしも子どもがほしいわ。ほしくてたまらない。あなたとの子どもが」

「これでこの件は解決したな。では、もうひとつの重要な話題に移ろう。もしきみがいつか自分の店を持つつもりなら、ホテルにとっては大きな痛手になるだろう。とはいえ、選択する権利はきみにある。どちらを選択しようと、ぼくはきみの決断を尊重するよ。家族もみんな、ぼくと同じ意見だ。だから彼らのことは心配いらない。それから、これは今さらわざわざ言わなくてもわかっていると思うが、〈アプレ〉はきみのものだ」

モーガンは自分の店を持ちたかった。それが長年の夢だった。でも、何もかも変わってしまった。

そして、今は？

「わたしはこれまでどおり〈アプレ〉で働きたいわ」

「そうか、よかった。そういうことなら、これからはきみにも家族会議に参加してもらわないとな」

「いいの？」

「これはパッケージの一部だ」この言葉に含まれた意味に、モーガンは気づかないかもしれないと思ったのだろうか。マイルズがつかの間口をつぐむ。だが、彼女はちゃんと気づいていた。「モーガン、大きなパッケージなんだ」

「大きなパッケージは大好きよ。その指輪を持っているということは、もうあなたの家族はあなたがそれをわたしに渡すつもりだと知っているんでしょうね」

「ああ。きみの家族も知っているよ」

「母と祖母にも話したの？　まあ、それはそうよね。別に驚くことではないわ」感極まり、モーガンの目から今にも涙がこぼれ落ちそうになる。「動かないで――まだそこに座っていて。いったん気持ちを落ち着かせたいの。泣くのはいやなのよ。あなたが指輪をはめてくれるときに、泣きじゃくっていたくないわ」

「わかったよ。だが、できるだけ急いで気持ちを落ち着かせてくれ」

「ロズウェルが――」

「やめろ」サーベルの刃のごとく鋭い声が返ってきた。「今はロズウェルの話を持ちだすな。あいつは関係ない。これはきみとぼくの話だ」

「そうね。ねえ、わたしが酔っているから、今夜この話をすることにしたというのは本当なの？」

「ああ」

「その考え、気に入ったわ。あなたは正式なプロポーズの言葉を言わなかったけど、わたしの答えはイエスよ。酔っぱらっていても、素面(しらふ)でもね。さあ、もう椅子から立ってもいいわよ」

マイルズが立ちあがると、モーガンも椅子から立ち、左手を差しだした。薬指にはめた指輪を動かしながら、彼が口を開く。「きみには少し大きいな。サイズ直しをしたほうがよさそうだ」

「こうしていれば大丈夫よ」モーガンは左手を握りしめた。「一生こうしているわ」

「まあ、たしかにそれなら抜けないな。明日は午後から仕事なんだ。午前中のうちに、一緒に宝石店へ行こう」マイルズはモーガンの握りしめた手を取り、キスした。「この指輪はもうきみのものだ。きみの薬指に合うサイズに直そう」

マイルズは指輪を外し、モーガンの人差し指にはめ直した。「ほら、この指ならちょうどいい。明日までこのままここにつけておいてくれ」

「さすがは問題解決の達人ね」モーガンはマイルズの顔を引き寄せ、唇を重ねた。

そのキスはモーガンの身も心もすべて酔わせ、あたためてくれた。愛のこもったキス。愛のある人生をともに生きることを約束するキスだった。

絶対に、ロズウェルなんかにふたりの邪魔をさせるものか。一点の曇りもなく断言できる。マイルズとともに生きる人生を守るためならなんでもする。

「もう一度言ってちょうだい」

「何を？」

モーガンはマイルズの顔を両手で包んだ。「マイルズ」

「きみを愛している。そして、ぼくがこの言葉をこれまで誰にも言ったことがないということも知っておいてほしい。きみが初めてだ」

「あなたの口からその言葉を聞くのは、わたしが最後であるように努力しなくちゃ。マイルズ、愛しているわ。わたしもこの言葉を口にするのは、あなたが初めてよ」

マイルズは頭をさげてふたりの額を触れあわせた。「じゃあ、ぼくも努力しなくちゃいけないな」そう言うなり、いきなり彼はモーガンを抱きあげた。「記念すべき今夜の仕上げをしよう」

「ええ、そうしましょう」

「やはり、こういう特別なことは、ぼくたちの最初の場所でしたほうがいいよな」

ソファに向かって歩いていくマイルズの首に腕を巻きつけ、モーガンはくすくす笑いだした。「あなたのそういうところも愛しているわ。とても感傷的なところもね」

「ぼくは現実的なんだよ。ソファが一番近いだろう」

「いいえ、あなたは感傷的な人よ」

マイルズはモーガンと一緒にソファに倒れこんだ。「おしゃべりの時間は終わりだ」彼がシャツを脱ぎ捨てる。「ぼくは仕上げに集中したい」


翌日の朝を迎えても、モーガンの胸の高鳴りはまだ続いていた。そして今も、モーガンは宝石店の女性店員が彼女の指と昨夜贈られた指輪のサイズを測り終えるのをわくわくしながら待っていた。

ふいにマイルズが話しかけてきた。彼にサイズ直しがすむまで仮につけておく指輪を買おうかときかれ、またしても泣きそうになる。

「いいえ、いらないわ。わたしはできあがりを楽しみに待っていたいの」

「結婚指輪はいかがなさいますか?」女性店員が満面に笑みを浮かべて言った。「当店では、お客さまと同じサイズの商品を豊富に取りそろえております」

「結婚指輪のことはまったく考えていなかったわ。マイルズ、どうする? あなたは指輪をつけたい?」

「ああ、もちろん普段も結婚指輪をつけるよ。シンプルなものがいいかな——ぼくのほうは石も何もついていないシンプルなデザインがいい」

「わたしもシンプルな指輪がいいわ」

「かしこまりました」女性店員はにこやかな笑みを浮かべたまま先を続ける。「もしよろしければ、ひとつご提案させていただけますか？　婚約指輪が年代物の非常に美しい高品質なお品ですので、結婚指輪も趣のある年代物の素材にしてはいかがでしょう。こちらにいくつかご用意がありますので、ご覧になりませんか」

店員は鍵のかかったショーケースのほうへモーガンをいざなった。

「まあ、なんてすてきなの」

マイルズがモーガンの視線の先にある指輪を指差して言った。「これにしよう」

「マイルズ――」

「この指輪をお選びになるとはとてもお目が高いですね」女性店員はショーケースの鍵を開けた。「こちらのダイヤモンドが二重に並ぶエタニティリングは、あのひと粒ダイヤモンドがあしらわれたプラチナ台の婚約指輪と同じ年代のお品物です。このエタニティリングのダイヤモンドの総計は二カラットですので、あちらの指輪と重ねづけした場合でも、ひと粒ダイヤモンドの大きさだけが目立つということはなく、むしろ互いを引きたてあう、これ以上ない絶妙な組みあわせになるでしょう」

「見せてもらえるかい？」

「ええ、もちろんです」女性店員はショーケースから指輪を取りだし、マイルズに手渡した。「すばらしい逸品です。そのうえ、お連れさまのほっそりとした長い指にとてもよくお似合いになりそうですよ」

「ああ、きみに似合いそうだ」

「この指輪はきっと誰にでも似合うわ。でも――」

「気に入らないのかい？」

「もちろん気に入っているわ。誰だって気に入るはずよ。だけど、あまりにもゴージャスで――」

「これに決めたよ。それともうひとつ、男性用の指輪ももらおう」

「なんだかめまいがしてきたわ」事態は恐るべき速さで展開していく。でも、これでいい。モーガンは心のなかでそう思っていた。「座ったほうがいいみたい」

「すぐにつけていることに慣れてしまうよ。さあ、指輪を返そう。これは正式に結婚するまではきみに渡せないからね」

「リングケースにお入れしましょう。まことにすばらしい審美眼をお持ちですね。ただいまお客さまのサイズに合う男性用の結婚指輪をご用意しますので、少々お待ちください。刻印はどうなさいますか？　当店では、指輪の内側に文字を彫るサービスも無料で承っております」

「いや、それは――」

「彼の指輪を持ってきてください。マイルズ、指輪を選び終わったらあなたはもう帰っていいわよ。帰って、仕事に行ってちょうだい。先に言っておくけど、あなたの結婚指輪はわたしが買うわ。反論は聞かない。それともうひとつ、指輪の内側に刻印するメッセージはわたしが決めるわ」

「ぼくがつける指輪だぞ」

「そうよ」モーガンはマイルズの首に手を伸ばして顔をさげさせ、キスした。「でも、あなたに選択権はないの」

モーガンの頭のなかでは、すでに刻印する言葉は決まっていた。

〝一度決めた誓いは絶対〟

宝石店をあとにすると、モーガンはその足でまっすぐ〈クラフティ・アーツ〉へ向かった。ふたりの客と話している母がまず目に入った。母もモーガンに気づき、会話を中断した。オードリーは娘の顔をじっと見つめていたが、いきなりその場でぴょんぴょんと跳ねだした。それからあわてて駆け寄ってきて、モーガンを抱きしめる。

「うまくいったのね。もちろん、オーケーしたのよね。見せてちょうだい。指輪はどこなの？」

「サイズを直さなければならなくて、〇・五ミリほど小さくするの。できあがるまでは数日かかるみたい。でも、写真を撮っておいたわ」

「この子は写真を撮っておいたんですって！　言ってもいいわよね？　もう我慢できないわ。言わせて」モーガンは興奮する母を見て笑いだした。「わたしのかわいい娘が婚約したのよ」

店内にいる女性たち全員から拍手がわきあがった。そのうち数名がふたりに近づいてくる。

「サイズを直してもらうので、写真しかないんです」モーガンは携帯電話を取りだした。

「いったいなんの騒ぎ？」祖母が階段をおりてきた。歩み寄ってきて、孫娘の両頰にキスをする。「マイルズはすてきな男性よね。かなりいい線をいっていると思うわ。あなたたちはお似合いよ。ここにいるお客さまとスタッフにミモザをごちそうするわ。新しい人生へと踏みだす勇気ある門出をともに祝いましょう」

ネヴァダなどくそくらえだ。砂漠もこの小汚いぼろ家もくそくらえ。

ついでに、かさぶたに覆われた腕の傷もくそくらえだ。

だが、それより何より、ロズウェルはずっとひとりで退屈なのがいやでたまらなかった。

卵はまだあるが、いいかげん食べ飽きた。

料理は嫌いだ。食後の皿洗いもうんざりだ。しかし、自分でやらなければならない。とはいえ、缶詰もまだたくさん残っているし、缶詰なら蓋を開けて、そのまま食べればいい。それに料理は嫌いだが、冷凍庫にあった鶏肉を油で揚げてみたりはした。だが、その出来具合は最悪で、外側は丸焦げなのに内側は生のままだった。まったく胸くそ悪いったらない。それでも、米はうまく炊けた。きっとインターネット上に掲載されていたレシピをきちんと守ってやったからだろう。

牛の挽肉らしきものでハンバーガーも作ってみた。ところが、肉をはさむバンズがなかった。

死んだ女家主が買ってきた新鮮な食料はすべて食べつくしてしまい、今は卵と缶詰とシリアルを食べてなんとか飢えをしのいでいる状態だ。そろそろ食料を調達しなければならない。あたためるだけで食べられるものを。それとスナック菓子だ。

ちょっと待て。ダイエットはどうするんだ？　増えた体重をもとに戻すんだろう？　いや、そんなのはどうでもいい。まずは自分の人生を取り戻すのが先決だ。それから、もとの体型を取り戻そう。

食べて、調べ物をして、テックトイで遊んで、ノートパソコンでテレビを観て、また食べる。毎日がこの繰り返しだ。

だが、今日は朝食前にひと仕事片づけた。水をやるのをしばらく忘れていて死んでしまったヤギを、女を捨てた場所まで引きずっていったのだ。あの女の体は腐敗し、とんでもない悪臭を放っていた。あれにはさすがに食欲も失せた。ロズウェルは買い物リストを作って、ツー・スプリングスまで買い出しに行くことにした。シーツはまだいいとしても、タオルは乾燥機がないせいで、すでにごわついている。

何はともあれ、リストのトップは食料だ。酒も底を尽きかけている。買い物ついでに、ツー・スプリングスで食事をするのもいいかもしれない。そうすれば、まともなものが食べられる。おまけに、料理も皿洗いもしなくていい。あんなさびれた砂漠の町で、彼に気づく者などひとりもいないはずだ。それでも、用心するに越したことはない。どんなに声を出したくても、動きまわりたくても、おとなしくしているほうが身のためだ。

ああ、話し相手がほしい。たとえ巧みな嘘で塗り固めた身の上話しかできなくても、誰かと話したかった。

気づいたら、ロズウェルはずっとひとり言をつぶやいていた。こんなばかなまねはやめようとするが、食べ始めるとやめられなくなるポテトチップスと同じで、どうしてもひとり言をやめられなかった。

買い物リストを作り、ツー・スプリングスまで車を飛ばし、食事をして、食料を買い、また車を飛ばしてここに戻ってくる。

今や檻と化した家のなかを歩きまわりながら、ロズウェルはふたたびぶつぶつひとり言を言いだした。いつも過ごしているキッチン脇にある部屋に入る。ここが唯一落ち着く場所だった。

キリストの絵は壁から外してある。十字架にはりつけにされた男に、憐れみの目で見られるのが我慢ならなかったからだ。

ロズウェルは椅子に腰をおろした。顔にも腹にも太って肉がつき、体は汗と埃の混じったにおいがする。染めた髪の根元はすっかり地毛の色に戻り、いつの間にか爪も伸びていた。

「われらが親友モーガンの様子をちょっと調べてみるか。あの痩せっぽちのあばずれはこそこそと何をしているのかな?」

ロズウェルはいつものようにモーガンの銀行口座の支払い履歴をひとつひとつ見ていった。食料品、日用品、保険料、ガソリン代、そして、がめついばあさんに支払っている家賃。ふいに彼の眉間にしわが寄った。ウェストリッジの宝石店で七百ドルも支払っている。

「モーガン、これはいったいなんだ? 何を無駄遣いしている? あり得ない。あの女は何様のつもりだ？　絶対に許さないぞ。こっちはこんなむさくるしい場所に閉じこめられて、身動きが取れないというのに。少しばかり警告が必要だな。軽く挨拶でもしておこう」

ロズウェルは椅子に背を預け、長く伸びた爪で粗末な木のテーブルを叩きながら、考えをめぐらせた。

「そうだな。何がいいだろう」

目を閉じて考えているうちに、うとうとし始めてしまい、頭を振って眠気を覚まし、腹をかいた。

ロズウェルはモーガンのクレジットカードを使って、みだらな服を注文した——あの尻軽女にはお似合いだ。彼はショッピングサイトを次から次へと見てまわり、目についたものを手あたりしだい注文した。ごみ同然のあいつのために、ごみ袋を買おう。ごみは臭いから、室内用消臭剤も必要だろう。彼は購入金額が五百ドル以下におさまるよう気をつけつつ、商品をカートに入れていった。

これは痛快だ。いろいろなネットショップを気分よくめぐっていると、やがて花屋のウェブサイトにたどり着いた。ロズウェルはその店で葬儀用の花を注文し、メッセージも添えた。

「完璧だ。ああ、この言葉に尽きる」

気分が高揚するとともに、食欲もわいてきた。ロズウェルはチリビーンズの缶詰を開け、あたためずにそのままフォークですくって食べだした。

「あと数週間でけりがつく。待ってろよ。目にもの見せてやる。できるだけ早く、東へ向かおう。ヴァーモント州に着いたら、まずあの有名な紅葉を見に行くというのはどうだ？　われながらいい案じゃないか。ああ、そうしよう。紅葉を見て、それからモーガンを殺す。あの女の息の根を完全に止めたとき、この追跡劇は終わり、ようやく借りを回収できる」

ロズウェルは空になった缶をごみ箱に放り投げ、フォークをなめた。

「あいつから借りを返してもらったら、また人生はいい方向に動きだすだろう。モーガンは疫病神以外の何物でもない。あの女のせいで悪運続きだ」

腹が満たされたので、ロズウェルは昼寝をすることにした。買い物リストはできている。買い出しは明日でもいい。今はシャワーを浴びる気分ではないから、これも明日でいい。明日。それはつまり、目的を果たす日にまた一日近づくということだ。

昨夜の寝汗が染みこんだシーツの上に、ロズウェルが寝転がったころ、ベックとモリソンはガブスをあとにして、ツー・スプリングスに来ていた。

ふたりは町の中心から離れたモーテルや部屋数が十二室ある町で唯一のホテル、小売店や飲食店を一軒一軒まわって聞きこみをしていた。彼らは地元の保安官とも会い、情報を交換した。

丸一日を費やして聞きこみをしたが、収穫はゼロだった。

今、ベックとモリソンはエアコンのきいたこぢんまりしたレストランに腰を落ち着け、驚くほどおいしいエンチラーダを食べていた。

「クエンティン、われわれは間違っていないわ。ロズウェルがいた痕跡はあれきりワシントン州では見つかっていない。つまり、あの男は南に向かっているというわたしたちの考えは絶対に間違っていない」

「そうはいっても、やつの足取りも情報も何ひとつつかめていない」

「まだね。でも、確実にロズウェルに近づいている気がするの」

「ひょっとしたら、あいつはうまいこと姿を消して、長い有給休暇を楽しんでいるのかもしれないな。あるいは、われわれは間違っていないが、今ごろロズウェルはここではなく、モンタナとかコロラドとかアリゾナあたりにいるのかもしれない」

「この付近をもう少し探ってみましょう。もう一日だけ。これからいつものように今夜泊まる場所を探して、ふた部屋取ったら、ひと眠りするの。そうしたら、明日からはまた新たな気持ちで始められるわ。まず朝一番に国立森林公園へ行って、パークレンジャーに聞きこみをする。彼らから有益な情報を何も得られなかったら、捜索場所を変えましょう。わたしも早く自分の家のベッドで夫と一緒に寝たいわ」

「そうだな。もう一日探ってみるとするか」モリソンが相槌を打つ。「ひと眠りすれば、頭もすっきりして新しい考えが浮かぶかもしれない。ティー、もしかしたらわれわれは無駄な努力をしているんじゃないだろうか？　たしかに、われわれの読みどおり、ロズウェルは意図的にこちらの目を北に向かせようとしたんだと思う。だが、あの男が今、ネヴァダにいるのかどうか、これについては確信が持てない。あいつの影も形も見当たらないからな」

「あと一日だけよ。ひと晩寝て、仕切り直しましょう。ねえ、せっかくだからビールでも飲まない？」

「いいね」

モーガンは自分のシフトに入る前に、リディアのオフィスへ向かい、ドアをノックした。彼女が在室しているのも、すでに噂を耳にしているのもわかっていた。できればサイズを直した指輪をつけて、リディアに会いに来たかったのだが、婚約の噂が広まってしまった以上は、今すぐ彼女に会っておいたほうがいいと思ったのだ。

「どうぞ！」

モーガンはドアを開けた。「少しお話しできますか？　これからネルと打ちあわせがあるんですけど、その前に、もしお時間があれば、あなたにお話したいことがあります」

「もちろん、時間ならたっぷりあるわ。さあ、なかに入って、座ってちょうだい。ちょうどわたしも、あなたに伝えたいことがあったの。ミックもわたしもとても喜んでいるのよ」

「ありがとうございます。そう言っていただけると、わたしもうれしいです。でもそれ以上に……実は、誠意をこめて理路整然と話ができるように練習してきたんですけど、すべて忘れてしまいました。わたしは何より、ミックから贈られた指輪を譲ってくれるほど、あなたに信用されているということがうれしいんです。あなたはあの指輪を常につけていました。あなたの思い出の詰まった指輪を大切にすると約束します。マイルズのいいパートナーになるために、わたしは一生懸命努力します」

「わたしがあなたを信用していなかったら、きっとマイルズもわたしに指輪を譲ってほしいなんて言わなかったわ。わたしだってあなたがあの子を大切に思っていない女性だったら、指輪を譲ろうなんて考えなかったでしょうね」

「マイルズはわたしの大切な人です。それはこれからも変わりません。あれは魔法の指輪ですね。おかしな表現に聞こえるかもしれないけれど――」

「そんなことはないわ。ちっともおかしな表現なんかではない」リディアはトレードマークの赤い唇の端をあげ、あたたかい笑みを浮かべた。「わたしもそう思うもの。わたしと同じように感じているあなたに、あの指輪をつけてもらえてうれしいわ。ナッシュ家とジェイムソン家が親族になるのね。こうして両家が結びつくのは運命で決まっていた気がするわ。覚悟しておいてね。あなたのおばあさまとわたしは、あなたたちの結婚式の準備にあれこれ口を出して、あなたとマイルズを大いに困らせて楽しむつもりよ。ところでマイルズから、あなたはこのホテルに残って、これまでどおり〈アプレ〉で働くと聞いたわ」

「ええ、そのつもりです」

「じゃあ、あなたも九月の家族会議には報告書を持って参加してね。報告書作成の基本的なルールはネルが教えてくれるわ」

「わかりました」モーガンは椅子から立ちあがった。「いろいろお気遣いいただいて、本当にありがとうございます」

「指輪のサイズ直しが終わったらまた来てね。あなたがあの指輪をつけているところを見たいから」

「ええ、必ず見せに来ます」

「ああ、そうそう、モーガン、フィエスタの食器に精巧に折りたたんだペーパーナプキンを合わせたのは、あなたのアイデアなんでしょう。あれはすてきな演出だったわ。ちょっとした気配りさえあれば、円満な家庭は築けるものなのよ。でも、それくらいのことは、あなたはとっくにわかっているわね」

29

モーガンが〈アプレ〉に入っていくなり、ニックにぎゅっと強く抱きしめられた。

「おめでとう。幸せになるんだよ。どんなことがあろうとね。本当によかった。ぼくもうれしいよ」

「ありがとう。わたしもうれしいわ」

「ほら、早く見せてくれ。あれ？ 指輪はどこだい？」ニックの焦げ茶色の目に、戸惑いと憤りの入り混じった色が浮かぶ。「そんな、嘘だろう！ マイルズはきみに指輪を贈らなかったのか？」

「サイズを直しているの」

「そうなんだ」ニックの表情が安堵、納得、そして落胆へとめまぐるしく変化する。

「それじゃあ、今日はあの輝きを見られないんだな」

「写真は撮ってあるわ」

「見せてくれ！ あ、ちょっと待って」バーカウンターのスツールに座っていた男性客が咳払いをする音が聞こえ、ニックはそちらに笑みを向けた。「申し訳ありません。何をお飲みになりますか?」

「スペシャルカクテルをふたつ頼むよ」

「すぐにお持ちします! ぼくの友人が――ぼくのボスでもあるんですが――婚約したんです。それで、つい興奮してしまいました」

「わたしたちも婚約したのよ!」男性客の隣に座る女性が指輪をはめた左手をさっとかざした。「昨夜、ディナーを食べているときに、突然彼からプロポーズされたの」

「おめでとうございます。とてもゴージャスな指輪ですね。ニック、それはわたしのおごりよ」モーガンはカクテルを作っているニックに声をかけた。

「それはご親切にありがとう」

「お互いに婚約した者同士ですから」

「彼女の指輪はサイズ直しをしているところなんです」ニックの声が割りこむ。「でも、写真はあります」

「あら、見てみたいわ。トレント、指輪の写真を見せてもらわない?」

「ああ、ぜひ見せてもらおう」男性客のほうは指輪よりカクテルに興味がありそうだったが、婚約者と一緒にモーガンの携帯電話をのぞきこんだ。女性がはっと息をのみ、声をあげる。

「すばらしいわ！　これは年代物の指輪なのかしら？」

「ええ、婚約者のおばあさまから譲り受けました」

「こいつは……すごいな。見事なダイヤモンドだ」ニックはカクテルをカップルの前に置いた。「あとでじっくり話そう。ネルはきみとの打ちあわせにテラスのテーブル席を予約したよ」

「そろそろ行ったほうがいいわね。では、わたしはこれで失礼します。ご婚約おめでとうございます。スペシャルカクテルをどうぞお楽しみください」

テラスに向かって歩きだしたモーガンは、次々と給仕係に呼び止められ、次々と祝いの言葉と抱擁を受けた。まるでみんな自分の家族みたいだ。そんなことを思いながら、外のテーブル席に腰をおろそうとしたとき、ネルが駆け寄ってくるのが見えた。

「ごめんなさい。遅れちゃった。遅刻するのは大嫌いなのに、やってしまったわ」

「たった二分よ」

「たとえ二分でも遅刻は遅刻よ。カフェインがほしいわ。ニックが作るアイス・カプチーノもあなたと同じくらいおいしい？」

「もちろん、おいしいわ」

「よかった。ねえ、バリー、アイス・カプチーノをふたつ、持ってきてくれる？　あなたも飲むでしょう？」ネルがモーガンに目を向ける。

「ええ」

「わたし、ランチを食べそこねちゃったの。チーズとクラッカーの盛りあわせをふたりで分けない？　秋のスペシャルカクテル候補を試飲する前に、何か少しおなかに入れておきたいわ」

「わたしもチーズは好きよ」

「よかった。ありがとう、バリー。以上よ」ネルがさっそく切りだす。「さあ、仕事に取りかかりましょうと言いたいところだけど、まずは全部聞かせて」

「何を？」

ネルは目を細めて、モーガンをじっと見つめた。「もう、あなたまでとぼけないで。マイルズはあなたに指輪を渡したことと、サイズ直しに出したことしか教えてくれないの。でも、わたしはもっと詳しく知りたいのよ。ねえ、プロポーズの言葉はなんだったの？」

「プロポーズらしい言葉は特になかったわ。どちらかというと、彼に言い聞かせられた感じね」

兄には心底あきれたと言わんばかりの表情を浮かべ、ネルは椅子に背中を預けた。

「やっぱりね。そんなことだろうと思っていたわ。まったく兄ときたら、ロマンティックの欠片もないんだから」

「でも、マイルズはポケットから指輪を取りだす前に、愛していると言ってくれたわ。そのときの彼はなかなかよかったわよ」

「そう」ここでは自分の意見を差しはさむことなく、ネルは先ほどバリーが運んできたスパークリングウォーターの入ったグラスをかかげた。「じゃあ、モーガン、あなたと兄とのあいだでどんなやりとりがあったのか、最初から順を追って話してもらいましょうか」

「そうね……それじゃあ、母と祖母とわたしの三人で、最終候補に残った三種類のカクテルの試飲をしていたところから話すわ。マイルズが来たとき、わたしたちはすごく盛りあがっていたの」

「何それ、うらやましい。この時点ですでに、おもしろい話が聞けそうなのがわかるわね」

予想どおり、ネルは声をあげて笑いながら、モーガンの話を聞いた。アイス・カプチーノを半分ほど飲み、チーズを食べ終えたところで、ネルは口を開いた。

「ああ、笑いすぎておなかが痛い。でも、兄の言い分もわかるわ。ねえ、モーガン、今あなたは幸せでしょう。わたしたちも幸せよ。みんな幸せなの。それをあなたにも知っておいてほしいわ」

「ええ、わたしは幸せよ。そして、みんなが幸せなのもわかっているわ」

「それで、結婚式はいつどこで挙げるの？　もう決めた？」

「まだ決定ではないけど、わたしは春がいいと思っているの。マイルズもわたしが今年中に彼の家に引っ越してくるなら、春でもいいと言っているわ。彼は一年の終わりと始まりをわたしと一緒に過ごしたいんですって」

「あら、びっくり」ネルは片手にクラッカーを持ち、もう一方の手の人差し指を立てた。「そこは大きな変化だわ。ロマンティックからは遠くかけ離れた兄が、春に式を挙げたいというあなたの意見に賛成したとはね。それで、場所は？」

「ここを会場にしたら、すばらしい式になるでしょうね。でも――」

「それは間違いないわ。だけど、仕事とプライベートは切り離すべきよ」

「わたし個人としては、マイルズの家を会場にしたい気持ちが強いの」

「あなたたちふたりの家でしょう」ネルが言い直す。「あなたの家にもなるのよ。わたしの意見も聞いてくれるのなら、あの家は完璧な式場になると思うわ。スプリング・ガーデン・ウエディング。すてきな響きね。兄はなんて言っているの？」

「なんでもわたしの好きなようにやればいいって」

「ねえ、その言葉を信じちゃだめよ。ライラックのブーケに合わせて、あなたもライラック色のタキシードを着てもらうわって、兄に言ってみるといいわ」

「その助言はメモしておかなくちゃ。わたしがそう言ったときのマイルズの顔を見てみたいもの。まあ、彼は派手な色のタキシードを着てほしいとか、馬に引かれた馬車に乗って登場したいとか、そんな突飛な要求をわたしが出さないかぎりは何をしてもいいという意味で言ったんでしょうね。もちろん、わたしにもそういう願望はないけれど」

「さすがね。結婚相手のことをよくわかっているわ。だったら、ついでにこれも知っておいたほうがいいわね。母はあなたたちの結婚式の準備にかかわりたがっているわ。もちろん、わたしも母と同じ気持ちよ」

「むしろ、ぜひ手伝ってほしいわ。正直言って、その道のプロにすべて丸投げしたい気分なの」

「今言ったことをもう一度言ってくれる？」ネルは携帯電話の画面をタップした。

「証拠として録音しておきたいから」

「結婚式の準備をぜひ手伝ってほしいわ」モーガンは素直に応じた。「発言者、モーガン・ナッシュ」

「ありがとう。録音できたわ」

「マイルズは、ジェイクとリアムに花婿付添人（グルームズマン）になってもらうつもりでいるわ。実際、これだけは譲れない、彼の強い希望なの。ネル、あなたにはわたしの花嫁付添人（ブライズメイド）をお願いできるかしら？」

ネルは手を伸ばし、モーガンの手を握りしめた。「うれしい。実は、その言葉を待っていたのよ。ぜひやらせてもらうわ」

「よかった。あなたが引き受けてくれて、わたしもうれしいわ。ねえ、ネル、どす暗い赤のドレスなんてどう？」ネルがあんぐりと口を開ける。「冗談よ。マイルズにライラック色のタキシードを着てほしいと言ったら、きっと彼も今のあなたと同じような表情をするでしょうね。ドレスの色も決めなくちゃ。何色にしようと、それを身につける人に似合う色でなければならないわ。ジェンにもブライズメイドを頼もうと思うんだけどおかしいかしら？　マイルズの付添人はふたりだから、そうしたらちょうどつりあいが取れるでしょう？」

「ええ、完璧よ。少しデリケートな質問をしてもいい？　お父さまはどうするの？」

「呼ばないわ」一ミリの罪悪感もなく、モーガンは言下に返した。「呼ばない理由は山ほどある。一応、父には手紙で知らせるけど、招待状は送らない」

「バージンロードを一緒に歩きたいと思っている人はいる？」

「ええ。母と祖母と一緒に歩きたいわ」

ネルが目に涙をため、ふたたび人差し指を立てる。「ちょっと待って。なんだか泣いちゃいそう。わたしは決して涙もろいタイプじゃないのよ。モーガン、とてもすてきだと思うわ。それに結婚式の完璧度がさらに増すわね。ふたりにはもう伝えたの？」

「母も祖母も泣いていたわ。三人で泣いたの。これも完璧ね」

「きっと楽しい結婚式になるわよ。参加者全員が幸せな気分に浸れる、完璧な式に。それを邪魔するものは何もないわ」

スパークリングウォーターのグラスを脇に押しやり、ネルはひとつ大きく息を吸いこんだ。「あいつの話題をこの場に持ちこむのは気が引けるけど、もしかしてジェイクから新しい情報を聞いた？」

「ええ」

「モーガン、あなたが〈アプレ〉に残ると決めた時点で、あなたはわたしたちの家族になったのよ。ジェイムソン家の一員になったの。でも、それだけじゃない。わたしたち家族はあなたを守るわ。前からも、後ろからも、横からも、全力で守る。だから、もしあなたもわたしたちに頼みたいことがあったら、遠慮せずなんでも言ってね」

「母と祖母が住む家に戻ってきて、初めてわたしはずっと家族がほしかったんだと気づいたの。今は、家族のありがたみを毎日実感しているわ。ネル、わたしも家族の一員だと言ってくれてありがとう。その言葉を素直に受け取って、家族としてきくわね……あなたとジェイクのことよ。これからどうするの？」

「あなたに家族としてきかれたから正直に答えるけど、いろいろ考えたわ」

ネルはまわりを見まわした。夏の夕暮れどき、人々は食事をしたり、飲み物を飲んだりしながら、思い思いのひとときを過ごしている。「ジェイクは賢明にも待つと言ってくれている。わたしの心の準備ができるまで、あるいは、できつつあると思えるまで待つと言ってくれているの。でも、わたしはまったく心の準備ができていない。あなたと兄のように、結婚に飛びこむのはまだまだ無理ね。だから、予行練習をすることにしたの。まずは一緒に暮らしてみるわ。

ジェイクはすてきな家に住んでいるの。だけど、わたしは自分の家のほうが好きなのよね」ネルは肩をすくめ、ふたたびスパークリングウォーターの入ったグラスを手に取った。「それに、わたしの家はわたしの職場に近くて、彼の家は彼の職場に近い。しかもジェイクは警察署長でしょう。つまり、わたしよりもこの町に必要な人物だってことはよくわかっているの」

「だったら、ふたりの職場の中間に住めばいいじゃない。そういう場所に家を見つけたらどう？　ジェイクの家とかネルの家とかではなく、ジェイクとネルの家に住むのよ」

「ふたりでお金を出しあって家を買うということ？　それは……いい考えだわ。妥協して連帯する。問題は一気に解決ね。ジェイクもこれはいい考えだと思うんじゃないかしら。ええ、きっと彼もそう思ってくれるわ。なんだか姉妹っていいわね。もうすぐわたしたちは姉妹になるのよ。あなたとそういう関係になれるのがわたしはうれしいの」

「わたしもよ」

「それじゃあ、お姉さん。わたしのためにカクテルを作ってちょうだい。仕事に取りかかるわよ」

日中の暑い時間帯を避け、ロズウェルは朝早くツー・スプリングスへ向かった。われながら笑える。この時期のネヴァダは一日中暑く、何時に出かけようが、外は灼熱地獄だった。とはいえ、とにかく買い出しは必須だ。タオルはごわごわだし、食料も酒も底を尽きかけている。

ああ、声が聞きたい。砂漠に生きる、まぬけなねずみの鳴き声でもいい。

ツー・スプリングスの中心部には掘っ立て小屋みたいな建物がまばらにしか立っていない。それでも、とりあえず生活に必要な店はひととおりそろっていた。そこそこまともなスーパーマーケットが一軒、さびれたレストランが数軒、バーが二軒。そのうちの一軒は酒屋のなかにある。それに、保安官事務所。だが西部の田舎者の保安官など屁でもない。そして、ユーモアセンスのあるやつなら郊外と呼ぶのかもしれないが、町外れには民家が並んでいる。

西へ数キロ行ったところには、まったくもって無用なハンボルト＝トワヤブ国立森林公園や、雄大な景色を楽しめる山々もある。

そのため、暇な日帰り観光客や熱狂的なハイカーやキャンプマニアたちが、土産物だの登山やキャンプに必要な道具だのを買いにこの町に立ち寄る。ここには銃を販売している店も多い。

別に銃愛好家ではないが、何度かヘビを見かけたときは、くたばったジェインから奪い取った拳銃や、家のなかで見つけた散弾銃やライフル銃でやつらを撃ちまくってやった。

AR‐15ライフルも試してみた。その威力はすさまじく、ヘビは木端微塵(みじん)に吹き飛び、思わずロズウェルも腰が抜けそうになった。

いろいろな武器を試し撃ちしたところ、彼には拳銃が一番しっくりきたので、破壊力抜群のライフルは壁のラックに戻した。

ジェインは弾薬も大量に持っていた。ヘビや銃声の大きさを知りたくてサボテンを撃ったりして、かなり無駄にしてしまったが。

拳銃用の弾薬の種類はちゃんと書き留めてきた。

何箱か買っておいてもいいだろう。

今朝は空腹で目が覚めた。朝食は卵六個と、冷凍庫に入っていた最後のベーコンを食べた。ジェインが買ったそのベーコンを見つけたときはありがたいと思ったものの、自分で切らなければならず、一枚一枚の厚さが薄すぎたり、厚すぎたりして不ぞろいだった。

ベーコンも買おう。それに、ソーセージも。目についたものや、食欲をそそるものはすべて買おう。

まず、ロズウェルはタオルを買った。目当てのエジプト綿のタオルは品切れだった。普通のやつでもこの際仕方ない。次にフライパンを買った。ジェインの家にあったフライパンを焦がしてしまったのだ。使い物にならなくなったそいつは思いっきり遠くへ投げ捨てた。

そのあと、彼は酒屋へ行った。ビール、ウイスキー、ウオッカ、炭酸水、トニックウォーターを次々とかごに入れていく。テキーラはどうする？　もちろん、買うに決まっている。

「お客さん、パーティーでもするのかい？」レジにいる店員がサンタクロースみたいにホッホッホッとばかげた笑い声をあげる。

ロズウェルは目の前の男をじっと見つめ、笑みを浮かべた。「ああ、ぼくはパーティーが生きがいなんだ」

「だろうな」視線を合わせようともせず、レジの男は酒を紙袋に詰め、彼に釣銭を渡した。

いったんロズウェルは買ってきたものをピックアップトラックに運び、それから弾薬を買いに行き、今では自分のものになったコルト45用にホローポイント弾を三箱買った。

やったぜ。これで自分は無敵の殺し屋だ。

ロズウェルはスーパーマーケットに向かった。

ポテトチップス、クッキー、キャンディ、冷凍フライドポテト、ベーコン、ソーセージ、冷凍ピザ――なぜ今まで思いつかなかったんだ？　冷凍ピザが目に留まったとたん、ロズウェルはモーガンを思いだした。

「報いを受けろ、あばずれ」ぼそりとつぶやく。一メートルほど離れたところにいた女があわてて離れていった。

冷凍食品は料理嫌いの救世主だ。あたためるだけですぐ食べられる。チーズ。牛乳。シリアル。パン。バター。そして、レモン――テキーラショットにはこれが欠かせない。バナナ。ジャガイモ。フライパンでジャガイモを炒めるくらいなら、ばかでもできる。

買い物の途中で、すでにふたつのかごが山盛りになった。

それからしばらくして、ロズウェルはレジに向かった。レジ担当の女はパイのように顔が丸く、眼鏡が鼻までずり落ちている。

そんな女の姿を眺めているうちに、無性に腹が立ってきて、ロズウェルは野暮ったい眼鏡めがけて拳を突きだし、その奥の目を潰してやりたくなった。代わりに、女の目から血が滴り落ちるところを想像した。

「ずいぶん大量に買いこんだわね」女が愛想よく声をかけてきた。

ロズウェルはにこやかな笑みを返した。「ああ。買いだめしておこうと思ってね。腹が減っては戦ができないだろう？」

「ええ、そうね」女は商品に視線を向けたまま、顔をあげずに言う。「そのとおりだわ」

彼は買い物袋をカートに乗せてトラックまで運び、冷凍食品の入った袋を助手席に置いた。ここならエアコンの風が当たるので、家に帰り着くまで溶けることはないだろう。

残りの買い物袋もすべて積み終えたころには、暑さのなかで動いたせいで息があがっていた。ロズウェルは買ったばかりのコーラのキャップをひねって開けると、運転席に乗りこんだ。

そして、ごくごくとコーラを一気に喉に流しこみ、危うくむせそうになる。そして、何気ないようやくひと息ついたところで、ロズウェルはエンジンをかけた。そして、何気なくバックミラーに目をやった。

一瞬、息が止まる。車内は灼熱と化しているのに、背筋に悪寒が走った。

やつらだ。家で朝食を食べてこなかったら、あの食堂で食事をするつもりだった。そこからやつらが出てきた。

いや、違う。ただの幻影だ。光線の具合でそう見えるだけだ。ロズウェルはサングラスの内側に指を入れて目をこすった。だが、やつらはまだそこにいて、こちらに向かってくる。

くそったれのＦＢＩめ。あのくそ野郎のベックとモリソンがこちらに向かって板張りの歩道を歩いてきた。

パニックに襲われ、ロズウェルはあわててアクセルを踏みこんで車を出した。耳の奥でどくどくと脈打っている。目から涙が流れだした。

アクセル全開で車を走らせながら、ロズウェルはハンドルに手のひらを叩きつけた。なぜだ？　なぜだ？　なぜだ？

猛スピードで道を走り抜けるピックアップトラックががたがた音をたてて揺れる。

ＦＢＩ捜査官がすぐそばまで迫ってきた。あいつらに見つかってしまう。

急いでジェインの家に戻らなければ。新しいルールを破り、服も、武器も、現金も置いてきてしまった——またしても多くのものを失う羽目になる。まさか捜査官たちがここに来るとは夢にも思っておらず、ついルールを破ってしまったのだ。

どうやってここにいるとわかったんだ？

ゲートに着くなり、ロズウェルはトラックから飛びだした。膝に力が入らずふらつく。恐怖のあまり、冷たい汗が噴きだし、指が震えて南京錠の鍵穴になかなか鍵が入らない。

どうにかゲートを開け、敷地内に車を乗り入れると、自分に活を入れ、ふたたびゲートに鍵をかけた。万一の場合に備えて。

ロズウェルは私道を突っ走った。考えろ。焦るな。考えろ。ＦＢＩのやつらはどうやって彼の足取りをつかんだのだろう？　ひょっとして、逃亡に使った車の追跡に成功したのか？　おそらくそうなのだろう。一刻も早くこの土地から脱出しなければ。

ジェインのピックアップトラックを使えばいい。おんぼろだが、これよりはましだ。

ロズウェルは家のなかに駆けこむと、震える指で玄関の鍵をかけた。何よりも安全第一だ。彼は洗濯したものも、まだ洗濯していないものも、一緒くたに袋に詰めこんだ。静まり返った室内に、激しく吹き荒れる風の音のような荒い息が響く。続いて、彼は家中を走りまわり、持っていくものをかき集めていった。

金。金。金。偽の身分証明書。

銃。弾薬。ナイフ――死んだあのくそ女が彼の腕を切りつけたときに使ったナイフだ。

ロズウェルは納屋に向かって走り、ドアを引き開けた。闖入者に驚いたニワトリがけたたましく鳴き叫ぶ。彼は派手な金属音をあたりに響かせながら、ジェインのピックアップトラックの荷台にボルトカッター、つるはし、手斧、ハンマーを放りこんだ。

トラックに乗りこみ、砂埃をまき散らしながら家まで戻ると、バッグやスーツケース、ブリーフケースも荷台に放りこんだ。しかし、銃だけははやる気持ちを抑えて丁寧に扱い、拳銃は運転席の下に押しこみ、ライフル銃と散弾銃はガンラックに収納した。

勝手に追いかけてくればいい。あいつらの体がずたずたになるまで弾をぶちこんでやる。

あと必要なのは、水と食料だ。

そう思ったとたん、ロズウェルは食料を大量に買いこんできたことを思いだし、またたく間に恐怖が怒りに変わった。

彼は買い出しに使った車のドアを乱暴に開け、買い物袋を手あたりしだいにつかんで地面に放りだした。くそっ、時間と金を無駄にしてしまった。

怒りはますます大きくなっていき、腹の底から叫び声をあげた。その瞬間、彼のなかで何かが壊れた。

ロズウェルは足元を見まわした。牛乳はごぼごぼと音をたててボトルから流れだし、冷凍のポットパイやフライドチキンのつぶれた箱、グレービーソースの缶、それからダヴのアイスクリームバーの箱やエクストラシャープチェダーチーズが散乱している。いきなり彼は笑いだした。涙を流して大声で笑った。ピックアップトラックから別のピックアップトラックへと食料や酒やタオルを移し替えているあいだも、まだ笑っていた。

くそっ。くそったれめ。ついにその時が来た。終止符を打つときが。罰を受けるときが。あのあばずれが報いを受けるときが、ついにやってきた。

「さあ、時は来た、とセイウチが言った（『鏡の国のアリス』からの引用）」そうつぶやき、ロズウェルは荷台に防水シートをかぶせ、ロープで固定した。

トラックに乗りこもうとしたところで、ふと思い直し、ダヴのアイスクリームバーの箱を拾いあげ、蓋を開けて一本取りだし、ビニール袋を破り捨てる。

ロズウェルはトラックに戻り、アイスクリームを食べながらゲートに向かって私道を走りだした。「あばよ、ジェイン！」チョコレートでコーティングされたアイスクリームを口いっぱいに頬張って叫ぶ。「あんたはまったくの役立たずだったぜ！」

彼は南京錠を開け、ゲートを通り抜けた。そして窓から南京錠を放り投げ、その場から走り去った。向かう先は東部だ。

ベックとモリソンは道を渡り、自分たちの車に向かって歩いていた。いらだっているのだろうか、スーパーマーケットの外で、女性店員がマールボロをせわしなく吸っている。

「ねえ、そこのふたり！　あなたたちFBIでしょう？」

「ええ」どちらが運転するかでコインを投げて負けたモリソンは、助手席側のドアの前で立ち止まった。「特別捜査官のモリソンとベックです」

「デブが言っていたのよ。昨日、FBIがいかれた男を捜しまわっていたって。わたしはたまたま非番だったんだけど」女はたばこの煙を深く吸いこんだ。「いかれた男なら、わたしも少し前に見かけたわよ。目がやばかった。軍隊にでも食べさせるのかと思うくらい、山ほど食料を買っていったわ。そいつ、わたしを見て微笑んだの。その顔ときたら、ぞっとしたどころじゃなかった」

「本当ですか？」有力な情報を得て思わず気持ちが高ぶったベックは、女性店員に近づいていった。「昨日、ここの店長にわれわれが探している男の似顔絵を渡しておいたんですけど、見ましたか？」

「いいえ。わたしは自分のシフトどおり働いて帰る主義なの。他人のことには極力干渉したくないのよね」

「今、見てもらえますか？」ベックはブリーフケースを開け、ファイルから似顔絵を取りだした。

「まあ、見てもいいけど。あいつのあのやばい目が忘れられなくて、それで一服していたのよ」女性店員は似顔絵を受け取り、鼻にずり落ちた眼鏡を押しあげた。それから首を横に振る。「違うわね。あの男はもっと髪が短かったし、色もくすんだブロンドだった。それに……」

女性店員は言葉を切り、眉をひそめた。「ちょっと待って。もしかしたらそうかも。目が似てるわ。このいかれた目が。でも、この男はひげを生やしていないし、少しもむさくるしく見えない。顔だって痩せてる。あいつは顔に肉がついていたの。だけど、目は……」

「その男の身長はどのくらいでしたか？」モリソンがきいた。「だいたいでかまいません、どのくらいだったかわかりますか？」

「百八十センチくらいだったと思う。それより少し低かったかもしれないけど」

「その男と何か話をしましたか？」

「したわよ。あいつ、腹が減っては戦ができないと言ったの。大量に買いこんだわねって、わたしが話しかけたときに。かごふたつに食料品が山積みだったから。そうしたら、あの男は腹が減っては戦ができないと言ったのよ」

「訛(なま)りはありましたか?」

「この辺の人間ではなかったわね」女性店員は肩をすくめ、たばこを吸いこんだ。

「東部の人みたいな話し方だったわ。あいつはこの似顔絵の男なのかもしれないけど、絶対そうだとは言いきれない。でも、あの男はどこかおかしかった。それだけは断言できるわ」

「その男がどんな車に乗っていたか見ましたか?」

「悪いけど、見ていないわ。いつもわたしはタイニーを呼ぶのよ。タイニーは品出しスタッフで、買い物客の車まで商品を運ぶのは彼の仕事なの。とにかく、あの男には早く目の前から消えてもらいたかった。たぶん、あいつは今日初めて来た客だったと思う。少なくとも、わたしは今まで見かけたことがないわね。ここからそんなに遠くないところに住んでいるはずよ。冷凍食品を大量に買っていたから」

スーパーマーケットの女性店員は名前と電話番号をしぶしぶ教えてくれた。

「驚いたな。まさかこんな展開になるとは」モリソンがつぶやく。

「滞在を一日延ばしてよかったわね。クエンティン、もしあなたがロズウェルの立場なら、この町の近くに潜伏すると仮定して、食料品のほかに何を買いだめしておきたい?」

「このあたりに身を隠すなら、ぼくなら大量に酒を買う」

「やっぱりね。あなたらしいわ。では、その直感にしたがいましょう。もう一度、酒屋に行って似顔絵を見てもらったほうがいいわね」

ふたりは酒屋に入っていった。店員は読んでいたペーパーバックから顔をあげた。昨日の店員とは違う。ベックは心のなかで思った。おそらく弟だろう。

「いらっしゃい」

「FBI特別捜査官のベックとモリソンです」ベックはバッジを見せた。

店員がスツールからおりる。「おっと、いったい何事だ!」

「われわれはある人物を探しています」

「まさかおれじゃないよな」

ベックがにっこり微笑む。「ええ、あなたではありません。この男です」

店員は片足からもう一方の足へ重心を移し、手に持った似顔絵を見つめている。

「へえ、こんな不思議なこともあるんだな」

「何かあったんですか?」

「一時間ほど前に、この男に似たやつがここに来た。目のあたりが似ていたな。それに、口元もこんな感じだった。まったくいけ好かない野郎だったよ」

「そうなんですか?」ベックが無意識に前のめりになる。「なぜそう思ったんです?」

「あいつは酒を大量に買っていったんだ。今日はもう店じまいしてもいいくらいね。おれの兄貴も――この店は兄貴のものなんだ――早々に店を閉めたところで気づかないはずさ。今日の売上げはすでに普段より多いからね。まあ、その点ではいい客だったんだが、あの男はものすごく底意地が悪そうだった。そういうのって伝わってくるもんだろう？　それで、あまりにたくさん酒を買いこんでいたんで、おれはパーティーでもするのかいってきいたんだよ。やつはじっとこっちを見てきて、あの目つきにはぞっとしたな。まじで話しかけなきゃよかったと後悔したね。ああ、この似顔絵の男だと思う。だが、これより髪は短かったな。それで、こいつは何をやらかしたんだい？」

「彼が乗ってきた車を見ましたか？」

「窓から、やつが酒を入れた袋を荷台に積んでいるところを見たよ。古い型のシボレーのピックアップトラックだった。色は錆びついた赤だったな。なあ、あの男はいったい何をやったんだ？」

だが、ベックとモリソンはすでに店の外に出ていた。

「クエンティン、絶対にロズウェルよ。わたしの直感がそう告げているわ」

「これから保安官事務所に行こう。ロズウェルには身を隠す場所があるんだよ。そうでなければ、大量の食料品や酒なんて買わないだろう？　車中泊やモーテル暮らしなら、そんなに買いこむことはできない」

「もしかしたら、人質を取って立てこもっているのかもしれないわね。あいつの手口ではないけれど。でも、ツー・スプリングスには、車で三十分以内のところに民家や小さな牧場があるでしょう。あるいは、もう誰も住んでいない家に隠れている可能性も捨てきれない。ロズウェルが冷凍食品も買っていたということは、そこには冷凍庫やコンロや電子レンジがあるのね。あの男は町まで車で来て、少なくとも二軒の店で買い物をしている。きっと自分は安全だと安心しきっているんでしょうね」

注意深くあたりに視線を走らせつつ、ふたりは保安官事務所へ向かった。

「ロズウェルはまだこのあたりにいるかもしれないぞ」モリソンが言う。「いや、もういないか。冷凍食品が溶けてしまうからな」

「この暑さじゃ、あっという間に溶けてしまうわ。ロズウェルはこの近くに潜伏しているのよ」

保安官事務所には、通信指令室と非常勤の保安官助手ふたりのオフィスがあった。事務所の奥には留置場がふたつ、男女共有のトイレがひとつ、そして電気コンロとコーヒーポットが置かれた簡易カウンターがある。

室内はエアコンがうなりをあげ、すえたコーヒーのにおいが漂っている。

ニーダーマン保安官は自分のオフィスにいた。ドアは開けたままだ。年齢は四十五歳くらい。日焼けした男性で、ひょろりと痩せている。

「おや、ＦＢＩか」ニーダーマンは椅子から立ちあがった。「おふたりにまた会うとは思ってもいなかったな」

「ギャヴィン・ロズウェルがこのあたりに潜伏していると見て、まず間違いない。〈ツー・スプリングス・マーケット〉のルーシー・ウィッグと〈ギヴンス・リカー・アンド・ビア〉のカイル・ギヴンスが似顔絵の人物とよく似た男に会ったと証言している。今朝、その男は両方の店に姿を見せたらしい」

「くそっ、それは確かなのか？」

「ああ、確かだ。男は食料品を――冷凍食品も――えらく買いこんで、酒も大量に買っていたそうだ。それはつまり、やつはこの町の近くにひそんでいるということだ。われわれはさっそく捜索を始めようと考えている」

「おれたちも協力する。保安官助手のひとりは今出ているが、すぐに呼び戻せる。もうひとりにも捜索に参加するよう連絡を入れるよ。それと、州警察にも知らせよう」

「男は赤いシボレーのピックアップトラックに乗っていた。目撃者の証言では旧型らしい。保安官、あなたはこの土地を熟知している。そいつのもっとも有力な潜伏先はどこだと思う？」

「少し待ってくれ。先に電話をかけるよ」

ニーダーマンは電話をかけ終えると、デスクに住宅地図を広げ、指を指した。「ここかな？　このあたりは家がまばらにしかない。だが、住民たちは見知らぬ人間がいたら気づくだろうな。まあ、山のなかに入ってしまうか、もうよそに移動していると なると話は違ってくるが。ここの住民たちは農業や畜産業で生計を立てている。彼らの生活は厳しい。それでも、こんな不毛な土地に住み続けている理由は、人間が嫌いだからなんだ。プレッパーであろうと、サバイバリストであろうと、なんでも反対を叫ぶタイプの人間であろうと、彼らに会いに行って歓迎される者はいない。当然、おれたちも嫌われている」

「ここが潜伏先の第一候補として、ひとり暮らしをしている人はいる？　家族がいなければ、かなりまずいわよ」ベックはモリソンのほうに顔を向けた。「ひとりくらいなら簡単に倒せるでしょう。ロズウェルがそこで身を隠そうと決めたら、きっとひとりになりたがるんじゃないかしら」

「ライリーはひとり暮らしだ。元海兵隊で血気盛んな男だよ」ニーダーマンが地図を人差し指でとんとんと叩く。「ライリーの家はまさに要塞だ。それから、ジェイン・ブートも今はひとりで暮らしている。旦那が何年か前に亡くなったんだ。だが、ジェインは引っ越さなかった。彼女は月に一度、卵やヤギの乳を町まで売りに来るよ。非常にタフな女性だ。それに、戦争や携挙に備えて準備万端だよ。どっちが先に来るかはわからないがね」

「女性のほうだな」モリソンが口を開く。「ロズウェルなら元海兵隊と対決するより、女性のほうを狙うはずだ」

「今すぐ彼女の家に行きましょう」

「おれが案内しよう。あんたたちは後ろからついてきてくれ。ジェインの家には電話がないんだ。そういうものを信じていないからね。彼女の家は有刺鉄線を張りめぐらせた柵で囲まれている。おれのトラックにはボルトカッターが積んであるから、それで切断すればいい。ジェインがヤギの乳搾りを終えて家に戻ってきたら、怒り狂うだろうが」

二十分後、三人はジェイン・ブートの家に到着した。ゲートが開けっ放しになっていた。

ニーダーマンは逃走経路をふさぐようにしてトラックを停め、外に出てきた。彼が地面から南京錠を拾いあげ、頭を振る。その様子を見て、ベックは窓を開けた。

「こいつはおかしい。南京錠は地面に落ちているし、ゲートは開けっ放しだ。まったくジェインらしくない。ちくしょう、あのくそ野郎」

「保安官、防弾チョッキは持ってきたか？」

ニーダーマンは帽子のつばを押しあげた。「ああ。くそ野郎め」もう一度口にする。

「絶対にジェインはゲートを開けっ放しにしたりしない」

「防弾チョッキをつけたほうがいい。それから、応援も呼んでくれ。ここからはぼくとパートナーが指揮をとる。あの男はわれわれの獲物だ」

ニーダーマンはモリソンに鋭い視線を投げつけた。「もしジェインに危害を加えていたら、やつはおれたちの獲物でもある」

三人は防弾チョッキを身につけ、ゲートを走り抜けた。

「ティー、おそらくあいつはもうここにはいない。われわれの気配をかぎつけたんだろう。だから、ゲートが開いていたのさ」

ベックは苦虫を嚙んだような顔で車を走らせた。

「見て。赤いピックアップトラックがあるわ。食料品が地面に散乱している。家の玄関のドアも開いているわ。納屋のドアもよ」

「誰かさんは癇癪を起こしたみたいだな」モリソンがつぶやく。

「そうみたいね。あいつに撃たれないよう用心しましょう」

ベックは母屋と納屋のあいだに車を停めた。ふたりは車を盾にして外に出た。

「ギャヴィン・ロズウェル！　ＦＢＩだ。両手をあげて出てきなさい」

反応なし。ニワトリの鳴き声とブタが鼻で地面を掘っている音しか聞こえない。

ベックは石を拾い、家めがけて放った。またしても反応なし。もう一度放ってみる。

外壁に石がごつんと当たった。

「まったく無反応ね。クエンティン、家のなかを調べましょう」

ふたりは車の陰から出ると、姿勢を低くして玄関のドアに向かって走っていった。モリソンが拳銃を胸の高さにかまえ、先に家に突入した。その後ろからベックが腰を落として銃をかまえて続く。

室内には汗と埃のにおいがこもっていた。派手なけんかでもしたのかと思うくらいひどい散らかりようだ。

彼らは家中をくまなく調べてまわり、それから納屋も同様に調べた。

「ジェインはフォード・レンジャーに乗っている……2015年型か16年型だったと思う。確認してみるよ」ニーダーマンが言った。「色はブルー。ミディアム・ブルーだ。ナンバーも確認する。あいつはジェインを連れていったのかな?」

「それはないわね」

ニーダーマンは首の後ろをこすった。「おれはジェインがいないかどうか、その辺をひとまわりしてくる」彼はベックに向き直った。「ヤギも見当たらないんだ」

「クエンティン、ロズウェルは今朝、われわれの姿を見たのよ。そうじゃなければ、大量に食料品を買った直後にあわてて逃げださないでしょう?」ベックは溶けた冷凍食品の箱を蹴り飛ばしたい衝動を抑えた。「スーパーマーケットから出てきたとき、ロズウェルはわれわれの姿に気づいた。あるいは、食料品をトラックに積んでいるときに。彼は急いでここに戻ってきた。そして、部屋から部屋へと駆けまわり、あたふたと荷物をかき集めて逃げだしたのよ」

「またひと足遅かったな」モリソンは悔しそうな表情を浮かべているベックを励ますように彼女の肩に手を置いた。「ロズウェルはまた逃げた。怖くなって逃げだしたんだ。きっと逃げてばかりの生活に腹が立って仕方ないだろうな。ティー、今あいつが逃走に使っているフォード・レンジャーを追おう」

「ジェインを見つけたぞ！」ニーダーマンの叫び声が聞こえ、ベックとモリソンは彼のところへ駆けつけた。「ヤギもいた。くそっ、なんてひどいことを。こんな廃品置き場に捨てやがって。あの男はここに、ジェインをごみみたいに放り捨てたんだ」

30

その日は朝から蒸し暑かった。嵐が来る前兆だ。午前も半分ほど過ぎたころ、モーガンのところにジェイクが訪ねてきた。モーガンは玄関のドアを開けて、彼を迎え入れた。

「おはよう。どうぞ入ってちょうだい。コーヒーをいれましょうか？　カフェインがほしいんじゃない？」

ジェイクはドアを閉めた。「冷たい飲み物がいいかな。きみのレディたちも家にいるかい？」

「ふたりとも仕事に行ったわ」

ジェイクが何を言おうとしているのかまだわからないが、あまりいい話ではなさそうだ。いやな予感が、モーガンの胸のうちでうごめいていた。

「サンティーもあるけど、コーラにしましょうか」

「いいね。ところでモーガン、ロズウェルの最新情報なんだが、ぼくから話してもいいのかな？　ＦＢＩのふたりから直接聞きたいなら、それでもいいんだが」

「できれば、あなたから聞きたいわ」落ち着いている。震えずにグラスに氷を入れている自分の手元を見つめ、モーガンはそんなことを思っていた。何を聞かされようと、もうそう簡単にうろたえたりしない。

「ロズウェルはまた誰かを殺したのね。そうでしょう？　なんとなくいやな予感がしたのよ」

「ああ、そうだ。まずは座らないか？　彼らから伝えられた情報をきみにすべて話すよ。その殺人事件は、昨日ネヴァダで発覚した」

「ネヴァダ？　それじゃ、ロズウェルが南に向かっているという彼らの読みは当たっていたのね。さすがだわ」

モーガンは椅子に深く座り、ジェイクの話を啞然とした表情で聞いていた。「どうしてそんなことを？　まったくわけがわからない。あの男が何もない場所にぽつんと立つプレッパーの家に潜伏していたなんて、想像もつかないわ。彼が殺人を犯したというのはわかる。家主の女性には気の毒だけど。でもそれ以外は、少しも彼らしくない」

「あの男の精神は壊れてしまったんだ。きみが壊したんだよ。ぼくはそう思う。ロズウェルは狙った女性を確実に仕留めてきた。それはもう怖いものなしだっただろう。

だが、その自信をきみが打ち砕いた。それでやつは壊れたんだよ。たしかにきみの言うとおり、さすがＦＢＩだ。ベックの勘が見事に当たったった。でもロズウェルが食料を買いに来たのと同じ時間帯に、ベックと彼女のパートナーがツー・スプリングスにいたのは、単に運がよかっただけじゃないかな」

「ロズウェルはどれくらいその町にいたの？」

「三週間近くいたみたいだな。ベックたちはこの日数をあいつに殺された女性の行動から割りだしたんだ。彼女は普段から人づきあいを避けていた。それでも、月に一度だけツー・スプリングスに来て、卵やヤギの乳や革製品を売っていたんだ。そして食料品を買い、自分のピックアップトラックにガソリンを満タンに入れて家に帰る。それが三週間ほど前のことだ。ＦＢＩのふたりはロズウェルのそれ以前の足取りもつかんでいる。あいつは彼女がツー・スプリングスへ出かけたその日まで、そこから五十キロほど離れたモーテルに滞在していたようだ」

「そう。なるほどね」

「彼女はオンライングループの仲間とは積極的に交流していたんだ――プレッパーやサバイバリストやキリスト教原理主義者たちとね。ロズウェルはときどき彼らともやりとりをしていた。なぜベックたちがそれに気づいたかというと、投稿や返信の言葉づかいや文体がいつもの彼女とは微妙に違っていたんだ。この仲間とのやりとりは十九日前から始まっていた――彼女が町に出た日の夜から」

ジェイクは一瞬ためらい、それから言葉を継いだ。「女性の遺体は司法解剖にまわされることになった。それで死亡した日時がはっきりするかもしれない。モーガン、昨日ロズウェルと話をした人たちはみんな、口をそろえて、あの男はどこかおかしかったと証言している。そういった部分を、もう隠せなくなったのか、もはや隠す気がなくなったのか、どっちなんだろうな。彼女は家に銃を置いていた。散弾銃やライフル銃などを――いたるところに空の薬莢(やっきょう)が散らばっていたそうだ。そして、彼女自身は常にコルトを腰につけていた」

「ロズウェルにとって、彼女は大いに役に立ったというわけね」

「まあ、そういうことだな。あいつは彼女の銃もごっそり持って逃走したからね。ただし、AR-15は置いていった。これに関しては、ロズウェルに感謝してもいい。だが、ほかの銃はすべて持っていったらしい。あいつは町へ買い出しに行ったときに、コルト用の弾薬も買っている。とはいえ、これまであの男は殺しで銃を使ったことはない」

「今のロズウェルは以前の彼女とは違うわ」

「プロファイラーも同じ意見だ。彼らはロズウェルが身を隠していた家のなかの様子から、今のあいつは自制心を失っていると考えているよ」ジェイクは手を伸ばして、友人であり、いずれは妹も同然の存在になるモーガンの手を握りしめた。

「彼らはこうも見ている。ロズウェルはここに来る以外にもう道はなくなったと」

「それは耳寄りな情報だわ。正直言って、あのモンスターが来るのをただひたすら待ち続けるのには、もういいかげんうんざりしていたのよ。ドアの蝶番がきしむ音が聞こえるたびに、あいつが飛びかかってきそうな気がするの。姿は見えないけど、ロズウェルはいつもそこにいるわ。たとえるなら、モグラみたいなものね。きれいに整えられた庭でも、その土の下ではモグラがトンネルを作っている。早く退治しなければ、モグラはトンネルを掘り続けて、やがて庭を陥没させてしまうわ」

モーガンは自分の手元を見おろし、それから顔をあげて、ジェイクと視線を合わせた。「心配しないで。ロズウェルが銃を持って逃げていても、彼はわたしを撃ち殺したりしないわ。車で出かけるときも、使い走りをしているときも、彼はわたしを撃たない。撃てないの。それでは、あまりにもあっけなく終わってしまうもの」

「今のロズウェルは以前のロズウェルではない」ジェイクが言い返す。

「ええ。でも、人間の根本的な性格は変わらないわ。今でもロズウェルはわたしを痛めつけたいし、わたしが怖がるところを見たいの。今も変わらず、ロズウェルはわたしに仕返しをしたくてたまらないのよ。なぜなら、自分の思いどおりにいかないのは、すべてわたしのせいだから。ニーナを……ニーナを殺害したあの日を境に、ロズウェルの人生の歯車は狂いだした。そうなったのはわたしのせいだと彼は思っている」

つらい記憶がよみがえり、モーガンの体が震えた。彼女はコーラの入ったグラスに手を伸ばした。

「わたしたちは知りあってほんの数週間だったけど、わたしにはロズウェルの心のなかがよく見えるの。さっき、彼が三週間近く辺鄙な場所に身をひそめていたと言ったでしょう。そんな羽目になったのも、ロズウェルからしたら、わたしのせいなのよ。ただ殺すだけでは足りない。ロズウェルはまず、わたしの苦しむ顔をじっくりと見たいはずだわ」

「ぼくもきみが言ったとおりだと思う。だが、想定外の事態はいつでも起こり得るものだ。だから心配なんだよ」

「ジェイク、ロズウェルはわたしからすべてを奪ったわ。命以外のすべてを。でも、見て」モーガンは両腕を広げた。「あれからまだ二年も経っていないのに、わたしは立ち直った。幸せに暮らしているわ。住む家があって、家族がいて、愛する男性がいる。仕事もプライベートも順調よ。友だちにも恵まれている。すべてを失ったのはロズウェルのほうよ。現に、今もあの男は必死に逃亡生活を続けているわ。それも、たったひとりで。わたしを一発で仕留めてしまっては、その埋めあわせをすることはできない。それだけでは、わたしへの恨みは晴らせないでしょうね」

ドアベルが鳴り、モーガンは携帯電話を取りだして画面を確認した。「これは……花の配達だわ」

彼女は携帯電話の画面をジェイクにも見せた。

彼がさっと椅子から立ちあがる。その目つきは鋭かった。「ぼくが出よう」

モーガンも勇気を奮い起こして後ろからついていった。届いたのは葬儀用の花だった。戸口で、驚いた顔をしている女性の配達員からジェイクが話を聞いているあいだ、モーガンは花に添えられたメッセージをじっと見つめていた。

〝モーガン、ずっと忘れない〟

それはこちらの台詞(せりふ)だわ。モーガンは心のなかでつぶやいた。あの男のことはずっと忘れない。

ピックアップトラックのナンバープレートを取り替え、ロズウェルはひたすらまっすぐ延びるさびれた道を走っていた。彼はトラックを停め、途中で買った黄緑色のスプレー塗料をブルーの車体に吹きつけた。

無様な仕上がりだ。そのうえ、ヘッドライトとテールライトに飛んだ塗料をふかなければならず、そのせいで時間を食ってしまった。とはいえ、どこから見ても、もはやジェインのフォード・レンジャーには見えない。とりあえず、これでしばらくはごまかせるだろう。とりわけこんな田舎町の警官の目なら、なおさらだ。

だが、用心するに越したことはないので、モーテルに泊まるのはやめておこう。たとえどんなにぼろいところでも、いつ何時警官に踏みこまれるかわかったものではない。そこでロズウェルは、ユタ州を目指して一日中走り続けた。カフェインと炭水化物がほしくてたまらないことや、怒りや不安を抑えられないことも相まって、思わずアクセルを踏む足に力が入る。

堕落した生活はもう終わりだ。ロズウェルはソルトレイクシティの空港へと車を走らせ、そこの長期滞在用駐車場で睡眠を取った。

夜明け前に、彼は暑くて目が覚めた。気分も最悪だった。ふと窓の外に目をやると、視線の先にミニバンが見えた。〝赤ちゃんが乗っています〟のステッカーが貼ってある。きっと彼が眠っているあいだに、子持ちの人間があそこに停めたのだろう。

控えめに見積もっても十五年は乗っていそうだが、外観はきれいな状態だ。

ドアを開けるのに三十分以上かかったものの、ロズウェルはミニバンに乗りこみ、警報装置を解除した。腕が鈍っていなかったことにひとりほくそ笑み、車のエンジンをかけて、ピックアップトラックの隣に移動させ、荷物を積み替えた。

ミニバンの走行距離は三十万キロを超えていた。まあ、それでも問題なく走ってくれるだろう。この車でコロラド州に入り、こぎれいなモーテルに泊まろう――まだホテルは避けたほうがいい。ロズウェルは自分に言い聞かせた。

そして熱いシャワーを浴び、髪とひげを整え、食事をして、寝る。ぐっすり眠ってすっきり目覚めたら、モーガンにたどり着く最良の方法をじっくり考えよう。

金曜日の夜、その日の営業を終えて、モーガンがバーを閉めたとき、マイルズもそこにいた。

「二時間ほど前に、ベック捜査官から電話があったわ」

マイルズはモーガンにさっと向き直った。「なぜもっと早く言わないんだ?」

「だって、忙しかったでしょう。あなたもわたしも。それで話すのが今になってしまったのよ。ロズウェルが乗っていたピックアップトラックが、ソルトレイクシティ空港の長期滞在用駐車場で見つかったわ。空港警備員が発見したそうよ。車の色は塗り替えられていたけれど、ところどころもとの色が見えていたんですって。ベックとモリソンはそこからのロズウェルの足取りをつかむのに少し手間取ったみたいだけど、彼が赤いミニバンで逃走したことを突き止めたわ。キア・セドナだったかしら。ロズウェルはその車で何百キロも移動して、コロラド州にある〈デイズ・イン〉というモーテルに泊まったこともわかった」

「座ろうか？」

「いいえ、大丈夫。立っているほうがいいの。ロズウェルはコロラド州からサウスダコタ州へ向かい、赤いミニバンを〈ウォルマート〉の駐車場に捨てた。そして、そこで六十歳の女性に銃を突きつけて、彼女のSUVを奪ったの。その女性は手足をバンジー・コードで縛られ、口にもさるぐつわをされてミニバンに押しこめられていた。発見されたとき、彼女は意識不明の状態だったそうよ。どうやらロズウェルに殴られて脳震盪を起こしたみたい。でも、あの男は彼女を殺さなかった。これって驚きよね。ベック捜査官たちは、引き続きロズウェルの足取りを追っているわ。ミネソタ州で彼の目撃情報が入ったんですって。彼女はこの情報はかなり信憑性が高いと言っていたわ。それに、ロズウェルはそのSUVに長く乗り続けたり、誰かと接触してその車を交換したりするような危険も冒さないだろうとも言っていた。現在、FBIはミネアポリスの空港を見張っているわ」

「それで全部か？」

「最新情報は以上よ」

「モーガン、これは重要な話だ」マイルズは彼女の婚約指輪をはめているほうの手を取った。

「ええ、実際、とても重要な話だわ」

「〝忙しかった〟のひと言で片づけていい問題ではない」マイルズがさらに言い添える。「FBI捜査官からあの男のことで何か連絡が来たときは、ぼくにもその情報を逐一知らせてほしい。仕事が一段落ついたら、ではなく、すぐにだ。毎晩、仕事を終えて帰宅したらぼくにメッセージを送ると約束したときと同じで、これについてもぼくはきみと交渉する気はない」

「わかったわ。ごめんなさい」

「別に謝ってほしいわけではないよ」

「そうよね」モーガンは笑みを浮かべ、マイルズの頰に手をやった。「でも、ごめんなさい」

「今すぐぼくのところへ引っ越してきてもいいんだ」

「それは無理よ。母と祖母を残してあの家を出られないわ。ロズウェルがついにここへ来るとわかった今は、なおさら出られない」

「じゃあ、ぼくがきみのところに引っ越してもいい」

マイルズなら本当にそうするだろう。モーガンは胸のうちで思った。心情的には納得できなくても、彼なら引っ越してくるに違いない。

「家には防犯カメラもついているわ。それに、わたしも明日、ジェンからもう一度護身術の訓練を受けようと思っているの。だから、そんなに心配しないで。これまで何度も考えてきたの。その気さえあれば、ロズウェルはもっと早くわたしを殺せたはずよ。でも、以前のわたしはまだ準備ができていなかった。もしかしたら、今も充分な準備はできていないのかもしれない。ロズウェルがニーナを殺したとき、あの男は彼女の不意を突いた。そのうえ、あの日、ニーナは具合も悪かったし、体も小柄だったわ。彼にしてみれば、ニーナを殺すのはたやすかったでしょうね。だけど、ロズウェルがわたしも簡単に殺せると思っているとしたら大間違いよ。今のわたしは、以前のわたしとは違う。わたしの不意を突くことなんて彼にはできない。わたしは強くなったの。しかも、前より何倍もあいつにむかついてもいるわ」

「モーガン、それはいいことだ。だが、そうだとしても心配なのは変わらない」

「警官が家のまわりをパトロールしているわ。毎晩、家までわたしの護衛もしてくれる。ロズウェルがヴァーモント州に入ったのがわかったら、警察やＦＢＩはうちのリビングルームにテントを張って寝泊まりするんじゃないかしらね」

「あいつがここまで来たら、ぼくも彼らと一緒にキャンプするよ」

「了解。怒らないでほしいんだけど、わたしはむしろロズウェルが早く来ればいいと思っているの。さっさと終わらせてしまいたいから。早くウエディングドレスやブーケを選びたいのよ。わたしたちのファーストダンスの曲も決めたい。あなたが着るタキシードをどんな色合いのライラック色にするかも」

「きみはそれをすべて――今、なんて言った？　絶対に着ないからな」

「これまで黙っていてごめんなさい。でも、あなたにはライラック色のタキシードを着てもらうわ。さあ、ロズウェルの話はもうやめて家に帰りましょう」

「ああ。だが、ライラック色は勘弁してくれ」

「そう。それじゃあ、もしシャクヤクにライラックを合わせたブーケに決めたら、タキシードのボタンホールにライラックを一輪だけ挿すっていうのはどう？　でも、デルフィニウムとスイートピーの組みあわせもいいわね。チューリップとコデマリのブーケも捨てがたいわ。ねえ、早くわたしを止めて。これ以上しゃべらせないで」

「きみがブーケの話を持ちだしたんじゃないか。ぼくとしては、ネタが尽きるまで聞いていたいね」

外に出ると、マイルズはふたたびモーガンの手を取った。夜気はかすかに秋のにおいがする。「『スタンド・バイ・ミー』はどうかな？」

「今夜はその映画を観たいの？」

「いや、映画じゃなくて曲のほうだよ。ファーストダンスの。すべてきみにまかせておけばいいなどとは考えてもいないよ。まあ、きみなら何事もうまく対処できるのはわかっているが」

それまで張りつめていたモーガンの神経が少しずつほぐれていく。「あなたも結婚式のことを考えてくれていたのね」

「当然さ、たまには頭をよぎるよ」

「あなたが選んだそのファーストダンスの曲を採用してあげてもいいわよ。実際、いい曲だもの。ただし、タキシードのボタンホールにライラックを一輪挿してくれたらね」

「一輪だけでいいのか?」

モーガンは親指を立ててオーケーのサインを出し、それから人差し指を一本立てて強調した。

「それならいいよ」

彼女はマイルズに向き直り、彼の腰に両腕をまわした。「愛しているわ、マイルズ」

「きみは交渉相手から譲歩を引きだすのもうまいな」

その日の夜、モーガンとマイルズが眠りに就いたころ、ロズウェルはセントポールの中古車センターで現金払いで買ったダッジのピックアップトラックを運転して州境を越え、ウィスコンシン州に入った。

頭のなかでは、この先の計画がすでにできあがっていた。

モーガン宛に花が届き、その代金が彼女の銀行口座から引き落とされた。モーガンはこのことをＦＢＩ捜査官に報告し、自分でも記録しておいた。

季節は夏から秋へと移り変わった。ある日、彼女は母と祖母とテーブルを囲んで話をしていた。

「心配なのはわかるわ。でも、これが現実なの。ロズウェルはわたしたちの不安をあおり、わたしをいらだたせているけど、彼も切羽詰まっているのよ」

「切羽詰まった人間は危険よ」祖母が言った。

「そうね。わたしも充分注意して行動するわ。今、ロズウェルは何日もぶっとおしで運転しているみたいなの。ほとんど休憩も取っていないんですって。ＦＢＩの捜査官たちは、彼がセントポールでピックアップトラックを現金で買ったことをつかんだわ。そこから現在のロズウェルの行動がわかったというわけ。ＦＢＩはクレジットカード会社とも連携している。わたしはカードを使っていないのに、昨日また口座から代金が引き落とされたわ」

「今度は何を買ったの？」母が声を荒らげる。「いったい何が目的なの？」

「わたしが結婚することを知ったんでしょうね。黒い薔薇が二ダースも届いたわ」

「今回もカードがついていたの？　モーガン、ごまかさないではっきり言うのよ」

「わかっているわ、おばあちゃん。嘘は言わない。メッセージカードには〝結婚式は葬式に変わる〟と書かれていたわ。ばかみたいよね」母の顔が蒼白(そうはく)になったので、モーガンは早口で先を続けた。「どうしていちいちからんでくるのかしら。ロズウェルがおとなしくなったときこそ、かえって注意したほうがいいのかもしれないわね。それで、彼の話はまだあるの」

「聞くわ。すべて話してちょうだい」祖母が返す。

「ウィスコンシン州から出港するミシガン州行きのカーフェリーに乗っているロズウェルの姿が、防犯カメラの映像で確認されたの。ピックアップトラックはきれいに塗り替えられ、ナンバープレートも取り替えてあった。彼の髪はまたブロンドに戻っていたそうよ。ひげはもう生やしていなかった。体型はまだ太ったままみたい」

「なんだかわざと自分の痕跡を残している感じがするわ」母がつぶやく。「前にもそういうことがあったでしょう？」

「FBIもお母さんと同じ意見よ。彼らはロズウェルが南下してインディアナ州に入ったことをつかんでいるわ」

「よくわからないわね」祖母が椅子から立ちあがり、キッチンのなかを歩きだした。

「わざわざオハイオ州を横切らなくても、湖沿いの道を北上してヴァーモント州を目指せばいいでしょう?」

「おばあちゃん、わたしも不思議に思って、ベック捜査官と話したの。彼女たちはこう考えているわ。ロズウェルはまたFBIや警察の追跡をかわして、数日間身を隠す場所を探すつもりなのではないかと。そこで危険が過ぎ去るのをじっと待つのよ。彼としても睡眠不足を解消したいだろうし、身ぎれいにもしたいはずだと、彼女たちは考えている。実際、あの男はひどい有様らしいわ。ベック捜査官が言うには、ロズウェルがここまで車で来るとしたら、三百キロ以上も遠まわりすることになるみたいよ。わたしもFBIのこの仮説は正しいと思うわ」

「それだけでは安心できないわ」

「彼女たちもそれはわかっている。ベック捜査官の声にもいらだちを感じたもの。これがロズウェルの最新情報よ。仕事に行く前に、ふたりに話しておきたかったの。今、ロズウェルはここから千六百キロほど離れた地点にいる。もしかしたら、そこで休憩を取るかもしれない。ねえ、話題を変えましょう。あと数分で家を出なきゃならないから、その前にふたりに見てほしいの。いい感じのドレスを見つけたのよ」

モーガンは携帯電話を取りだし、画面をスワイプして目的のウェブサイトを表示した。

「まあ、すてき! モーガン、このドレスはいいわね。シンプルだけど豪華だわ」

母に褒められ、モーガンはほっと胸を撫でおろした。

「シンプルなドレスを探していたの。シンプルだけどゴージャスなドレスを」

「これはまさにその希望どおりのドレスね。裾に向かってゆるやかに広がるシルエットが気に入ったわ。でも、まさかインターネットでウエディングドレスを買うつもりなの？」

「それでもいいかなと――」

「このドレスはあなたのイメージにぴったりよ。スプリング・ガーデン・ウエディングのイメージにもマッチしている。でも、ウエディングドレスをインターネットで買うのはやめなさい。来週、ウェストリッジのブライダルショップに行きましょう。すてきなお店があるの。そこに予約を入れておくわ。このことはマイルズのお母さんやおばあさん、妹さんや、それからジェンにも伝えるのよ」

「そんな、急すぎる――」

「大勢いたほうが、いろいろな意見が聞けるわ」母がモーガンの手をぽんぽんと叩く。

「これは大切なしきたりなの。それに、絶対に試着はしないとだめよ」

「インターネットで買っても、気に入らなかったら返品すれば――」

「では、こうしましょう」母はいったんこうと決めたら、あとには引かない性格だ。

「ブライダルショップであなたの気に入るドレスが見つからなかったら、どれもぴんと来なかったら、どれもあなたに似合いそうになかったら、インターネットで注文するの。そのときはわたしの意見は無視してもいい。でも、わたしがそのドレスを買うわ」

「お母さん」

「そうさせてちょうだい」母の目に涙が浮かんでいる。「ぜひそうしたいの。わたしはこれから嫁ぐ娘にウエディングドレスを贈りたいのよ」

「反論しても無駄よ、モーガン。あきらめなさい。愛情のこもった贈り物を拒絶するのは失礼だわ。この結婚式はわたしたちからの贈り物なの。あなたのお母さんとわたしからの。その費用を誰が支払うかなんて、あなたが気にすることではないわ。これは愛なの。でも、そうはいっても、この件に関しては新郎側の家族からクレームが入りそうだわ。まあ、それも愛ね」

「結婚式にかかる費用の内訳表はもう作り終わっているわ」

「あなたらしい。本当にお母さんにそっくりね。この子のこういうきっちりした性格はお母さんから受け継いだのよ。その表はもう必要ないわ。そんなものはさっさと捨てて、楽しいことだけ考えなさい。ドレスの色とか、ブーケとか、音楽とか、招待客について。ブライダルショップに行くのは来週の月曜日でどう？　それならあなたの仕事も休みでしょう。時間を気にしないで、みんなで楽しめるわ」

「ここでもっと話していたいけど、そろそろ仕事に行かなくちゃ。マイルズにもロズウェルの最新情報を伝えなければいけないの。シフトに入る前にね。彼とそう約束したから」

ロズウェルはインディアナポリスにいた。新しいクレジットカードを使って車庫を借りると、そこにダッジのピックアップトラックを隠した。そして配車サービス(ウーバー)を使い、空港のプライベートジェット専用ターミナルへ向かった。

今のロズウェルは長い黒髪のウィッグをかぶり、流行(はや)りのマンバンヘア(男性版お団子ヘア)にして、きれいに手入れしたヤギひげをたくわえていた。彼は小さめのスーツケースを片手に持ち、ノートパソコンを小脇に抱えて機内に乗りこんだ。身分証明書が偽造だと見破られることはないだろう。このできばえには絶対的な自信がある。

ヴァーモント州ミドルベリーへ向かうフライトのあいだ、彼はワインを飲み、無料で提供されるスナックバスケットに入っていたポテトチップスをふた袋食べて過ごした。

ポテトチップスだけはどうしてもやめられなかった。

プライベートジェットの利点は荷物チェックがないことだ。おかげで、コルトもナイフもスーツケースに入れて運べる。

ＦＢＩの連中がインディアナポリスからの彼の足取りをつかんだころには——やつらにそれができたとしてだが——すべて終わっているはずだ。そして、彼の人生はふたたび上昇気流に乗るだろう。

次回、飛行機を利用するときは、南国の美しいビーチリゾートへ行こう。滞在するホテルは五つ星。そこでのんびり過ごしているうちに、悪夢のようなこの数カ月の出来事などきれいさっぱり忘れてしまうだろう。

「何かおかしいわ」

モーテルの一室に残されていた地図を見つめ、ベックはつぶやいた。「クエンティン、これはおかしい」

「ロズウェルはまたわれわれの追跡をかわそうとしているんだな」

「やっぱり、あなたもそう思うわよね。わざわざここに来た理由はそれくらいしかないもの。あいつにまんまとやられたわ。精神的に不安定になっていても、悪知恵はまだ健在だわ。あの男の頭のなかでは、きっと細かな計画はもう全部できあがっているのよ。なんだかそんな気がする」

「すぐに北東に向かって出発したほうがいいな。ここは、この地域を管轄する捜査官と地元警察にまかせて、われわれはまっすぐヴァーモント州へ行こう」

「そうね」ベックはモリソンに向き直った。「一分でも早く向こうに着くように、急いで出発しましょう。モーガンに会いたいの。彼女の家の防犯設備も確認したい。警察署長とも直接話がしたいわ。彼女の仕事先のリゾートホテルに設置されている防犯カメラもひとつひとつ見てまわりたい。すごくいやな予感がするのよ」

「その直感にしたがおう」

「ええ。ヴァーモント州へ向かいましょう」

「ああ。またここに引き返してきたっていいんだ。ティー、思うんだが、ロズウェルはあのピックアップトラックを捨てたんじゃないかな。中古車センターで買ったダッジのピックアップトラックはどこかに捨てたんだよ」

「わたしもそう思う。まずは向こうに行って、それからじっくり考えるわ。でも、こちらの読みが間違っていたら、大きな時間のロスになるわね」

「だが、前は間違っていなかっただろう」

ロズウェルを乗せたプライベートジェットは何事もなくミドルベリー空港に到着した。車はすでに手配済みだ。レンタカーのメルセデス・ベンツに乗りこみ、革張りのシートに腰を落ち着けたとたん、くらくらするほどの喜びが突きあげてきた。

「戻ってきたぞ！」ロズウェルは忍び笑いをもらし、ハンドルに指を滑らせた。ダッシュボードを見つめ、にやりとする。「そうそう、これだよ。いいね。わかってるじゃないか！」

彼は鼻歌交じりで、カーナビにモーガンの住所を入力した。

目的地までの所要時間は三十二分だ。

マイルズは〈アプレ〉に入っていった。モーガンはカウンターに座っているふたりの女性と話しながら、両手にひとつずつシェイカーを持って振っている。見事な技だ。彼はモーガンの華麗な手さばきを惚れ惚れと見つめた。彼女はできあがったカクテルをグラスふたつに注ぎ、ピックに刺したオリーヴをそれぞれのグラスに添えた。まさにモーガンはプロ中のプロだ。女性たちはカクテルをひと口飲み、モーガンに向かってグラスをかかげた。それにこたえ、彼女が会釈する。

「重要なのは、手首のスナップをきかせてシェイカーを振ることなの」そうベイリーに話している最中に、モーガンがマイルズに気づいた。

彼はバーカウンターに近づいていき、まずベイリーに話しかけた。

「今夜が最後の日だね」

「はい。みんなに会えなくなるのが寂しいです。キャンパスの近くにあるクラブの面接を受けることになりました。それで、モーガンが実技試験の練習を手伝ってくれていたんです」

「結果がわかったら知らせてくれ。それと、もし来年の夏も働きたいなら、きみの場所はここにあるからね。すまないが、少しモーガンと話したいんだ。ここをきみにまかせてもいいかい？」

「はい、大丈夫です。しっかり訓練を受けました」

モーガンはあれこれ考えをめぐらせ、マイルズと一緒にバーの外へ出ていった。

「もうあなたは家に帰ったんだと思っていたわ。ひょっとして——」

「悪い知らせじゃない。それに、これから帰るところだったんだよ。ＦＢＩ捜査官のふたりがこっちに向かっている。というか、まもなく着くはずだ」

「ここに来るの？　どうして？」

マイルズは庭に続く曲がりくねった小道へとモーガンをいざなった。

夜気は肌寒く、山の木々は秋色に色づき始めている。

「きみの家や、ここの警備体制を確認したいそうだ。彼らからジェイクに連絡が来て、ジェイクがぼくに知らせてくれたんだよ。彼らはきみの安全を確保するために、できることはすべてやっておきたいんだろう」

「そう。よかった。わたしもふたりに会いたいと思っていたの。今、事態はどの程度緊迫しているのか、彼らから直接聞けるでしょう」

「ジェイクはウェストリッジに捜査官をまわすよう彼らに頼むつもりでいる。ぼくもジェイクの考えに賛成だ」

「マイルズ、ロズウェルは明日ここに来るかもしれないし、あるいは六カ月後かもしれない。いったい、いつまでわたしは警護されたり見張られたりする生活を続けなければならないの？」

「この事件に決着がつくまでだ。モーガン、きみは自分の人生を生きろ。これまでだってそうしてきただろう。今もそうだ。そして、この先もそれは変わらない。あいつにもそれは変えられないんだ。ロズウェルがいつここに姿を現したとしても、ぼくたちはあらゆる手段を使ってあの男を阻止する。それで明日、ぼくはきみのレディたちのところへ話をしに行こうと思っているんだ」

「何を話すの？」

「週に何日かきみたちの家にぼくが泊まることを。たとえば週に三日、きみがぼくの家に泊まり、そして週に二日か三日はぼくがきみたちの家に泊まるというふうにするんだ。これならバランスもいいだろう。この件はまたあとで話そう。きみはまだ勤務中だからね。だが、これは決定事項だ」

「こんなふうに有無を言わせない言い方をされるのは、今日はこれで二度目よ。なんだかいやな感じだわ」

「仕方ないさ。だがいくら文句を言ったところで、決定事項は変更しない。あの山を見てごらん。木の葉が色づき始めているだろう」マイルズはそびえたつ山の頂に目をやった。「時が過ぎ、季節が変わる。それでも変わらないものはなんだと思う？　きみはぼくのものだということだよ」

「ちょっとそれは――」

「きみはぼくのもので、ぼくはきみのものだ。ぼくたちは互いに帰属しあっているんだ。そう思わないかい？」

「やっぱり、わたしはそういう言い方はあまり好きではないわ」

「だとしても、これは事実だ。さて、そろそろ帰るよ。犬に餌をやらないといけないしね。今夜も家に着いたら忘れずにメッセージをくれ」

「ハウ保安官代理にさよならと手を振ったら、すぐに玄関のドアを閉めるわ」

「ドアに鍵をかけるのを忘れるなよ」

「はい、はい。なんだか、そのうち暗号かセーフワード（ＳＭプレーを中断したいときに使う合言葉）みたいなものを決めようとか言いだしそうね」

「なるほど、セーフワードか。それはなかなか名案だな」真剣な表情でマイルズが考えこんでいる。「実際は、安全(セーフ)とは正反対の危険な状況(アンセーフ)で使う言葉だが、これはいいアイデアだ」

「よかった。それじゃあ、もしロズウェルがハウ保安官代理を倒し、警報装置もかいくぐって家のなかに入ってきたら、今から婚約者にアンセーフワードを送るからまだ襲わないでと彼に言うわ。わたしたちのアンセーフワードは何がいいかしら？　そうね、〝パイナップル〟なんてどう？」

「パイナップルは変だ」

「パイナップルのどこが変なのよ？」

「全然緊迫感がないじゃないか。〝働け、ハウル〟にしよう」

「それ、まじめに言っているの？」

「これ以上ないくらいまじめだ。あらゆる手段を使ってあの男を阻止すると言っただろう。あるいは合言葉など決めなくても、その辺でバーの閉店まで時間を潰して、ぼくがきみを家まで送ってもいいんだ」

「そして、ベッドの下やクローゼットのなかをチェックするの？」

軽口を叩いてみせてはいるものの、モーガンはマイルズが心配しているのはわかっていた。自分がそばにいないときにロズウェルが姿を見せるのではないかと、彼が不安を感じているのも、今のこの状況を自分ではどうすることもできないのを彼が気に病んでいるのもよくわかっている。

「そこまでしなくてもいいわ。あなたは家に帰って。家に帰って、あの小塔の部屋でメールやメッセージに返信したり、平日にはできないことをしたりして過ごしてちょうだい。それで、もしわたしから〝ハウルにおやすみなさいと言って〟とかなんとか、そんなメールが来たら、すぐ飛んできて」

「了解」

夕食を終え、オリヴィアとオードリーはキッチンで皿を洗っていた。

ふたりは手を動かしつつ、結婚式の話をしていた。

「わたしたちのドレスも見つけなくちゃね」オードリーがワイングラスを洗い始めた。「バージンロードをモーガンと歩くのにふさわしい完璧な装いをしたいわ。バージンロードがどんな感じになるのかまだわからないけれど。あの子から一緒に歩きたいと言われたときのことを思いだすと、今でも涙が出てくるわ」

「オードリー、派手なのはだめよ。あの子はシンプルなウエディングドレスを着たいと言っていたでしょう」

「シンプルかつ、派手ではなく、ゴージャスなドレスをね」

オリヴィアはワイングラスをふくために、ふきんを手に取った。「演奏のうまいバンドを呼んでほしいわ。わたしは踊る気満々なの。ねえ、オードリー、去年の冬にモーガンがここに戻ってきたときは、あの子が次の年の春に結婚することや、こうしてわたしたちが結婚式の準備の話で盛りあがっていることなんて、想像もしていなかったわね」

「もうすでに、あの子が幸せそうに笑っている姿が目に見えるわ。お母さんも見えるでしょう。わたしたちはあの子を新たに始まる人生へ送りだす役を務めるのよ。わたしはこれを当然のことだとは思っていない。少しもそんなふうには思っていない」

「あなたときたら、すぐ感傷的になるんだから。わたしまで感傷的になっちゃうじゃない。だからこの話はおしまいよ。映画でも観ましょう」

「いいわね」

「じゃあ、ポップコーンを作るわ」

「わたしはこのごみを捨ててくるわね。幸せが詰まった楽しい映画を何か選んでおいて」オードリーは生ごみの入った袋の口を結び、それからごみ箱を抱えた。

彼女はキッチンの勝手口から外へ出て、生ごみ用のダストボックスに袋を入れ、リサイクル用のダストボックスにごみ箱の中身を捨てた。

突然、何者かの腕がオードリーの首に巻きついた。間髪をいれずに、こめかみに銃を押し当てられる。

「声を出したら頭をぶち抜くぞ。おまえはあいつの母親だな。ママ、家のなかに入ろうぜ」

「モーガンはいないわよ。あの子はここにいないわ」

「そんなこと、言われなくても知ってるよ」男は拳銃の台尻でオードリーのこめかみを強く突いた。「ひょっとしておまえ、おれをばかだと思ってるのか？　娘がおれはばかだと言ってたのか？　ほら、さっさと動け！」

オードリーは視界がぼやけ——涙と痛みと恐怖で——まわりがよく見えなかった。男は彼女を引きずるようにしてキッチンの勝手口に向かっていく。

「できたわよ」オリヴィアの声が聞こえた。「あなたにいつも塩をかけすぎだってぶつぶつ言われるから、ふたつのボウルに分けて入れたわ」彼女が勝手口を振り返って凍りつく。

「やあ、おまえがばあさんだな。ばあちゃん、床にうつ伏せになれ。言われたとおりにしないと、ママの頭が吹っ飛ぶぞ」

せせら笑いを浮かべた男の顔がぱっと輝く。「おい！　それはポップコーンか？」

31

いっそのこと、ふたりを殺してしまおうかとロズウェルは考えた。銃はだめだ。音がうるさすぎる。それなら、ジェインのナイフでめったに切りにしてやってもいい。殺害方法ならほかにもいくらでもある。

帰宅したモーガンが、血まみれのふたりの死体を発見したときの顔を見てみたくないか？

いや、それでは物足りない。モーガンは前にも一度、同じことを経験している。あのちび女の名前はなんだったか？　思いだせないが、どうでもいい。そんなものはとっくに忘れた。とにかく、死体を見せるだけではつまらない。あいつにはもっと苦痛を与えてやりたい。

今回は、モーガンにこいつらを殺すところを見せてやろう。そうしたら、自分が殺される番になったとき、その光景を目に浮かべるだろう。

苦しめ。あの女は苦しんで当然だ。報いを受けろ。あの女は報いを受けて当然だ。

この腕の醜い傷はモーガンのせいでついた。太ったのもあいつのせいだし、数時間前から奥歯が痛みだしたのもあいつのせいだ。

かび臭いモーテルに泊まる羽目になったのも、ぼろいピックアップトラックやミニバンに乗る羽目になったのも、すべてあいつのせいだ。

自分には高級ホテルや高級車がふさわしいのだ。モーガンを殺したら、ふたたび極上の人生が手に入るだろう。これまでこの身に降りかかった悪運は、あの女にひとつ残らずあの世へ持っていってもらおう。

ロズウェルは、女たちにダイニングルームのしっかりした椅子をリビングルームまで運ばせた。そして、まず母親を椅子に座らせ、ばあさんにそいつの手首と足首を縛らせた。そのとき、年寄り女に抵抗され、何度か頬をひっぱたいたが、かわいそうだとは一ミリも思わなかった。

彼はばあさんを椅子にきつく縛りつけ、ふたりの口にダクトテープを貼った。まったくよくしゃべる女たちだ。説得しようとしたり、涙を流して命乞いをしたり、うるさいったらない。彼はさらにダクトテープを貼って、そのよく動く口をふさいだ。

ロズウェルはポップコーンの入ったボウルを抱えて、家のなかを見てまわった。

椅子の脚が床をこする音が聞こえ、急いでリビングルームへ戻る。

「動くな。少しでも動いてみろ。膝をぶち抜くぞ。それとも、腹がいいか?」ロズウエルはふたりの向かい側にあるソファに座り、ポップコーンのボウルを膝の上に置いた。「モーガンが帰ってきたら、まずおまえらの姿を目にする。その瞬間、あいつは自分の犯した過ちに気づくだろう。まあ、自業自得というやつだ。あいつがおれに何をしたか知っているか？　おまえらはあいつがおれから何を奪ったのか、知っているのか？」

ロズウェルはふくれあがった怒りを吐きだした。「おれはずっと廃墟同然のところに住んでいたんだ。負け犬みたいにな。ところがどうだ？　あいつはこんな立派な家に住んでいる。きっと二階の寝室にはでかくて寝心地のいいベッドがあるんだろう。あとで見させてもらうよ。家のなかもくまなく見させてもらう。さっき、そこでアンティークの家具を見つけたぞ。あれは代々受け継がれてきたものなんだろうな。そして、モーガンがそれを受け継ぐんだろう。おれの人生をめちゃくちゃにしておいて、いい気なもんだ。おれはここに自分の人生を取り戻しに来たんだ。あいつに奪われたものをすべて取り戻すために、ここに来たのさ」

ロズウェルはポップコーンに手を伸ばした。だがひと粒も残っていないことに気づき、ボウルを放り投げた。ボウルは窓に当たり、ガラスが砕け散る。

彼の険しい顔つきが穏やかな表情に一変した。

「喉が渇いたな。ちょっと見に行ってみるか。いいか、少しでも音をたてたら、モーガンは血の海のなかで死んでいるおまえらを発見することになるぞ」

ロズウェルはキッチンへ向かった。彼の動きまわる音が、ふたりの耳に聞こえた。

オリヴィアがふたたび行動を開始する。彼女は娘のほうへそっと体を傾けた。オードリーは母親のポケットから携帯電話を取りだそうと懸命に手を動かした。

プラスチックの結束バンドが手首に食いこむ。血がにじみだしても、オードリーは手を動かし続けた。そして、ついに指先が携帯電話に触れた。その瞬間、鼓動が跳ねあがった。

だが、ロズウェルの足音が近づいてきた。

「ずいぶん大量に買いこんでいるな。冷蔵庫が満杯じゃないか」彼はコーラをたっぷり喉に流しこんだ。「うまそうなワインも入っていた。あれはあとの楽しみに取っておくよ。仕事中は頭をはっきりさせておきたいからな。ああ、そうだ。大量といえば、思いだした」

ロズウェルはオリヴィアに近寄り、彼女の口からダクトテープを引きはがした。たちまち強烈な痛みが彼女の顔面に走る。「この家は超高額物件だ。そのうえ、おまえの証券口座にもビジネス口座にもたんまり金が入っている。おまえみたいな女にそんな大金は必要ないだろう。ばあさん、金は男の特権なんだよ」

「あなたに全部あげるわ。それを持って、ここから消えてちょうだい。そして自分の好きなように生きればいい」

「それはつまり、あれか？　チャンスはやるが、見返りはいらないというやつか？　もちろん、全部もらっていくさ。聞こえたか？」

ロズウェルは片手でオリヴィアの喉を締めつけた。「聞こえたか！」

オリヴィアがうなずくと、彼は手を離した。「おまえはパソコンを持っているだろう。どこに置いてある？　教えろ。パスワードもだ。言うとおりにしなければ、キッチンにあるビニール袋をこっちの女の頭にかぶせるぞ。おまえはこいつがもだえ苦しみながら死んでいくのを見ることになるんだ」

オリヴィアはロズウェルに教えた。

彼がリビングルームから出ていくと、すぐにまたオードリーは携帯電話を取ろうと手を動かし始めた。

ベイリーはバーを閉めるまで残っていた。

「これからも連絡を取りあいましょう」モーガンが言った。「大学のこととか、仕事のこととか――あなたなら面接に絶対合格するはずよ――いろいろ知りたいもの」

「はい。連絡します。大学に戻るのが楽しみなんです。あなたやここのスタッフのみんなと会えなくなるのは寂しいですが。あのう、冬休みに入ったらまたここで働かせてもらってもいいですか？」

「もちろんよ、待っているわ」

ベイリーはバーのなかを見まわした。「夏は終わっちゃいましたね」

「まだほんの少し名残はあるけど、そうね。もう秋ね。実は、この土地で秋を過ごすのは今年が初めてなの」

「そうなんですか」

「父の仕事の関係でしばらく住んでいたこともあるし、クリスマスや夏休みにはよく遊びに来ていたの。でも、なぜかここで秋を過ごしたことはないのよね。だから、すごく楽しみ。さあ、そろそろ帰りましょうか」

「はい。また冬休みになったら戻ってきます」

ふたりは一緒に外へ出た。ハウ保安官代理がパトカーに寄りかかり、夜勤の警備員と話をしている。

今やすっかり見慣れた光景だ。保安官と警備員。毎晩のお約束。

ベイリーがくるりと向き直り、モーガンを抱きしめた。「元気でいてくださいね」

「そのつもりよ。ベイリー、学生生活を思う存分楽しんでね」

「はい、そのつもりです」

モーガンは自分の車に向かって歩きだした。「ジェリー、ハウ保安官代理」

「おやすみ、モーガン。安全運転で帰れよ」

「ぴったり後ろをついてくるパトカーがバックミラーに映っているのよ。スピードを出したくても出せないわ」

車を走らせながら、モーガンは仕事モードからプライベートへ頭を切り替え、これからするべきことを考え始めた。洗濯、ヘアサロンの予約。スタイリストのレネーに自分がイメージしているドレスを見せよう。そうすれば、結婚式でどんな髪型にするか決めやすいはずだ。

ネルが紹介してくれたカメラマンに面談の予約も入れよう。母も祖母もあのカメラマンが撮影した作品を気に入っていた。多くのカップルがエンゲージメントフォト（プロポーズを受けてから結婚式を挙げるまでのあいだに撮影する記念写真）を撮るのは知っている。でも、自分たちはそういうものを撮りたいと思うようなタイプではない。

本音を言えば、ハイキングに行ったときに自撮りした写真で充分だ。

ふと、モーガンは今夜マイルズと交わした会話を思いだした。マイルズは本当に心配性だ。そんな彼と話をしているうちに、彼女はだんだんいらだちがこみあげてきた。とはいえ、そのいらだちも、ひょんなことから静まったけれど。マイルズが心配するのは彼女を愛しているからだ。そう自分に言い聞かせる。マイルズの愛を受け入れたのなら――もちろん受け入れている――彼の心配する気持ちも受け入れられるでしょう？

今思えば、アンセーフワードなんてばかげた発想だった。それでも、数年後に笑い話になっていればいい。そのころには、ロズウェルは最高警備刑務所に収容されているに違いない。

きっと今夜もマイルズはまだ起きているだろう。そして彼女からのメッセージを待っている。決して口にはしないけれど、彼はメッセージが届くまで必ず起きている。その証拠に、毎回すぐ返信が届くのだ。マイルズからのメッセージはいつも〝少し寝ろ〟とか〝明日話そう〟とか、ひと言だけだ。でも〝おやすみ〟と返ってきたことは一度もない。

マイルズは彼女が無事に家に帰り着くまで起きて待っていてくれる。そのことに感謝するべきだ。

「感謝しているわ」

モーガンは自宅の私道に車を乗り入れた。そして、車からおりてドアをロックする。ハウ保安官代理は私道の入り口でパトカーのエンジンをアイドリングさせたまま、玄関に向かって歩いていく彼女を見守っている。モーガンはドアの鍵を開けて家のなかに入ると、振り返って手を振った。それからドアを閉め、警報装置をセットし直す。

モーガンはまっすぐ階段へ向かった。そのときふいに、リビングルームから物音が聞こえ、彼女は室内をのぞきこんだ。

たちまち全身が凍りつく。

母と祖母の目には恐怖と悲しみが宿り、どちらの顔にもあざができている。

どこか常軌を逸した笑い声を響かせ、ロズウェルがソファの後ろから飛びだしてきた。「サプライズ！」手に持った拳銃とナイフを振りまわして叫ぶ。「おまえも叫んでいいぞ。ほら、突っ立っていないで、こっちに来い。まずはこいつらの喉をかっ切る。次におまえを撃つ。それで終わりだ。おまえが床に倒れる前に、おれはもうここから消えているよ」

どんな手段を使ってでも、どんな犠牲を払ってでも、母と祖母を守り抜いてやる。

「ギャヴィン、わたしは叫ばないわ。大声で叫んだところでなんになるの？ それに、あなたはわたしを撃たない。だって、そんなやり方はあなたらしくないもの。それは無精者の手口よ」モーガンはロズウェルの目を見据えた。取り乱してしまいそうで、母には視線を向けられなかった。「でも、あなたは無精者ではない。もし無精者なら、わざわざわたしを撃ち殺しにここまで来ないでしょう」

「おまえは自分のことを利口だと思っているんだな」

「利口なのはあなたのほうよ。あなたはわたしの弱点が家族なのを知っている。ふたりが生きているなら、わたしが決して抵抗しないのを、あなたはちゃんと見抜いているわ」

ふたりに生きていてほしい。どうか生き延びてほしい。願いはそれだけだ。

「あばずれのくせによくわかってるじゃないか。おまえは無力なんだよ。主導権を握っているのはおれだ。それは常に変わらない。ああ、そうだ、花は気に入ったか？」

「いいえ」

ロズウェルの髪はブロンドに戻っていたが、つやがない。カットも不ぞろいでがたがただ。彼はメイクまでしていた。顔をこすったのだろう、砂漠の太陽の強烈な日差しを浴びたせいで、赤く日焼けした肌がのぞいている。まるで以前とは別人だ。引きしまった体をしていて、服装も洗練されていた彼が、今やぶくぶく太り、着ているものもしわだらけだ。

腕にはケロイド状の醜い傷跡まである。

モーガンはジェンから習った護身術の技をすべて思いだそうとした。走ることもできない。叫んでも誰にも聞こえない。隠れる場所もない。そんな状況に陥ったときは、どの技が一番有効だろう。

チャンスが来たらためらわず技をかけようと、モーガンは心に決めた。

これまで、この男にいいように翻弄されてきた。今度はこちらが彼を翻弄してやる。

「わたしを怖がらせたくて、あなたはあの花を贈ってきたのよね。その目論見は成功したわ。今もあなたはわたしを怖がらせたがっている。それも成功よ。わたしは今、怖くてたまらない。ギャヴィン、わたしは取るに足らない人間よ。あなたが危険を冒すほどの価値なんてわたしにはないわ」

「おまえはおれの完璧な人生をぶち壊したじゃないか」

「いいえ、わたしは——」

ポケットのなかでメッセージの着信音がした。ロズウェルが銃口をまっすぐモーガンの顔に向ける。

彼女はゆっくりと両手をあげた。「携帯電話よ。ポケットのなかに入っているの。無視するわ」

「いったい誰がかけてきたんだ？　夜中の二時だぞ」

「メッセージよ。今のはメッセージの着信音。別に無視していいわ」

ロズウェルは一歩さがり、母の顎の下に銃を突きつけた。「夜中の二時に、どこのどいつがメッセージなんて送ってくるんだ？　おれをおちょくったら、こいつの頭が吹き飛ぶぞ」

「正直に話すから、やめて。ギャヴィン、母を傷つけないで。わたしの婚約者よ。帰宅したらすぐ、彼にメッセージを送ることになっているの。本当よ。今来たメッセージに返信しなかったら、きっと彼は警察に電話するわ。それでもいいの？　あなたにメッセージを見せるわ。確認していいわよ」

「おまえの携帯電話をこっちによこせ」

「ポケットに手を入れるわよ。いい？　ポケットから携帯電話を出して、あなたに渡すわ」

だが、ロズウェルの両手は銃とナイフでふさがっている。モーガンはロズウェルがメッセージを読めるように、携帯電話を彼のほうに突きだした。


〈今、どこにいる？〉


「くそっ。返信しろ。そこに立ったまま返信するんだ。おれに文面を隠すなよ。ちゃんとこっちに画面を向けてメッセージを打て。モーガン、ふざけたまねをしたらどうなるか、わかってるよな」

「自分の母親に銃を突きつけられているのよ。そんなことをするわけがないでしょう」

「そうか？　おれは自分の母親を殺したぜ。なめたまねをしやがったら、おまえにこいつを殺させるからな」

〈連絡しなくてごめんなさい〉

モーガンはロズウェルのほうに携帯電話の画面を向け、メールを打ち始めた。

〈バーを閉めるのが少し遅くなって今帰ってきたばかりなのハウルにおやすみなさいを言ってあなたも少し寝てちょうだい愛しているわ〉

「ハウル？　そいつは誰だ？」

「犬よ」ロズウェルが母の顎の下に銃口を当てたまま、顔を上向かせた。その光景に、モーガンの目から涙があふれた。「彼の犬の名前。わたしたちはそう呼んでいるの。言われたとおりにしたでしょう。メッセージを送信するわよ。返信が遅かったら、不審に思われるわ」

ふたたびメッセージの着信音が鳴った。心のなかで祈りつつ、モーガンは震える手で携帯電話を持ち、ロズウェルに届いたメッセージを見せた。

〈了解。おやすみ〉

わかってくれた。マイルズは気づいてくれた。

「携帯電話を床に落とせ」

ロズウェルはモーガンの手から落ちた携帯電話を踵で踏みつぶした。

「この人差し指を動かしてほしくなければ、後ろへさがれ」

マイルズは家を飛びだし、三十秒もかからずに車に乗りこんで発進した。

モーガンがマイルズにメッセージを送ったころ、ミドルベリー空港に到着したプライベートジェットからベックとモリソンがおりてきた。

主任地上職員がふたりを出迎えた。「FBIの方ですね。到着が予定よりも遅れましたね」

「インディアナポリス空港の天候が悪くて、出発が遅れたんです」

「聞いています。向こうの空港から連絡が来ました。車はそこに用意してあります」

地上職員は車を手振りで示し、スマートキーをベックに渡した。「では、車に荷物を乗せますね」

「〈ザ・リゾート〉まで、ここからだと二十五分くらいで着きますか?」モリソンがきく。

「この時間なら二十分で着くと思います。それにしても、こういう偶然もあるんですね。今夜、インディアナポリスから飛んできたプライベートジェットはこれで二機目ですよ。運よく、一機目は向こうの空港の天候が悪くなる前に離陸できましたが」

「えっ？」ベックが男性職員の腕をつかむ。「今、インディアナポリスからもう一機プライベートジェットが飛んできたと言いましたか？　その飛行機には何人乗っていましたか？」

「おひとりです。羽振りのよさそうな男性でした。レンタカーのメルセデス・ベンツCクラスセダンがここに待機していましたね。待ってください！　荷物を忘れていますよ！」突然、車めがけて駆けだしたふたりの背中に向かって、男性職員が声を張りあげた。

「ドゥーリー署長に電話して」そう叫ぶなり、ベックは運転席に乗りこんだ。

「もうかけてる」

フルスピードで車を飛ばしながら、マイルズはジェイクに電話をかけた。

「やつが来た。今、モーガンのところにいる」

「なんだって？　ネイサンから報告があったぞ。少し前に、モーガンが家のなかに入っていったと」

「今、ふたりは一緒にいる。ロズウェルはすでに家のなかにいたんだろう。ぼくは彼女の家に向かっている途中だ」

「ぼくが行くまで待て」

「いや、待てない」

「くそっ」ジェイクが床に落ちた服をかき集め、急いで身につけていく。ネルもベッドから出て、服を着始めた。

「わたしも行くわ」

「だめだ」

「じゃあ、わたしは自分の車で行くわ。あなたの車に同乗するか、自分の車で行くかのどちらかよ。いずれにしても、わたしは行く。家族を放っておけないもの」

　モーガンは服従のしるしに両手をあげて後ずさった。「あなたがこの一年、大変な思いをしたのは知っているわ。いいえ、一年半だったわね」

「知ったような口をきくな」

「本当はニーナを殺したくはなかったのよね。あなたの標的はわたしだったんだから」

「それだ！　それがあのちび女の名前か。ようやく思いだせてすっきりしたぜ」

「あなたが狙いを外したのは、わたしが初めてだった。そして、わたしを殺しそこねてから、あなたは自分の思いどおりの人生を生きられなくなった」

「おれにふさわしい人生を、だ」

「そうね。そうだったわ。でも、わたしは自分の人生を生きてきた。それって不公平よね。もちろん、わたしも失ったものはあるわ。家も貯金も失ってしまった。だけど、わたしはこうしてここで生きている」

モーガンは両腕を大きく広げ、ふたたび後ずさりを始めた。彼を自分のほうへ引き寄せるのよ。ふたりから遠ざけるの。

「この広大な美しい家に住み、新車も買ったわ。でも、これはあなたもすでに知っていることよね。あなたはわたしのすべてを知っているんですもの。当然、すてきな婚約者がいることも知っているわね。彼がお金持ちなのも」

「上司をものにするとはな、モーガン」ロズウェルがにやりとする。「まあ、どうせすぐに飽きるだろうが」

「でも、わたしたちはとてもうまくいっているわ」モーガンは肩をすくめてみせた。「彼もすてきな家に住んでいるのよ。わたしは家を見るのが好きなの。この趣味も、もうとっくに知っているわよね。それに、これを見て」

モーガンは左手の指をひらひら動かし、室内の明かりが反射して輝くダイヤモンドをひけらかした。「だけどギャヴィン、よく考えてみると、今のわたしがあるのはあなたのおかげだわ。以前のわたしは小さな家に住み、仕事をふたつ掛け持ちして、日々の生活費を切り詰めながら貯金していた。そういう生活をしていたときに、あなたがわたしの目の前に現れたの」

モーガンはもう一歩後ろにさがった。

「でも、わたしは生き残ったわ。そのせいであなたの人生は完全にツキから見放されてしまい、FBIに追われる羽目になった。あなたはあのロケットペンダントやブレスレットでメッセージを伝えようとしたのよね。あなたのメッセージはしっかりわたしに伝わっていたわ」

「本来なら、あいつらじゃなくて、おまえがああなるはずだったんだ」

「でも、違った。殺人を犯すとき、あなたは自分の手を使う。銃やナイフは使わない。それはあなたの流儀に反するから。あなたは素手で殺害することに強いこだわりがある。その対象がわたしなら、なおさらそうしたいはずよ。その銃もナイフも、あなたにはふさわしくないわ。そんなものを使っても、きっとあなたは満足できない。それはあなたもわたしもよくわかっている。そうでしょう？」

「おれにはこんな銃など必要ない」ロズウェルは炉棚の上に銃を置いた。「ナイフも必要ない」ベルトにつけた鞘にナイフをしまう。

「そうこなくちゃ、ギャヴィン。いつもあなたの両手がわたしの首に巻きつく場面を想像していたのよ。そのとき、わたしはあなたに命乞いをするの。あなたが与えてくれたこの人生を生きさせてほしいと。でも、あなたはわたしの願いを聞き届けてはくれないのよね」

笑みを浮かべたロズウェルがゆっくりとモーガンに近づいてきた。

「命乞いしてみろよ。聞いてみたい」

「お願いだから殺さないで。あなたのほしいものはすべてあげる。だからお願い、わたしを殺さないで」

「ようやくほしいものが手に入りそうだ」

ロズウェルの両手が喉にかかった瞬間、モーガンは悲鳴をあげると見せかけて大きく息を吸いこんだ。

続いて、ここぞとばかりにジェンから教わった技をかけた。

モーガンはロズウェルの股間に強烈な膝蹴りを叩きこむと同時に、彼の両目に親指を突き入れたのだ。

悲鳴をあげたのはロズウェルのほうだった。

首にまわされた彼の手がゆるむ。その隙に、今度は手の付け根で鼻を殴りつけた。

ロズウェルの鼻から血が噴きだし、モーガンの顔にも飛び散る。

間髪をいれずに、モーガンは体を引いて彼の喉に拳をめりこませ、とどめを刺した。ロズウェルが床に倒れる。それを見て、戸棚に駆け寄ろうとしたが、彼に足首をつかまれ、モーガンも床に倒れこんだ。彼女は反射的に蹴りを繰りだした。何度も蹴り続けているうちに、ロズウェルの鼻に命中し、彼だけでなくモーガンの口からも叫び声がほとばしった。

突然、玄関のほうですさまじい音が響いた。すぐにマイルズが来たのだとわかった。モーガンは力を振り絞って床から起きあがり、炉棚の上から銃をつかみ取った。

銃を手にするのは初めてだ。手にすることがあるとも思っていなかった。ただ無我夢中で、銃を取りに行った。だが、拳を握りしめてロズウェルを見おろしているマイルズの姿が視界に入り、結局銃を使わずにすんだ。

「マイルズ、ねえマイルズ、お願い、これを持っていて」

「銃口を下に向けるんだ、モーガン。そうだ、それでいい」

マイルズに銃を渡すと、すぐにモーガンは母のところへ行った。「ごめんなさい、ごめんなさい。少し痛いけど我慢してね」

母の口からダクトテープを引きはがし、祖母の口をふさいでいたテープもはがす。

「ごめんなさい。ごめんなさい。ごめんなさい」

「謝るのはやめなさい」祖母がぴしゃりと言い放つ。

「あなたはわたしたちの命の恩人よ、ベイビー。わたしのかわいいベイビー、あなたはわたしたちの命を救ってくれたわ」

ほどなくして、銃をかまえたジェイクがリビングルームに駆けこんできた。すばやく室内に視線を走らせ、それから銃をおろす。「こいつはたまげたな。ネル、救急車を呼んでくれ」

「急がなくても大丈夫よ」ネルがジェイクの後ろからリビングルームに入ってきて、そう言い返した。

「ネル、さっさと電話しろよ」

「うるさいわね、マイルズ。まずはふたりの結束バンドを切らなくちゃ。何か切るものはないかしら」

「キッチンの入り口の横にある棚の一番上の引き出しに入っているわ」祖母がしっかりした口調で言う。けれど、その目には涙が浮かんでいた。「悪いんだけど、ついでにお水を持ってきてくれるかしら？　お願い」

「ぼくが持ってきます。ジェイク、ロズウェルはベルトにナイフをつけているぞ」

「ああ、わかった。没収しておく。ＦＢＩの捜査官たちもここに向かっているよ」ジェイクがモーガンに話しかける。マイルズはジェイクに銃を渡し、水を取りにキッチンへ向かった。「マイルズからの電話を切った直後に、彼らからも電話がかかってきたんだ。モーガン、きみひとりでこいつを倒したのか？」

モーガンはロズウェルを見おろし、うなずいた。

「お見事だ。けがはしていないか？」

「ええ」

「レディたち、あなたたちはどうですか？」

「彼に何度か叩かれたわ。わたしよりオードリーのほうが叩かれていた」

「ジェイク、ふたりとも手首と足首の皮膚がすりむけているわ」ネルはひざまずいて結束バンドをはさみで切っている。

「マッドルームに救急箱があるわ」オードリーはほっとしたように目を閉じ、母と娘を抱き寄せた。「乾燥機の上にあるキャビネットのなかに入っているの。わたしたちは大丈夫よ。これくらいの傷、どうってことないわ」

ジェイクがロズウェルに手錠をはめた。彼の口から苦しげなうめき声があがる。

「でも、この男は大丈夫じゃないみたいね」オリヴィアはマイルズが差しだした水の入ったグラスを受け取った。その手がかすかに震えている。「ナッシュ・ウーマンが相手では、彼に勝ち目はないわ。モーガン、あなたは彼のやり口がよくわかっていた。この子は言葉巧みにロズウェルを誘導していったのよ。そして銃を手放させ、ナイフもしまわせた。たいしたものだわ。本当に、なんて賢くて、勇敢で、強い子なのかしら」なんとかそこまで言い終えると、オリヴィアは泣きだした。

モーガンはマイルズを見あげた。「わかってくれたのね」

「ああ、すぐにぴんと来たよ」

「わたしも、あなたからの返信でぴんと来たわ。あなたが来てくれると」モーガンは立ちあがった。その拍子に体がぐらりと揺れる。「脚に力が入らないわ」

「こっちにおいで」マイルズはモーガンを引き寄せ、彼女の髪に顔を埋めた。「無事でよかった」

救急車よりひと足先に、ベックとモリソンが到着した。ふたりは壊れたドアから家のなかに入ってきた。

ロズウェルは丸まって床に横たわっていた。目のまわりには黒いあざができていて、腫れあがった鼻からは血が滴り落ちている。そして母と祖母は並んでソファに座り、ネルに手首の傷の手当てをしてもらっている。

「マイルズ、氷を入れた袋をひとつかふたつ、持ってきてくれる?」

「ああ。どこにあるか知っているから、すぐに持ってくるよ」

モーガンの声が聞こえたのだろう、ロズウェルが彼女を見ようとして顔をあげた。

「殺してやる」

「いや、無理だ」マイルズはモーガンの前に立ち、ロズウェルの視界をさえぎった。

「彼女にこてんぱんに打ちのめされたくせに、まだそんなことを言っているのか。おまえはモーガン・ナッシュに打ちのめされたんだ。その事実から目をそらすな」

「どこもけがはしていませんか？」ベックがモーガンに声をかけた。

「ええ。わたしは大丈夫」モーガンがきっぱりとした口調で返す。「全員無事です。ちょっと氷を取りに行ってきますね」

「署長」モリソンが口を開く。「やつを仕留めましたね」

「ぼくではなく、やったのはモーガンですよ。彼女にも血がついていますが、あれはロズウェルのものです。そろそろ救急車も到着するころ——ああ、来たな」サイレンの音が聞こえ、ジェイクは言い添えた。「ロズウェルはしばらく治療が必要になりそうです。鼻の骨は確実に折れているでしょう。喉もけがしているし、目の血管も切れている。もしかしたら、顎も折れているかもしれない」

「ぼくがロズウェルに付き添って病院へ行こう」モリソンがベックに向かってうなずく。「ここはきみにまかせていいか？」

「もちろん。事情聴取を行う前に、まずは捜査が後手にまわってしまったことをお詫びします」

「いいえ」モーガンはリビングルームに戻ってきた。「そんなことはありません。あなたたちは常に最新情報を伝えてくれた。その情報がなければ、今夜こういう結果にはならなかったわ。きっとわたしはロズウェルと対峙することはできなかった。あなたたちがロズウェルを追い続けなければ、彼もあちこち逃げまわらなかったでしょうし、もっと早くここに来ていたはずです。わたしの準備が整う前に来ていたはずです」

「それでもやはり、あなたに準備をさせるのではなく、われわれがロズウェルを早く捕まえるべきだった。モーガン、あなたから詳しい話を聞かなければならないけれど、事情聴取は明日の朝のほうがよければ、それでもかまいません」

「これを使って、お母さん」モーガンは母のこめかみに氷嚢をそっと押し当てた。

「ロズウェルがどうやって家のなかに入ったのかはわかりません。午前二時ごろ、帰宅したら、母と祖母が椅子に縛りつけられていたんです。手首と足首を結束バンドで固定されて、口はダクトテープでふさがれていました。はい、おばあちゃん」いったん言葉を切り、モーガンは祖母のあざのできた頬に氷嚢を当てた。「紅茶をいれましょうか?」

「紅茶よりウイスキーがいいわ。ダブルでね」オリヴィアはオードリーの手をきつく握りしめた。「ふたつお願い」

東の空が明るくなってきたころ、モーガンはマイルズと一緒にパティオに座り、ワインを飲んでいた。ネルが連れてきてくれたハウルは、モーガンの足に前足をのせてテーブルの下で眠っている。

「ようやく寝てくれたわ。ふたりを病院に連れていって診てもらいたかったのに」

「彼女たちがきみを置いていくわけがないだろう。あのふたりはこの家から離れないよ。それに、救急救命士も何も問題ないと言っていたしね」

「それはわかっているわ。でも……」モーガンは次に続く言葉をのみこみ、話題を変えた。「夜明けにワインを飲むなんて初めてよ」

「長い夜だったな」

「あのばかげたアンセーフワードも役に立ったわね」

「きみのメッセージもいつもと違った。句読点を使っていなかったから。それで何かおかしいと思ったんだ」

「あなたが気づいてくれるかどうか自信がなかったわ。でも、〝おやすみ（グッド・ナイト）〟のひと言で、あなたが来てくれるとわかったの。今まであなたは、一度も〝おやすみ（グッド・ナイト）〟とメッセージを送ったことがないでしょう」

「きみがそばにいない夜はいい夜（グッド・ナイト）ではない。だからだよ」

モーガンは手を伸ばして、マイルズの手を握りしめた。思わず声がかすれる。「そういうことだったのね」

「頼むから、泣かないでくれ。ぼくはもうくたくただ。ジェンには今まで見たこともないくらい大きな花束を贈らないとな」マイルズは自分の手を握りしめるモーガンの手を口元に持っていき、キスをした。「きみはロズウェルを完全に打ちのめした。あいつにKO勝ちした」

「一気に頭に血がのぼったの。ふたりを見たときに。母と祖母は顔にあざを作り、血を流して、なすすべもなく椅子に縛りつけられて座っていたわ。その姿を見たとたん、激しい怒りがこみあげてきた。それは絶対に阻止したかったの。彼も怒っていたわ。それに、ぴりぴりしていて、弱気なところもあった。ロズウェルはニーナにしたのと同じことをふたりにもしようとしていた。わたしはロズウェルの話を聞いたり、自分から話をしたりしながら、彼の反応を観察したわ。いわばバーテンダーの仕事と同じね」モーガンはグラスを口に運び、ワインをひと口飲んだ。「そしてジェンが教えてくれた技を使って、ロズウェルを打ちのめしたの」

「本当はぼくがあいつを倒すはずだったのにな。きみにおいしいところを持っていかれてしまった」

「あなたも玄関のドアと格闘して勝ったじゃない」

「まあね。ドアは今日中に修理するよ。きみを愛していると自覚しているつもりだった。でも、そうではなかったんだ。昨夜、きみからメッセージが来たとき、ぼくの世界は一瞬にして消え去った。自分の存在が足元から崩れ落ちたんだ。そのときだよ。自分がどんなにきみを愛しているか、はっきりとわかったのは。もう二度とこんな思いはさせないでくれ」

「もう大丈夫よ。そんなことにはならない。ロズウェルは一生刑務所から出られないもの。あとでサムに電話しようと思っているの。彼には絶対に知らせなくちゃ。ニーナの家族にも、サムから伝えてもらうわ。それでロズウェルの話はおしまい。彼の名前がわたしたちの話題にのぼることはもうないわ」

「今日は休みを取るよ。きみも今夜は休んだほうがいい」

「無理よ。代わってくれる人がいないもの」

「ネルが探すよ。それが妹の仕事だ。今のきみの仕事は寝ることと、レディたちの面倒を見ることと、レディたちにきみの面倒を見させてやることだ。ぼくの仕事は、きみがちゃんとその仕事をしているか監視することと、ドアの修理だな」

ふいにモーガンはふわふわと宙を漂っているような感覚に襲われた。まるで自分の体が自分のものではないみたいだ。

「またあなたは有無を言わせず、わたしをしたがわせるつもりね」

「きみには必要だからさ。ぼくにそういうことが必要なときは、きみがぼくに命令すればいい」

「それは理にかなっているわね。でも家のなかへ入る前に、今はこの時間を楽しみましょう。新しい一日の始まりを、日の出を見ながら迎えるの」

ふたりはそのまま、しばらく東の空を眺めていた。

エピローグ

　モーガンはこのうえなく幸せだった。彼女の気持ちをそのまま表現しているかのごとく、庭の花が美しく咲き誇っている。今、モーガンは人生で初めて、興奮と冷静と平穏と陶酔を同時に味わっていた。

　母が腰まで一列に並ぶクリスタルガラスの飾りボタンの下に隠れたファスナーをあげた。モーガンは、ドレアが新婦控え室として用意してくれた部屋にある姿見に映る母と自分の姿を見つめていた。わたしのウエディングドレス。シンプルだけどゴージャス。希望どおりのすっきりとしたシルエット。地元のブライダルショップで、その場にいた全員の称賛を受けて購入したドレスだ。

　素直に母のアドバイスを聞いて本当によかった。

　モーガンの耳を飾るのは、バレンタインにマイルズからプレゼントされたティアドロップ形のダイヤモンドのイヤリングだ。手首にはダイヤモンドのバングル――ネルから借りたものだ――をつけた。

自分を美しいと感じた。これも人生で初めて経験する感覚だ。きれいでも、魅力的でも、すてきでもなく、美しいという言葉が一番しっくりくる。

モーガンはネルに視線を移した。ブライズメイドのドレス選びはすべて彼女にまかせた。ネルは肩のストラップがクリスタルになっているライラック色のドレスを、そしてジェンは、ネルと同じデザインの淡いピンク色のドレスを身につけている。

モーガンは目を閉じて、ニーナの顔を思い浮かべた。ニーナとこの一瞬一瞬を共有したかった。きっと彼女も気に入ってくれたはずだ。ニーナの家族も今日の結婚式に来てくれた。サムと彼の婚約者も。このことは生涯感謝し続けるだろう。今、彼らは芝生に並べられた白い椅子に座っている。

ニーナ、もとに戻ったわ。ロズウェルはいなくなったの。わたしたちの人生から消えたわ。彼は一生刑務所のなかに閉じこめられることになって、ようやくわたしたちはもとの日常を取り戻すことができた。ニーナ、愛しているわ。あなたのことは決して忘れない。

ドレアが部屋に駆けこんできた。マイルズの母は淡いプラム色のドレスを着ている。

「すべて予定どおりに進んでいるわ。オリヴィア、もう一度言わせて。すばらしい庭だわ。ねえ、みんなでシャンパンを飲まない？　シャンパンを飲んで、ひと息つきましょう。ああ、わたしの息子が結婚するのね。まあまあ、モーガン。なんて美しい花嫁なの」

「ドレア、わたしたちの子どもが結婚するのよ」オードリーがドレアの手を握りしめる。

「本当よね。ネル、シャンパンを注いでちょうだい。わたしたちの子どもたちの幸せを願って乾杯しましょう」

「その前に、これをのせさせて」オリヴィアは淡いピンク色のシャクヤクと紫色のライラックを編みこんだ花冠をモーガンの頭にのせ、孫娘の両頬にキスをした。「あなたはジェイムソン家へお嫁に行くのね。こんなうれしいことはないわ。でも、あなたはいつまでもナッシュ・ウーマンよ」

「わたしたちは幸せ者ね」リディアがオリヴィアの肩に手を添える。「あの子たちの新たな門出の証人となるわたしたちに、乾杯」リディアはドレアに声をかけた。「ドレア、わたしたちは階下(した)に戻って、ハンサムな男性たちに席までエスコートしてもらいましょう」

マイルズの母と祖母はあわただしく部屋から出ていった。モーガンはブーケを手に取った。シャクヤクとライラックを合わせ、ところどころにカスミソウをちりばめ、アクセントにアイビーを巻きつけた、シンプルで可憐(かれん)なブーケを。

この瞬間のために選んだ曲が流れている。モーガンは階段を一段一段おりていった。

ドアの前にいたジェンがウインクを投げてきた。外に出ると、ネルがモーガンの耳元でささやいた。

「マイルズはあなたにめろめろになるわよ」

モーガンは両脇に立つ母と祖母と腕を組んだ。

「じゃあ、行きましょうか」

三人は歩きだした。左右に並べられた白い椅子のあいだに作られたバージンロードの手前で、花の首輪をつけたハウルがいい子に座っている。その先で待つマイルズは黒いタキシード姿だ。彼のタキシードのボタンホールには、ライラックが一輪挿してある。

彼の背後で、一緒に作った噴水が空中に水を噴きあげていた。もちろん、ヨガの木のポーズをしているカエルもいる。

ニーナの家族とサムの姿が視界に入った。ニック、かつて一緒に働いていたグリーンウォルド家の人々、ベック捜査官、モリソン捜査官の顔も見えた。これまでの人生でかかわった人や、その節目節目で手を差し伸べてくれた人がみな、今日ここに駆けつけてくれた。

モーガンはマイルズに目を向けた。マイルズもモーガンをじっと見つめている。まるで彼女が自分のすべてであるかのようなまなざしだ。

バージンロードを進み、やがてモーガンはマイルズのもとへ来た。そして祖母と母の頬にキスをした。「ふたりとも愛しているわ」

ふたりは手をつないで、後ろへさがった。モーガンは一歩前に進みでて、マイルズと手をつないだ。

「待ちくたびれたよ」マイルズがささやく。

「待たせてごめんなさい。さあ、始めましょう」

誓いの言葉を交わしているあいだ、モーガンはここに根をおろしたのを実感していた。これからは、マイルズとふたりでこの根を大切に育んでいこう。

訳者あとがき

軍人家庭で生まれ育ったモーガン・オルブライトは、父親の仕事の関係で国内外を点々とする根無し草の生活を送ってきた。どこも仮住まいに思えて、親しい友人を作ることさえかなわなかった。それゆえ、気に入った土地を見つけてそこに根づきたいという思いが、幼いころから強かった。

そんな彼女が大学卒業後に根をおろしたのが、メリーランド州ボルチモア郊外だった。賃貸暮らしからスタートして、二十五歳のときには祖父の遺産を元手に中古の一軒家を購入し、現在、昼は家族経営の建設会社で事務仕事、夜は地元のバーでバーテンダーの仕事に励んでいる。ゆくゆくは自分のバーを持つのが将来の夢だ。堅実な彼女はその夢を三十歳までに実現する見通しだった。

昼も夜も仕事に追われ、最後にデートをしたのがいつか思いだせないほど多忙な日々。だが、モーガンは人生初の親友とも言うべきニーナとの同居生活を楽しみ、休日はマイホームのプチ・リフォームやガーデニングに精を出し、充実した暮らしを送っていた。ところが、その穏やかな日常を一変させる事件が発生し、彼女はすべてを失ってしまう……。

ノーラ・ロバーツの最新作『カクテルグラスに愛を添えて』をお届けします。主人公のモーガンは人と触れあう仕事に就きたいと、生業(なりわい)にバーテンダーを選んだ女性です。人生の目標に向かってひたむきに努力する彼女が、凶悪犯のターゲットとなり、ある日突然絶望の淵(ふち)へ突き落とされます。人生を立て直すべく祖母と母の暮らす土地に引っ越したモーガンは、そこですばらしい仕事と運命の相手にめぐりあうのですが、逃走した犯人は彼女にとどめを刺すことをあきらめてはいませんでした。

本作で描かれる〝なりすまし詐欺〟は、もし自分の身に降りかかったらと想像するだけで身がすくむような犯罪です。それだけに先の展開が気になり、ぐいぐい引きこまれる内容となっています。

最後に、ノーラ・ロバーツの今後の刊行予定ですが、二〇二三年十一月に本国でファンタジーロマンス三部作の第一弾『Inheritance: The Lost Bride Trilogy #1』が発表されるそうです。すでにアマゾンでは、グラフィックデザイナーの女性が謎めいた遺産を相続するというあらすじが紹介されているので、もしよろしければチェックしてみてくださいね。

扶桑社ロマンスのノーラ・ロバーツ作品リスト

『モンタナ・スカイ』（上下）Montana Sky（井上梨花訳、新装改訂版）
『サンクチュアリ』（上下）Sanctuary（中原裕子訳、新装改訂版）
『愛ある裏切り』（上下）True Betrayals（中谷ハルナ訳）
『マーゴの新しい夢』Daring to Dream ※（1）
『ケイトが見つけた真実』Holding the Dream ※（2）
『ローラが選んだ生き方』Finding the Dream ※（3）
『リバーズ・エンド』（上下）River's End（富永和子訳、新装改訂版）
『珊瑚礁の伝説』（上下）The Reef（中谷ハルナ訳）
『海辺の誓い』Sea Swept ☆（1）（新装改訂版）
『愛きらめく渚』Rising Tides ☆（2）（新装改訂版）
『明日への船出』Inner Harbor ☆（3）（新装改訂版）
『恋人たちの航路』Chesapeake Blue ☆（番外編）
『この夜を永遠に』Tonight and Always ★
『誘いかける瞳』A Matter of Choice ★

『情熱をもう一度』Endings and Beginnings★
『心ひらく故郷』（上下）Carnal Innocence（小林令子訳）
『森のなかの儀式』（上下）Divine Evil（中原裕子訳）
『少女トリーの記憶』（上下）Carolina Moon（岡田葉子訳）
『ダイヤモンドは太陽の宝石』Jewels of the Sun◎（1）
『真珠は月の涙』Tears of the Moon◎（2）
『サファイアは海の心』Heart of the Sea◎（3）
『新緑の風に誘われて』Dance upon the Air＊（1）
『母なる大地に抱かれて』Heaven and Earth＊（2）
『情熱の炎に包まれて』Face the Fire＊（3）
『ぶどう畑の秘密』（上下）The Villa（中谷ハルナ訳）
『愛は時をこえて』（上下）Midnight Bayou（小林令子訳）
『愛と哀しみのメモワール』（上下）Genuine Lies（岡田葉子訳）
『盗まれた恋心』（上下）Homeport（芹澤恵訳）
『魔法のペンダント』Ever After＃（1）
『神秘の森の恋人』In Dreams＃（2）
『千年の愛の誓い』Spellbound＃（3）

『運命の女神像』（上下）Three fates（清水寛子訳）
『情熱の赤いガラス』Born in Fire ◇（1）（新装改訂版）
『心やすらぐ緑の宿』Born in Ice ◇（2）（新装改訂版）
『夢描く青いキャンバス』Born in Shame ◇（3）（新装改訂版）
『優しい絆をもう一度』（上下）Birthright（岡田葉子訳）
『オーロラの奇跡』The Witching Hour ‡（1）
『春を呼ぶ魔法』Winter Rose ‡（2）
『二つの世界を結ぶ愛』A World Apart ‡（3）
『十七年後の真実』（上下）Northern Lights（清水寛子訳）
『光の鍵を探して』Key of Light †（1）
『真実の鍵をもとめて』Key of Knowledge †（2）
『愛する人をまもる鍵』Key of Valor †（3）
『魔女と魔術師』Morrigan's Cross∞（1）
『女狩人と竜の戦士』Dance of the God∞（2）
『王女と闇の王子』Valley of Silence∞（3）
『炎の壁の彼方から』（上下）Blue Smoke（野川聡子訳）
『禁断のブルー・ダリア』Blue Dahlia ◆（1）

『ブラック・ローズの誇り』Black Rose◆（2）
『輝きのレッド・リリー』Red Lily◆（3）
『羽根をなくした天使』（上下）Angels Fall（佐藤知津子訳）
『愛と裏切りのスキャンダル』（上下）Private Scandals（加藤しをり訳）
『真昼の復讐者』（上下）High Noon（長嶋水際訳）
『遥か栄華をはなれて』（上下）Tribute（野川聡子訳）
『過去を呼ぶ愛の秘石』Blood Brothers▽（1）
『今甦る運命の熱い絆』The Hollow▽（2）
『未来に羽ばたく三つの愛』The Pagan Stone▽（3）
『聖夜の殺人者』（上下）Hidden Riches（中谷ハルナ訳）
『再会のブラックヒルズ』（上下）Black Hills（安藤由紀子訳）
『聖なる森の捜索者』（上下）The Search（野川聡子訳）
『まごころの魔法』（上下）Honest Illusions（加藤しをり訳）
『純白の誓い』Vision in White○（1）（村上真帆訳）
『香(かぐわ)しい薔薇のベッド』Bed of Roses○（2）（野川聡子訳）
『ひとときの甘い想い』Savor the Moment○（3）（村上真帆訳）
『幸せは永遠(とわ)に』Happy Ever After○（4）（野川聡子訳）

『迫る炎に挑んで』（上下）Chasing Fire（越本和花訳）
『恋めばえる忍冬(すいかずら)の宿』The Next Always ❖（1）（香山栞訳）
『最初で最後の恋人』The Last Boyfriend ❖（2）（木咲なな訳）
『恋人たちの輪舞(ロンド)』The Perfect Hope ❖（3）（香山栞訳）
『孤独な瞳の目撃者』（上下）The Witness（越本和花訳）
『愛と再生の浜辺』（上下）Whiskey Beach（香山栞訳）
『魔女の眠る森』Dark Wich ▲（1）（鮎川由美訳）
『心惑わせる影』Shadow Spell ▲（2）（鮎川由美訳）
『光と闇の魔法』Blood Magick ▲（3）（香山栞訳）
『姿なき蒐集家(しゅうしゅうか)』（上下）The Collector（香山栞訳）
『裏切りのダイヤモンド』（上下）The Liar（香山栞訳）
『幸運の星の守り人』Stars of Fortune ∮（香山栞訳）
『ささやく海に抱かれて』Bay of Sighs ∮（佐藤麗子訳）
『光の戦士にくちづけを』Island of Glass ∮（香山栞訳）
『ひそやかな悪夢』（上下）The Obsession（香山栞訳）
『夕陽に染まるキス』（上下）Come Sundown（鮎川由美訳）
『世界の果てに生まれる光』（上下）Year One ∞（香山栞訳）

『闇に香るキス』（上下）Of Blood And Bone ∞（香山栞訳）
『愛と魔法に導かれし世界』（上下）The Rise of Magicks ∞（香山栞訳）
『月明かりの海辺で』（上下）Shelter in Place（香山栞訳）
『愛の深層で抱きしめて』（上下）Under Currents（香山栞訳）
『永遠の住処（すみか）を求めて』（上下）Hideaway（香山栞訳）
『目覚めの朝に花束を』（上下）The Awakening ◈（香山栞訳）
『リッツォ家の愛の遺産』（上下）Legacy（香山栞訳）
『星まとう君に約束を』（上下）The Becoming ◈（香山栞訳）
『夜に心を奪われて』（上下）Nightwork（古賀紅美訳）
『光の夜に祝福を』（上下）The Choice ◈（香山栞訳）
『カクテルグラスに愛を添えて』（上下）Identity（香山栞訳）

※印〈ドリーム・トリロジー〉、☆印〈シーサイド・トリロジー〉、◎印〈妖精の丘トリロジー〉はいずれも竹生淑子訳です。
＊印〈魔女の島トリロジー〉は、いずれも清水寛子訳です。
★印は、いずれも清水はるか訳により、著者自選傑作集 From the Heart 収録の三作品を一作品一冊に分冊して刊行したものです。

♯印も、清水はるか訳により、短編集 A Little Magic 収録の三作品を一作品一冊に分冊して刊行したものです。
◇印〈海辺の街トリロジー〉も、同じく清水はるか訳です。
‡印は、いずれも石原まどか訳により、短編集 A Little Fate 収録の三作品を一作品一冊に分冊して刊行したものです。

†印〈失われた鍵トリロジー〉は、いずれも岡聖子訳です。

§印〈光の輪トリロジー〉は、いずれも柿沼瑛子訳です。
◆印〈ガーデン・トリロジー〉は、いずれも安藤由紀子訳です。
▽印〈セブンデイズ・トリロジー〉は、いずれも柿沼瑛子訳です。
○印は〈ブライド・カルテット〉です。
❖印は〈イン・ブーンズボロ・トリロジー〉です。
▲印は〈オドワイヤー家トリロジー〉です。
∮印は〈星の守り人トリロジー〉です。

∞印は〈光の魔法トリロジー〉です。
◎印は〈ドラゴンハート・トリロジー〉です。

扶桑社ロマンスでは、これからもノーラ・ロバーツの作品を、日本の読者にお届けすることを計画しています。

さらに、扶桑社ではデニス・リトルほか編による『完全ガイド ノーラ・ロバーツ愛の世界』を刊行しております。あわせて、ご覧いただければ幸いです。

（二〇二三年五月）

◉訳者紹介　香山 栞（かやま　しおり）
英米文学翻訳家。サンフランシスコ州立大学スピーチ・コミュニケーション学科修士課程修了。2002年より翻訳業に携わる。訳書にワイン『猛き戦士のベッドで』、ロバーツ『姿なき蒐集家』『光と闇の魔法』『裏切りのダイヤモンド』（以上、扶桑社ロマンス）等がある。

カクテルグラスに愛を添えて（下）

発行日　2023 年 6 月 10 日　初版第 1 刷発行

著　者　ノーラ・ロバーツ
訳　者　香山 栞

発行者　小池英彦
発行所　株式会社 扶桑社
〒105-8070
東京都港区芝浦 1-1-1　浜松町ビルディング
電話　03-6368-8870（編集）
03-6368-8891（郵便室）
www.fusosha.co.jp

印刷・製本　株式会社広済堂ネクスト

ISBN978-4-594-09450-8 C0197